凡人修仙之仙界篇

1

忘语
著

时代出版传媒股份有限公司
安徽文艺出版社

图书在版编目（CIP）数据

凡人修仙之仙界篇.1/忘语著.—合肥：安徽文艺出版社，2018.11

ISBN 978-7-5396-6477-4

Ⅰ.①凡… Ⅱ.①忘… Ⅲ.①长篇小说—中国—当代 Ⅳ.①I247.5

中国版本图书馆CIP数据核字(2018)第218376号

FANREN XIUXIAN ZHI XIANJIE PIAN 1

凡人修仙之仙界篇1

忘语 著

出 版 人：朱寒冬

责任编辑：李 芳 曾柱柱　　装帧设计：田星宇 曹希予

出版发行：时代出版传媒股份有限公司 www.press-mart.com
　　　　　安徽文艺出版社 www.awpub.com

地　　址：合肥市翡翠路1118号 邮政编码：230071

营 销 部：(0551)63533889

印　　制：湖南天闻新华印务有限公司 电话：(0731)88387856

开本：710mm×1000mm 1/16　印张：18　字数：247千字

版次：2018年11月第1版　2018年11月第1次印刷

定价：34.80元

在读者的千呼万唤下，《凡人修仙之仙界篇》终于问世了。在写这本书之前，我心中十分忐忑，要不要继续写？又该如何写？这些都是困扰我已久的问题。

其实，从《凡人修仙之灵界篇》结束，我就开始构思《凡人修仙之仙界篇》了，这么多年来却一直不敢动笔，因为我感觉到了巨大的压力。我知道读者们的心情，也明白大家的期望，我更希望自己能完全达到甚至超过大家的期望值，但是，往往期望越高，失望就越大，而我最不希望看到的就是作品坠落云端再无登顶的可能。

酝酿多年后，在众多读者的鼓励下，我终于提笔开始创作《凡人修仙之仙界篇》。所幸，作品推出后，颇受好评，我那颗高悬的心才稍稍放下，读者们对这部作品的喜爱令我倍感欣慰。

与我近年创作的其他几部作品相比，《凡人修仙之仙界篇》不仅凝结了我多年的心血，而且是我写作路上的里程碑。在书中，韩立蜕变升华；在书外，我亦不断修炼。韩立的身上既有我的影子，也有大家的影子，他成长的过程是千万凡人奋斗的缩影。

谁说人生不是一场修行，有人在荆棘密布的人生旅途上努力拼搏，有人在宛如油锅的境遇中受尽煎熬，每个人都有刻骨的人生经历，只有真正经历过的人才能体会到那种刻骨铭心的痛楚。熬过那种濒临绝境的痛苦后，人生真的会完全不同。

在这本书中，韩立的终极秘密武器依旧是小绿瓶，藏了这么多年的谜底也到了该揭开的时候。有人说，韩立这一路的成长靠得更多的是运气，而非实力，若没有小绿瓶的帮助，他一个普通的穷小子很难走上人生之巅。

这话说得没错，问题是在这个遍地都是普通穷小子的世界，又有几个人能把握住属于自己的“小绿瓶”呢？每个人都有可能遇到“小绿瓶”，但不见得人人都能牢牢地抓住。

充满未知的人生就是漫漫仙途的真实写照，不管是在修仙的世界还是在真实的社会，成长都需要运气。能抓住那一丝运气改变命运，也是一种实力。若没有这种实力，要达到人生巅峰简直就是痴心妄想。

在《凡人修仙之灵界篇》的结尾，韩立已经走上了人生之巅，但人生之路何其漫长，何为巅峰？何为低谷？并无标准答案。

韩立在巅峰傲视众生之时，也许已经想到了这个问题，人生像一条巨大的彩带，在它不断波动向前行进的路上，巅峰连着低谷，低谷又连着下一个巅峰，一切都在变化，一切又好像似曾相识，唯一不变的是时间，它仿佛是一只无形的手，掌控着所有人的人生。

不过，时间真的是不变的吗？如果这只是命运设的陷阱，只是上天开的玩笑，那我们的人生又将何去何从？

韩立也好，南宫婉也罢，你也好，我也罢，也许到了最后，我们都会意识到人生就是这么一个轮回吧。

忘语

目 录

CONTENTS

目 录

CONTENTS

外 传

“在下韩立，是从灵界飞升的。这里就是传闻中的飞仙台！除道友外，好像并无其他人。”韩立单手轻轻一按池水，一下就飞出了水池，身上青光一闪，水渍都不见了。

这时他发现，掌天瓶、元合五极山等重宝全都安然无恙地在体内，倒是魔光等人藏在灵兽袋中无任何反应了。

此地看起来只是一个十分简易的高台，除了中心处的水池外，高台四周都被一层蔚蓝色的光幕笼罩着。光幕之外，隐约可见鹅毛大雪漫天飞舞，外面竟然是一个晶莹的冰雪世界。

“原来是韩道友。来自灵界的话，这可有些头痛了。下面的那些界面，十个之中有两三个都叫此名的。算了，我就随便给你登记一下吧。反正上面一般也不会来查这种事情。”高升眉头先是一皱，但马上又舒展开来，无所谓地说道。只见他两手在虚空一抓，手中顿时出现了一本晶莹的玉书和一支淡银色的巨笔，然后飞快地在玉书上书写着什么。

韩立心中虽然觉得诧异，面上却未显露出来，而是静静地站在原地看着对方。片刻后，高升两手光芒一闪，玉书和巨笔同时消失不见，取而代之的是一块紫金色的薄玉牌，他面带笑容地把玉牌递给韩立。

“这是？”韩立没有马上接过，反而不动声色地问了一句。

“这是道友的仙牌，每一名飞升仙人登记在册后，都可以领取一块。道友凭此物，无须接受任何盘查便可以进入各大仙城，还能进入一些特殊的地方，也无须缴纳任何费用。呵呵，这可是你们这些从下界飞升的仙人才能享有的待遇，像我们仙界本土的真仙可没有这般待遇。”高升用羡慕的口气说道。

“哦，这是为何？”韩立脸上终于露出一丝讶然的神色。

“仙界无边无际，本土仙人更是多如牛毛，从下界靠自己的力量飞升上来的仙人却少之又少。但各个仙域的高阶仙人中，飞升仙人和本土仙人的数量又差不了多少。这代表什么，道友应该很清楚了吧。”高升含笑解释道。

“原来如此，我明白了。既然仙界有此规定，那我就不客气了。”韩立有些恍然，点了点头，接着一抬手，将那紫金色的玉牌接了过来。他低首一看，只见上面赫然印着自己的全身影像，栩栩如生，旁边还标注了自己的名字和“飞升”等几个金篆文。

韩立袖子一抖，玉牌顿时一闪不见了踪影。他又微笑着问道：“听高兄的口气，仙界似乎颇有秩序，但不知道友口中的上面指的是……”

“此事韩兄不用多问，只要看完这块记忆石中所记录的东西，就会有大概的了解了。”高升没再多说什么，手一扬，就抛过来一块蓝色的晶石。

“那韩某多谢了。”韩立一把抓住晶石，往额头上一贴，就明白了使用方法，再催动法诀，将神识侵入其中。

足足一盏茶的工夫，韩立才将晶石从额头上拿开，缓缓地道：“原来如此，仙界如今被分成无数仙域，这些仙域又被各个仙宫加以监管。这倒有些意思，不过，他们只是监管而不统治吗？”

“道友果然是明白人。既然如此，我就给道友说明一下仙界如今的大致情形。不知道友可有兴趣听？”高升听到韩立的话后，脸上浮现一丝奇怪的神色。

“还请高兄指点一二。”韩立一拱手，脸色凝重了几分。

“韩道友不用客气。仙界的情形的确和下界有些不同。仙域虽然名义上都是以仙宫为尊，但实际上每个仙域内都有不少实力不在仙宫之下的大势力存在，甚至有些实力超强的还能稳压自己所在仙域的仙宫一头。只是诸位道祖都希望仙界维持稳定，别出大乱子，这才默认各个仙域都以仙宫为主。当然这些仙宫本身也是仙域中有数的大势力，否则根本无法服众。这些仙宫执掌者也大都很识趣，一般不会去触怒其他和自己实力相当的大势力，所以现在的仙界还算太平。只要不触犯仙界禁律，自个儿在仙界还是能好好逍遥的。

“而道友是飞升仙人，情形和本土仙人还略有不同。飞升真仙纵然经过雷劫洗礼，体内真元已经开始改变，可以接受仙灵力了，但若要转化完全恐怕还需要数百年时间。若在下是道友的话，必定会依附于仙域中的某一势力，等体内真元彻底转化完成后，再考虑其他事情。否则，道友初临仙界，光是日常的灵石消耗，就是一笔不小的数目。”高升也不再客气，侃侃而谈。

韩立一边听着，一边露出若有所思的神色。

“多谢高兄指点，听高兄的口气不是仙宫之人吧。”韩立笑着问道。

“被韩道友看出来了，在下的确不是仙宫之人，而是石矶殿中人。之所以会出现在此，不过是在应付仙宫交给本殿的一些差事而已。不过，若是道友肯加入本殿的话，高某自然是极为欢迎的。石矶殿不但能够提供其他势力所能提供的一切待遇，并且我还可做主，让道友在本殿的登天阁中免费任选一部高阶仙家功法进行修炼。”高升也笑了，丝毫没有隐瞒之意。

“仙家功法？”韩立双眼一眯，反问了一句。

“仙家功法是专门供仙人修炼的法诀，只有修炼此等功法才能真正炼化仙灵力，让低阶仙人一步步向高阶仙人之境迈进。不过大部分低中阶仙家功法即使修炼圆满，也只能让人提高一两个境界而已，到时又不得不再挑选一部重新修炼。只有各大势力珍藏的高阶仙家功法，才具有让真仙直接修炼到极高境界的能力。而此种等阶的仙家典籍，是很少在外面流传的。即使有那么几部，也只是普通货色而已。”高升似乎看出了韩立心中的疑惑，主动解释了一番。

“哦，难道没有直通道祖境界的仙家法门吗？”韩立问道。

“道祖境界？哈哈，韩道友志气之高还真不是一般人可比的。可惜，哪怕是仙界传闻的几大神典，也没有哪一部可以让人直接修炼成道祖的。现在仙界已知的数百位道祖，每一位都是经历了万千劫难、承受了旁人难以想象的造化天缘，才达到此境界的。就算是最高深莫测的仙家功法，也只能让人修炼到道祖之下的大罗境，再往上的话，只能完全靠自己了。”高升哈哈一笑，解释道。

“看来成就道祖，是一件可望而不可即的事情！不知道祖之下，还有几层仙人境？”韩立闻言，并未流露出惊异的神色，反而点了点头，又追问道。

“虽然我们被下界统称为‘真仙’，但实际上，真仙境只是仙人中的低阶存在，上面还有金仙、太乙、大罗等几大境界。每一个大境界的修炼，都要经历百万年以上的苦修，故而其中还会再细分出几个阶位。纵然是同一个大境界之人，阶位不同的话，神通实力也会有天壤之别。”高升不假思索地回道。

“高兄现在达到何种境界了？”韩立若有所思地问道。

“惭愧，在下修成真仙已经有数百万年之久了，但一直卡在真仙高阶无法再进一步。若是没有其他造化，此生恐怕要一直停留在此境界了。”高升闻言，苦笑着答道。

韩立听了这话，脸色微微一变。

对方的实力他根本无法看透，没想到对方只是真仙境而已。

“这般说来，像在下这样新晋的飞升仙人，应该只是真仙境低阶了。”韩立喃喃说道。

“低阶？勉强算是吧！毕竟韩道友现在的仙元力还未彻底转化过来，只能算是伪仙，还要再等上数百年，才能算是真正进入了低阶真仙境。”高升微笑着回道。

韩立听完后半晌无语，好一会儿，才再次问道：“听高兄的意思，仙界中除了我们外，普通修炼者也不少吧？”

“仙界中的确存在真仙境界以下的修炼者。我们仙人纵然神通广大，但也不能保证自己的后代一定能修炼到仙人境界，这些人因为无法吐纳接受仙灵力，寿元有限，只能再结婚生子，又会诞生更多的凡人。如此一来，人数之多可想而知。”高升似乎对这些凡人颇不以为然。

“原来如此！看来一部高阶仙家功法对我们真仙的确十分重要。”韩立点了点头，开始思考起来。

“我们石矶殿对飞升仙人算是颇为看重了，其他势力可不会开出比我们更好的条件。而且道友可以先在本殿担任外门客卿之位，若是几百年后，真觉得本殿不适合道友的话，道友只要拿出和所选仙家功法价值相当的东西，便可以自行离去，本殿绝不会加以阻拦。”高升似乎看出了韩立心中的犹豫，又如此劝说道。

“还有这种条件！好，既然高兄说得如此之好，那韩某就先去贵殿看一看吧。”韩立目光一闪，终于做出了决定。正如对方所说，他现在最重要的事情就是先转化体内的仙元力，将真仙境真正地巩固下来。在此情形下，他先依附某一个大势力，再慢慢了解整个仙界，也是一个不错的选择。

高升听到韩立的回答，自然大喜，连称韩立绝不会后悔，然后袖子一抖，一道虚影从其背后闪现，随即幻化成另外一名身穿银袍的“高升”。

“你在这里替我当值一段时间，我先带韩道友去石矶殿。”高升对银袍高升道。

“那你要快去快回，万一被此区域的监察使者发现，我可无法替你掩饰多久。”银袍高升面无表情地回道。

“这个你不用担心。这座飞仙台地处如此偏远之地，监察使者怎会轻易到此？上一次有监察使者出现，已经是好几百年前的事情了。再说我只是去送人，多则半月少则数日就会返回的。”高升毫不在意地道。

“你心里有数就行，到时候可别连累我。”银袍高升不再多说什么，几步走到水池边盘膝坐下，闭上双目，就此入定。

韩立见此情形，脸上闪过一丝讶异的神色。

“让韩兄见笑了，这是我修炼的一具垢土化身，虽然他的实力不及我，但对付低阶真仙还是绰绰有余的。有他替我在此当值，我才可安心离去。走，高某这就送道友前往石矶殿。”高升一边笑着解释，一边单手掐诀朝着高台外的光幕一点。

“噗”的一声，光幕应声而开，现出一条一人高的圆形通道。

高升大步从中走出，韩立紧随其后。

离开高台的瞬间，漫天大雪铺天而下，同时一股奇寒之力迎面席卷而来。纵然韩立有那么强大的肉身，他也不禁眉头微皱。旁边的高升目睹了韩立的情形后，脸上不禁露出惊讶的神色。

北寒仙域既然以“寒”字作为仙域之名，说明这里平时就冰冷无比，若是碰到这样的雪天，空气中蕴含的奇寒之力就更加厉害了。即使在仙域土生土长的低阶仙人，也必须佩戴一两件特殊炼制的防寒器物，才敢直接面对雪天。而韩立作为一个刚刚飞升的仙人，竟然能够视此雪如无物，怎能不让高升暗暗心惊!

高升心中的念头如闪电一样转过，手中动作却丝毫不停。只见他突然往下方打出一道白色法诀，下方厚厚的雪层中传出数声清鸣之音。

下一刻，两只通体洁白的巨大孔雀从雪地中冲出。

“道友请！”高升脚一抬就上了其中一只孔雀，然后用手指了指另外一只，笑着冲韩立道。

韩立微微一笑，一闪身也上了另一只孔雀。

随着高升一声低喝，两只孔雀当即展翅迎着漫天雪花冲天而起。

韩立在仙界的行程，就此踏出了第一步。

第一卷

风起灵寰

第 1 章

狐女

辽阔荒地，渺无人烟。一眼望去，这片苍黄的土地上，除了杂草灌木，就只剩随处可见的灰白色石头，大小不一，形状各异。骄阳悬空，炙烤着大地，漫天都是黄色的粉尘，纷纷扬扬。浑黄的天地间，有一个瘦弱娇小的身影，正奋力朝着前方疾跑。

这是一个六七岁的女童，鹅黄罗衣上绣着朵朵淡粉梅花，一头乌黑的头发绾成了双髻，一双灵动的大眼黑溜溜的，小嘴嫣红，衬得整个脸庞细致清丽。女童右手紧紧地攥着一只巴掌大小的拨浪鼓。这拨浪鼓应该有些年月了，两侧鼓面已经有些泛黄，上面绘着几条青蛇图案。连着双耳的两颗弹丸上下翻动，不时敲击在鼓面上，发出几声轻响。

女童虽然年纪不大，但身手颇为灵活，几个起落，便出现在一处齐人高的杂草丛前的空地上。也许是跑得太急了，她雪白的额头上满是汗珠，左颊上一条汗水流淌下来，没入白嫩的脖颈。她伸出左手擦了擦，紧绷的脸蛋红扑扑的，犹如熟透的苹果，脚步却丝毫没有停下。

“妖孽，哪里跑！”就在此时，从后方蓦地传来一声男子的厉喝。

女童闻言浑身一颤，吓得脸色“唰”的一下就白了，抓住拨浪鼓的右手抬起，奋力一转，嘴唇微微翕动。

鼓面顿时泛起一层淡淡的青光，随着弹丸落在鼓面上发出一声轻响，一道青光从鼓面飞出，落在女童身前的一簇杂草上。

杂草表面顿时泛起一层青光，但这青光只是一闪即逝，似乎并没有对杂草造成什么伤害。

女童接连转动拨浪鼓，随着拨浪鼓的两颗弹丸敲击在鼓面上，一道道青光从两侧鼓面飞出，落在周围的杂草之上，泛起一层青光。

做完这一切后，女童脸色又苍白了几分，但她顾不得休息，忙不迭地一头钻入前方的杂草丛中。

就在女童的身影没入杂草丛中没多久，后方十余丈外一阵尘土飞扬，一个身影疾驰而至，出现在这片杂草丛前。

身影的主人是一个四十多岁的虬髯大汉，他身材高大，单手提着一柄明晃晃的朴刀，看起来凶神恶煞。他的目光落在草丛前面留下的细小足印上，接着一闪身就欲提刀冲入草丛。

就在此时，前方草丛一阵青光乱晃，一下射出几条青色长蛇，全都张开大口朝着虬髯大汉狠狠地咬去。

虬髯大汉先是一怔，随即左手飞快地摸出一张符箓朝身上一拍，一层白色光罩浮现，他右臂再一抖，手中朴刀“嗡嗡”声大响，朝着前方一刀劈去。

一道数尺长的寒光从朴刀中射出，青光闪动，当即便有三条青蛇被一刀劈飞，并且断成了两截。接着，又是“砰砰”两声，其余两条青蛇也被大汉身上的白色光罩弹开了，并在大汉刀光的翻卷下，同样被砍成两段。

这些青色长蛇一个照面便被虬髯大汉击溃，并就此现出原形，它们竟然是几簇绿色杂草所化。

虬髯大汉哼了一声，正要继续冲入草丛，突然面色一变，将朴刀一收静静地站在了原地。

随着身后沙沙声传来，两个身影联袂而至。

其中一个是瘦瘦长长的青年道士，一身灰色长袍有些破烂，手握一把白马尾拂尘；另一人却是个短小精悍的马脸男子，脸上有几处瘀青，头发乱糟糟的。

“两位道友没什么事吧？”虬髯大汉回头看向二人，问道。

“这妖孽不愧为妖狐之女，当真狡猾得紧，刚刚我和齐道友追得急了些，不小心着了道，幸好没什么大碍。倒是燕道友怎么停在了这里？那妖孽如今何在？”马脸男子摆了摆手，有些疑惑地问道。

虬髯大汉没有说话，朝眼前齐人高的杂草丛指了指，草丛前的细小足印依旧清晰可见。

“那还等什么？我们这便一鼓作气，将之擒下吧。”马脸男子见此，便要冲入草丛。

“此妖已经逃了一日一夜，怕是也快山穷水尽了，不过其擅使木属性幻术，在这片草丛中可谓如鱼得水，贸然追进去，怕是不妥。”齐姓道士眼睛微眯说道。

“难道就任其这般逃走？这妖孽小小年纪便如此狡诈，若任其成年还不得遗祸苍生？”马脸男子略作迟疑，便停下了身形，不甘地道。

“我们正道之士，除妖降魔自是义不容辞，这妖狐既被我们寻到，自不会再纵虎归山。”虬髯大汉正义凛然地道。

“听燕道友言下之意，已经有对策了？”齐姓道士眼珠一转，问道。

“这片草丛面积不小，若是我们盲目追入，虽然最终也能将此妖手到擒来，但恐怕要费不少工夫。听说冯道友前不久购入了一张火云符，齐道友的引风术又炉火纯青，倘若你二人联手，这片草丛自将荡然无存，此妖也就无处遁形了。”虬髯大汉缓缓地说道。

“火云符……让我拿出来也不是不行。不过抓住这只妖狐后，皮毛必须都归我，其他的我什么都不要，如何？”马脸男子沉吟了一下后，道。

“不行，这妖狐必须活捉。”虬髯大汉摇了摇头，干脆地拒绝。

“燕道友这是何意？我这火云符可是初级中阶的装备，花了我不少身家。”马脸男子面色一沉，声音也蓦然一寒。

“冯道友少安毋躁，若我没猜错的话，燕道友应是血刀会外堂弟子，不久前会中下了任务，若能活捉此妖狐，不仅可成为内堂弟子，还能获得一颗赤血丹和一千块灵石作为奖励吧？”齐姓道士眼含深意地望了虬髯大汉一眼，道。

“没想到齐道友的消息如此灵通，对于我们血刀会之事倒是知道不少。明人不说暗话，两位若能助我活捉这只妖狐，我获得的所有灵石奖励给两位平分，如何？”虬髯大汉面不改色地冲二人道。

“既然燕道友这般说了，贫道自然没有意见。”齐姓道士将手中的拂尘往胳膊上随意一搭。

“既然如此，事不宜迟，动手吧。”马脸男子说着，从怀中掏出一张符箓，有些心疼地看了一眼后，往前方一抛，嘴里念念有词。

那符箓表面顿时泛起一层红光，继而爆裂开来，化为一团赤红色烈焰，犹如一片火云一般，朝下方杂草丛压去。

下方齐人高的杂草丛在火云的接触之下，立刻熊熊燃烧起来。

齐姓道士见此，口中念一声“无量天尊”后，骤然将手中的拂尘朝外猛地一甩。

刹那间，“呜呜”声大作，数股狂风突然出现，并呈扇形朝着前方扩散开去。

风助火势，火借风力，如狂涛骇浪一般沿着杂草丛迅速蔓延开来，半空中黑烟滚滚，草灰横飞。

虬髯大汉等三人盯着前方的火海，眼睛也不眨一下。

“在那里！”齐姓道士突然一声呵斥，身形已如箭矢般弹射而出，朝着前方某处疾掠而去，手中拂尘一抖，尘须表面泛起隐隐青光。

虬髯大汉和马脸男子闻言，俱是精神一振，紧随齐姓道士冲了出去。

只见前方二三十丈处，正被火海灼烧的草丛中突然蹿出一个娇小身影，正是此前遁入草丛的那个女童。

只是此刻的她，身上的鹅黄罗衣已经多处破损，白皙的脸蛋上更是被熏得乌黑一片。

她此前匿入这片杂草丛，为了不发出声响，小心翼翼地在其中改变着前进的方向，听到身后没有动静传来，本以为可以松一口气，没想到对方竟放火烧草来逼自己现身。

女童小脸紧绷，神色满是惊惶，二话不说就朝前方狂奔而去，有些慌不择路，口中不住咳嗽。结果，她尚未逃出多远，密密麻麻的青丝就朝着她的背后席卷而至。

几乎是同时，女童头顶处传来“哧哧”声，一张丈许大小的漆黑色大网一罩而下。女童眼中流露出绝望之色，但紧接着，她的目光落在了前方十余丈外的一棵枯槁的小树上，她眼睛微微一亮，狠狠一咬自己的舌尖。

“抓住了！”马脸男子的速度最慢，但在看到前方被虬髯大汉和齐姓道士联手封住去路的女童后，顿时面露喜色。

只见大片青丝横跨数丈往前方一个倒卷，将女童捆得结结实实，上方的漆黑大网也随之罩落。

就在此时，突然青光一闪，女童化为一株枯槁的小树。

“木遁！”虬髯大汉和齐姓道士纷纷落下，看到眼前的变化，面色一沉。

“在那里！”马脸男子忙朝着前方不远处一指。

只见不远处的一株枯槁小树渐渐模糊，化为一个手持拨浪鼓的女童，女童回头望了他们一眼后，便转身朝前方夺路而去。

“追！”

或许是因为催动了木遁，女童脸上此刻毫无血色，脚步也变得虚晃，跑得跌跌撞撞，速度自然大减，与后面那三人之间的距离飞快缩短。

“哎哟！”女童蓦地一声惊呼，不慎被一块石头绊倒，整个人往前飞扑出去，撞在了斜前方一块丈许高的灰白色巨石上，然后重重地跌落在地。

“继续逃啊！”虬髯大汉等三人见状，放缓了脚步，成三角之势合围上来。

三人追了女童差不多一日一夜，一路上吃了对方不少暗亏，此刻心中自然有些怨愤难平，尤其是马脸男子，更是为此搭进去一张火云符。

女童身材本就娇小玲珑，在三人的步步逼近之下，更是整个人紧贴着身后的巨石蜷缩成一团，一双眼睛中，满是怨恨。

看到女童的神情，三人自然毫不放在心中，马脸男子甚至往前一步跨出，抬起一只手，阴沉道："今日虽然不能杀你，但也要好好教训你这妖孽一番！"

就在此时，出人意料的一幕发生了。只听"咔"的一声，女童背部紧靠的那块丈许高的巨石表面，竟然随着一声脆响裂开无数条细缝，不少小石子簌簌滚落，落在女童头上、身上，吓得她一激灵。

"咦？"马脸男子见此，口中轻呼一声，抬起的右手也悬在了半空没有落下，另外两人的注意力也暂时从女童身上移开，看向了她身后的巨石。

"咔嚓！"在虬髯大汉三人的目睹下，巨石表面的裂缝如蛛网般迅速扩散，不少石片从巨石上剥落，坠落在地。

"啊！"显然女童也没料到身后的巨石会出现此等异样，吓得闭上了眼睛，双手抱住脑袋，一动也不敢动。

"轰——"巨石终于在一声巨响中完全碎裂开来，大块石头朝四面飞去，落在地上，掀起一片黄土。虬髯大汉三人均被吓了一跳，一脸戒备地往后退了几步，但双目仍旧牢牢地盯着巨石方向。

"这……这是什么？"马脸男子脸色微变，有些愕然地叫道。

透过渐渐落定的尘土，可以发现原本的巨石早已荡然无存，取而代之的是一个身材异常高大的男子。

此人一身青色衣衫，头发和脸上蒙着一层灰蒙蒙的石灰，看样子似乎此前便身处这巨石之中，依稀可辨其面容普通，皮肤微黑，双目直勾勾地望着前方，看起来有些木然迟钝，但整个人比虬髯大汉还要高出一个头来。

这突然冒出的男子，让女童和虬髯大汉三人全都目瞪口呆。

“石头哥哥！”就在虬髯大汉三人尚有些发愣之时，一个惊喜的声音蓦然响起。

那女童不知何时已经翻身爬起，一把抱住了这个突然从巨石中冒出来的高大青年。

女童本就娇小玲珑，脑袋只到高大青年的腰际，此刻一双白嫩小手正死死地抱住青年大腿，身子有大半躲在青年身后，一双水汪汪的大眼睛望着高大青年，滴溜溜地转。

虬髯大汉等人闻言再次一愣，不禁互望了一眼，目光再次落在了高大青年身上，见其在听到女童的叫唤后，面上没有丝毫表情，依旧发呆般地望着前方，三人脸上顿时生出了狐疑之色。

女童心中一紧，抱住青年大腿的一双小手不停地晃动，带着哭腔大声喊道：“石头哥哥，乐儿总算找到你了！……这些坏人要抓乐儿，石头哥哥快帮我打他们！”

这一次，高大青年像是听到了女童的呼喊一般，头缓缓地垂下。

女童抬头，看到高大青年那空洞的眼神，心中不免“咯噔”一下。

不过，这一幕落在虬髯大汉三人眼中，却让他们心中一突。

他们早已释放出神识扫过这高大青年，结果眼前之人身上丝毫法力迹象都没有，出现这种情况只有两种可能：一种是对方真的没有修为在身，只是一介凡人；而另一种，是对方有遮蔽法力的特殊秘术或法器在身。

不管是青年出现时的诡异情形，还是这女童一口一声“石头哥哥”的叫唤，都让三人隐隐觉得，对方很可能属于第二种情况，说不定也是一名妖族。

齐姓道士将手中的拂尘搭在胳膊上，视线在高大青年和女童身上来回扫，眼珠滴溜溜地转动，也不知在想些什么。

马脸男子也已经收回右手，退后了一步，回到了虬髯大汉以及齐姓道士身旁，缩在衣袖中的左手暗暗捏住了一个东西，目光死死地盯着女童。

“不知阁下如何称呼？在下血刀会燕承，此次与两位道友联手捉拿这妖狐，阁下若是与此事无关，还请自行离去。”虬髯大汉朝两名同伴使了一个眼色后，用试探的语气问道。

女童听到此言大急，用乞求的目光望向高大青年。

高大青年缓缓抬起头，木然地看了虬髯大汉一眼，没有给出任何回答。

虬髯大汉眼中闪过一丝愠怒，不过并未发作，又将此前的话重复了一遍，但声音提高了几分。

女童微微张了张嘴，没说什么，但抓住高大青年裤子的小手不由得攥得更紧了。

高大青年仍然没有丝毫反应。

“此人这般可疑，看来真有问题，与其在此浪费时间，不如我们……”马脸男子微侧着身子，和身旁两人传音道。

“这方圆万里之内，听到血刀会的名头还能如此镇定之人，若非修为通天，便是真的傻子。不管怎么说，他庇护妖孽在先，就算将之杀了也没人会说什么的。当然如何决断，还要请燕道友做主。”齐姓道士双目微眯，向另两人传音道。

“阁下如此，莫非看不起我们三个！”虬髯大汉微微点头，眼神渐冷，紧了紧手中的朴刀，大喝一声。

这一喝声音洪亮，在旷野之中回响不断，附近的空气一阵阵“嗡嗡”作响。

女童一听，脸上露出恐惧之色，不自觉地松开了青年的裤腿，紧紧抓住了拨浪鼓。

高大青年犹如耳聋一般，对虬髯大汉的话还是毫无反应。

“好，既然阁下执意要与那妖女为伍，那么……动手！”虬髯大汉目露凶光，手中的朴刀陡然浮现出大片刺目的白光，让人无法直视，另一只手则猛地一扬，一道黑光飞出，在空中滴溜溜一转，就化为一张黑色大网罩下。

女童大惊，急忙后退几步，但无奈距离太近，根本来不及了。

大网仿佛黑云般压下再猛地合拢，顿时将女童与高大青年一同罩在了里面，同时，丝网内寒光浮现，每个绳结上都浮现出一柄银色弯钩，看起来锋利无比。

女童一声尖叫，张口吐出一团红雾喷到了手中的拨浪鼓上，同时手腕一转。

“咚！”清脆的拨浪鼓声响起，女童身上青光闪动，身影渐渐变得模糊，又化为一截枯木。

“扑通！”下一刻，女童现身在十余丈外，随后摔倒在地上，手脚被黑网的倒刺所伤，划出十几个伤口，鲜血流出。她一个翻滚勉强爬起身来，但只迈出一步，就浑身一软再次倒地，脸色苍白，大口大口地喘息着。

这时，虬髯大汉根本没有再多看女童一眼，而是单手掐诀点向高大青年的方向，裹住高大青年的黑网陡然收紧。

与此同时，破空声响起，只见齐姓道士已经跃至半空，手腕一抖，十余道青色光芒射出，却是十几根晶莹飞针闪电般射向黑网中的青年全身各处。

“小心！”不远处的女童无法起身，见此情形只能大声呼叫提醒高大青年。

一阵金属交击声响起，那些青色飞针一接触到高大青年的身体，就被全部弹飞出去，仿佛撞在了石头上一般。

“怎么可能？”轻飘飘落地的齐姓道士见到这种情形，失声喊道。

就算对方真是一块石头，在这些飞针的攻击下也应该被洞穿了才对。

“嗖——”一道金光骤然从道士身侧飞出，一闪而逝，结结实实地钉在了高大青年的喉头之上。

“嘿嘿，中了我这一记金蜂锥，不死也……”另一边的马脸男子将扬起的手臂缓缓放下，口中冷笑连连。

但他的话还没说完，“轰”的一声，钉在青年喉头上的金锥突然炸裂，化为无数残片掉落下来。

“不可能！”马脸男子脸上的表情犹如见鬼了一般。

虬髯大汉也死死地盯着高大青年，满脸都是难以置信的神色。

只见黑色大网中那些足可撕裂铁皮的弯钩挂在青年身上，竟然无法刺入他体表分毫。

就在三人骇然之际，高大青年在遭受连番攻击后，终于有了些许反应。

他缓缓低下头，看了看身上挂着的东西，似乎觉得有些碍事，双臂一伸，十指就同时抓住了缠在身上的黑网。

"刺啦！"黑色大网表面爆发出团团灵光后，就跟纸糊的一般被撕裂，分成两片轻飘飘地落在了地面上。

马脸男子和齐姓道士两人看见这一幕，眼珠子几乎都要瞪出来了。

不远处，女童也张大了嘴巴，连身上的剧痛也暂时忘记了。

"你……你竟敢毁掉我的法器！"虬髯大汉目睹此景，心在滴血，大吼一声。

这黑网是他不惜重金从会中一位好友处借来的一件重宝，今日莫名其妙被毁，他如何能不怒？

虬髯大汉咬牙切齿地看着高大青年，双指一夹，一道紫色符箓出现在他的指尖，单手一抛，口中诵念咒语，符箓立即飞出，掠至高大青年头顶。

"噗"的一声，符箓碎裂开来，化作一片浓重的黑色铅云。

伴随着霹雳声响，那片黑色铅云当中光芒一闪，一道粗若碗口的银色闪电从黑云中劈下。

"轰"的一声巨响，粗大的闪电轰在高大青年身上，无数电弧四散弹射，直击得周围地面崩裂，击出了一个个触目惊心的黑色大坑。

女童在雷声轰鸣中吓得闭上了眼睛，也不知从哪里生出了几分力气，双手撑地往后挪开几步，险之又险地躲过了几道雷电的余波。

结果当她心有余悸地睁开双目之后，又惊得差点咬伤了舌头。

那高大青年静静地站立在一片坑坑洼洼的地面上，浑身上下却连半点伤痕都没有。

虬髯大汉虽然惊骇，但手上动作未停，口中念念有词，手中掐动法诀。

“结！”

半空又一道银色闪电落下，忽地一变，交织缠绕化为一道道雷光锁链，以迅疾无比的速度缠绕在高大青年身上，将其捆得结结实实。

“两位道友，此时不上更待何时啊！”虬髯大汉低吼一声，手中朴刀往身前一横，顿时泛起一层红光，同时，身体往前一蹿，连人带刀狠狠地斩向高大青年的面门。

马脸男子原本还在为雷电之力无法伤害高大青年而吃惊，见此情形大喜，单手一掐诀，身形骤然化为一股轻风在原地消失不见。

下一刻，高大青年身侧，狂风席卷，马脸男子从中闪现，手中多出一柄黑色铁尺，铁尺表面闪动着几枚白色符文，夹带一股恶风砸向高大青年的肩头。

齐姓道士眼神闪动，没有紧随两人冲出，而是后退两步，一挥手，一团红光从袖口中飞出，在半空中以迅雷不及掩耳之势绕了一圈，悄无声息地砸向高大青年的后脑。

三人虽然出手时间不同，但配合得无比默契，显然不是第一次联手抗敌了。

高大青年目光呆滞，站在原地纹丝不动，似乎根本没有发现眼前的攻击。

虬髯大汉见此，目中喜色闪动，全力斩出的一刀不觉又加上三分力气。

但下一刻，他忽然感觉手腕一紧，被一只钢铸般的大手死死抓住，朴刀非但无法再落下分毫，连同冲出的身体也突然停止，再也无法前进半分了。

高大青年竟探出一只手臂，五指如钩一把抓住了虬髯大汉握刀的手腕，动作之快让人几乎无法看清。

虬髯大汉使出浑身力气往回一抽，仍无法晃动对方手臂分毫，他先是心中一凉，但马上又露出一丝残忍的笑容。

“砰——”

“噗——”

马脸汉子的铁尺和齐姓道士放出的红色光团紧随而至，几乎同时击在了高大青年的肩头和后脑勺，铁尺绽放出刺目的黑光，红色光团直接炸开，化为大团浓浓的红雾将青年的整个头罩在其中，并散发出刺鼻的腥味。

“哈哈！”马脸汉子才狂笑出声，下一刻就感觉五指发热，一股无法言喻的巨大力量从高大青年体内爆发而出，顺着铁尺传到了他身上。

“不——”马脸汉子露出惊恐的神色，只来得及说出一个字，就倒飞出去，重重地落在远处的地面，体内的骨头不知断了多少根，鲜血直流。片刻后，他就气息全无了。

“不可能，你……啊……”

虬髯大汉大惊失色，但还未来得及做出任何援救的举动，他的手腕就被抓住了。随着高大青年的五指轻轻一抖，一阵阵诡异的震动传来，虬髯大汉全身的骨头寸寸碎裂，那种痛苦犹如被人千刀万剐一般，他不由得发出凄厉的惨叫声。

虬髯大汉被举起，然后狠狠地摔向了不远处的一块巨石。

在惨叫声中，虬髯大汉殒命当场。

这一连串动作如同电光石火般完成，只是一瞬间的事情。

齐姓道士看到这一切，已经面如土色，蓦然一个转身，一边往身上拍各色符箓，一边朝着来处撒腿狂奔。但他只来得及跑出几步，就觉得四周空气骤紧，身上数种护体灵光一闪而灭，接着“砰”的一声，整个人被一股无形的巨力拍在了地上，气息全无。

笼罩在高大青年头上的红雾化为缕缕血丝没入他口中，他的面容也重新显露了出来。

第2章

远去

女童呆呆地看着眼前发生的一切，小嘴半张，似乎还没有从方才的震惊中缓过神来。

她愣愣地望着虬髯大汉三人的尸体，身子一软坐在地上，两行泪水缓缓流下。

起初她只是小声啜泣，后来似乎是想到了什么伤心事，哭声骤然变大，如江水决堤般爆发的号啕声，打破了荒地的宁静。

不知过了多久，哭声戛然而止。

女童站了起来，双拳紧握，小脸上的乌黑和血渍已经被泪水冲去，再次露出一张清丽娇嫩的脸庞，只是一双大眼中比之前多了一些东西。

突然，她抬腿奔向了前方，另一块灰白巨石的方向。

那块巨石下方，一具尸体躺在血泊中，正是那虬髯大汉。距离巨石数丈远的地方，还有两具男子的尸体，无疑是那马脸男子和齐姓道士。

女童跃至巨石下，狠狠地朝着这几具尸体打了几拳，然后朝一个方向跪了下去，喃喃道："阿爹，阿娘，大哥，二姐……血刀会的恶贼终于死了一个，虽非孩儿亲手所杀，但你们的大仇总算报了一点。你们放心，只要孩儿还有一口气在，早晚有一日会杀上血芒山，让血刀会血债血偿。"

说完，女童眼圈又有些发红，不过她强行忍住，没有哭出来。

"孩儿不哭，阿爹说过，经常哭的人长不大，我要快点长大才行！"女童自言自语道。

好一会儿，女童才哽咽着将眼泪压下，再次站起来，看了一眼虬髯大汉三人掉在地上的储物袋。她的神情有些厌恶，不过略微犹豫后，她还是将这些东西尽数捡起，一一收好。

随着骄阳西移，天色变得昏暗，风逐渐大了起来，“呜呜”作响，气温也随之下降了。

望着苍茫的旷野，女童有些害怕，将身体蜷缩起来，下意识地朝着身旁唯一的活人，那个高大青年靠过去。

高大青年在击出那一拳之后，便恢复了先前的呆滞模样，木然地站在原地，低首望着自己的双脚，对于女童刚刚做的那些事情，仿若未闻。

“这位……石头哥哥……”女童不敢靠得太近，轻轻地喊了一声。

高大青年毫无反应。

“石头哥哥，我叫柳乐儿，谢谢你杀了那三个贼人。虽然你是人族，但是爹爹说过，人族里面也是有好人的。”女童怯生生地道。

高大青年的身体动了一下，终于有了一点反应，头稍稍抬起，看了柳乐儿一眼。他瞳孔中映出柳乐儿的身影，呆滞的眼神中似乎闪过一丝光芒，随即又变得呆滞，不过他的眼睛始终看着柳乐儿。

这让柳乐儿吓了一大跳，连忙往后退了几步。

不过高大青年只是这么呆呆地看着她，并没有其他举动，也没有动弹分毫。

柳乐儿心中松了一口气，更加确定高大青年的脑子是真的有问题。所以，她的胆子变大了，尝试着走近了一些，好奇地打量眼前之人。

之前太慌乱，来不及细看，此刻走近了，柳乐儿才看得更加清楚。

这青年异常高大，手指修长，身上筋肉并不如何粗大，却给人一种蕴含着无穷力量之感。他的双眼虽然茫然无神，但是瞳孔漆黑无比，看得久了仿佛能将人的魂魄吸进去，裸露在外的皮肤光滑至极，经历了刚刚那一场激战，竟然一丁点伤痕也没有留下。他身上的青色衣衫看起来普普通通，但是，在经历了被雷劈又被刀砍之后，竟然没有丝毫破损。

这一切都表明他绝对不是普通人，更不是凡人。凡人怎么可能两三下就击杀三名拥有法器的修士?

柳乐儿出神地打量着高大青年，发现高大青年仍旧没有什么反应，她的心情越发放松，绕着高大青年慢慢地走了一圈。

那高大青年的目光始终看向柳乐儿，仿佛柳乐儿身上有什么东西在吸引着他。

或许是因为高大青年的出现使柳乐儿逃过一劫，还帮她手刃了三个仇人，所以，她觉得眼前的高大青年越看越亲切。

“咦！”柳乐儿忽然轻呼一声，她看到高大青年胸前隐约露出一个墨绿色的小饰物，晶莹剔透，不知是什么。她想掀开他的衣服看一下，又不敢。

就在此刻，风越来越大，天空出现大片乌云，黑压压地低垂着，让周围的光线更加阴暗。

“轰隆隆！”一道粗大的闪电撕裂乌云，照亮了半个天空，发出巨大的雷鸣，雨滴倾盆而下。

“啊！”柳乐儿发出一声惊呼，下意识地躲到了高大青年身边，抱住他的大腿，娇小的身体瑟瑟发抖。

她是妖狐之身，天生对天地雷霆有莫名的畏惧。

高大青年的眼睛里隐隐亮起一丝光芒，不过很快就暗淡下去，不知是有意还是无意，他微微弯腰，用自己高大的身体将柳乐儿整个人笼罩在内，为她挡住外面的风雨。

柳乐儿心中涌起一股暖意，不再害怕外面的风雨雷电，反而心安无比。

这场雨来得快，去得也快，没过多久便云开雨停，一股草木的清新之气散发开来。

柳乐儿甩了甩身上的雨水，嘻嘻一笑，拉起高大青年的手，弹掉他衣服上的水珠。

高大青年身上的青色衣衫不知是用何种材料制成的，雨水落在上面，好像落在荷叶上一般凝成一颗颗水珠，一滴都没浸进去。

高大青年对柳乐儿的举动仍旧没有回应，只是任她摆弄。

“对了，石头哥哥，乐儿还不知道你叫什么呢？”柳乐儿拉着高大青年，尝试让他坐下。

高大青年竟然真的慢慢地坐了下来，不过还是没有说话。

“石头哥哥，你为什么会在这里呀？”

“石头哥哥，你那一拳好厉害啊，能教教乐儿吗？”

“石头哥哥……”

柳乐儿已经尝试了数种方式和高大青年交流，但不管她说什么，青年都没有任何回应，她不禁有些灰心了。

“石头哥哥，虽然不知道你是谁，但你杀了血刀会的人，还是和我一起离开这里吧。”女童想了想后，终于下定决心，一把拉住高大青年宽大的手掌，提议道。

高大青年虽然浑浑噩噩，但在柳乐儿连说带比画了好一会儿后，似乎听懂了，他眨了眨眼，跟着女童离开了。

暮色渐沉，残阳似血。

一大一小两个身影向着落日的方向，渐行渐远，随风隐隐传来柳乐儿欢快的说话声。

“石头哥哥，我知道你很厉害，但血刀会还有很多坏人！”

“天色不早了，你一定饿了吧。”

“等离开这里，乐儿打几只野鸟烤给你吃。乐儿的手艺不错哦！”

“石头哥哥，以后乐儿就把你当成亲哥哥吧！”

一片郁郁葱葱的山林中，寒风呼啸，大雪纷飞。虽然夕阳还未完全落下，但山林里已经十分昏暗。

一条本就不显眼的林间山路，在厚厚的雪层的覆盖下几乎已经看不清，路的尽头处亮着一丝火光，在冰天雪地中透出些许温暖的气息。

火光亮处，是这片山林中唯一的一座山神庙。

由于人迹罕至，这山神庙早已断了香火，废弃多年，外院的门楼和院墙早已坍塌，仅剩一座破败的主殿孤零零地立在原地。

大殿的殿门早已不知所踪，门框处搭着一张破旧的草席，勉强挡住了殿外的风雪。

透过草席上的破洞，能够看到殿内，大殿内空荡荡的，只有一道人影，盘膝坐在一堆枯草砖石之中。

那是一个身着青衣的高大青年，即使席地而坐，也显得异常挺拔，他脸上毫无表情，木然至极，就如同他背后那尊破败的泥塑神像一般，呆滞、缺乏生气。

高大青年双臂抱于胸前，臂弯间躺着一个瘦小的女童，正是那小狐妖柳乐儿。

“呃……”就在这时，高大青年怀中突然传来一阵低吟声。柳乐儿的小脑袋朝青年手臂上拱了拱，本来深埋在青年胸前的脸颊向外移了几分，从他的手臂间露了出来。

那原本清丽的稚嫩小脸，此刻满面通红，明明还处在沉睡中，一双秀眉却紧紧地蹙在一起，紧闭的眼帘下眼珠不住地滚动，似乎正在经历极为可怕的梦境。

“不……不要……呜呜……”伴随着一阵呓语，柳乐儿抱着高大青年手臂的胳膊，下意识地收紧了几分。

她的小腿也不安分地从青年怀中踢了出来，身子不时扭动几下，显得很不安，方才移出来的小脸，此刻又重新埋回了青年的胸前。

原本正视前方的高大青年，似乎略有所感，低下头朝怀中的女童望去，木然的眼神有了一丝变化，显得有些疑惑，但更多的仍是茫然。

“石头……哥哥……”一阵模糊不清的梦话，从青年怀中响起，如蚊蝇之声，微不可察。

不知是不是火光映照的缘故，高大青年此时的面部表情变得柔和了，原本空洞的眼神也多了几分光亮。

他也不起身，坐在地上挪着位置，用自己的半边身子，将漏进来的寒风挡住，同时手臂微微移动，将女童探出的小腿圈回自己怀中，稍稍搂紧了几分。

女童在他怀中蹭了几下，小脑袋又朝他的胸膛拱了拱，才慢慢停下来，呼吸也渐趋平稳。

天色已经黑透，风雪也在不知不觉中变小了。

一座百丈高的青翠山峰的半山腰处，一名身材高大的青年正背对洞口矗立着。

柳乐儿站在高大青年身后，一手拽着他的衣角，一手抱着他的大腿，探出半张小脸望向前方，由于紧张，她的脸色有些发白。

两人身前数丈处，一头足有两个成年人高的灰毛巨熊立在那里，后爪着地前肢抬起。

巨熊头上长着一根犹如白骨的狰狞独角，一张前凸的大嘴张开，露出尖利的牙齿，嘴角还淌着一线腥臭的涎水。

身材高大的青年站在这巨熊面前，显得宛如稚童一般瘦弱。不过，高大青年一点也不惧怕，双目直勾勾地盯着巨熊，漆黑的眸子如墨浸染。

那巨熊盯着高大青年的脸庞看了片刻，脸上突然露出畏惧之色，随之低吼一声，向后退了两步，转身落下前肢，狂奔逃走了。

柳乐儿看到这一幕，先是神色一缓，松了一口气，继而有些不解地挠了挠头，绕到高大青年身前，仰头望向他。

她盯着高大青年木然的脸看了半天，也没能瞧出什么异样，不由得露出些许失望之色。

“石头哥哥，乐儿知道你不是普通人，可惜你不会说话，要是能够和乐儿说些什么就好了，唉……”柳乐儿小大人般叹了一口气，牵起高大青年的大手，转身走回洞穴。

高大青年没有言语，目光落在了女童牵着自己的白皙小手上，跟着对方缓缓走入洞中。

一片不知名的辽阔草原上，正值盛春时节，青草新发的芽已经抽出，整片草原都弥漫着一种特有的清新香气。

一个八九岁的女童，手里拎着一根结满淡黄色小花的藤条，骑在一个高大青年的肩头，悠然前行。

与两年前相比，青年没有丝毫变化，身上依旧穿着那件青色衣衫，柳乐儿却已经大变样了。

女童长高不少，退去了几分稚气，眉眼间显出些许少女少有的柔媚，显然是个不可多得的美人胚子，日后倾城倾国也犹未可知。

只见她十指飞快地翻动，编织着手中的藤条，嘴里还哼唱着轻快的小曲，声音清脆动听，如同黄莺啼鸣。

“好了！”一曲未终，柳乐儿手上的动作就停了下来，一个美丽的花环已经成形。她双手捧着花环，转着圈打量了一下，满意地点了点头，欢喜地将花环端端正正地戴在了青年头上。

花环的大小正合适，花朵最为紧密的一处，落在了青年额头的正上方。

高大青年有所察觉，抬手轻轻地碰了碰花环，又慢慢地收回了手。

柳乐儿对高大青年的反应早已习以为常，低头瞥见他脖颈处的那条绿色细绳，掩嘴一笑，恶作剧般地探手一抓，作势要将那细绳提起。

身下的青年却似本能反应一般，一把抓向胸前，紧紧地握住了细绳这端系着的墨绿色饰物，久久不肯松手。

“石头哥哥小气鬼，每次都这样，我只是好奇想看看……”柳乐儿说着，腮帮子鼓了起来。

她嘴上虽然这般说，但并未真的生气，这两年多来，石头哥哥从未与她说话，除了偶尔对外界有所反应外，只有牵扯到他怀中的这个饰物时，他才会有所反应。

也正因如此，柳乐儿才会时不时地以此来和青年开玩笑。

时光如白驹过隙，匆匆又是数年。

一名十三四岁模样的俏丽少女，身着白色衫裙，脚穿藕色短靴，踩着轻快的步子，走在一条黄沙铺就的官道上。

在其身后，还跟着一名高大的青衣男子，神情木讷，步伐缓慢。

两人走路的速度一快一慢，步子却是一小一大，所以，彼此之间的距离倒也没拉开太远。

走在前方的柳乐儿，遥遥望见官道尽头有一座青色的雄伟城池，城门口处依稀可见来往的行人，小如麻雀。她秀眉微蹙，停下了脚步。

“明……远城……”柳乐儿眯着眼睛眺望了好一会儿，缓缓叫出口。

高大青年走到柳乐儿身旁，也停了下来，如她一般眺望那座城池。

“看起来是座人族大城……”柳乐儿低声呢喃着，略显犹豫。

这五年以来，为了治好高大青年的痴症，两人也进入过一些人族城镇，但像眼前这般规模的大城却从未靠近过。

“石头哥哥，等你完全好了，是不是就能帮乐儿报仇了？”柳乐儿仰头看着青年低声问道，却不知是在问他，还是问自己。

青年闻言，似乎有了些反应，远望的目光缓缓收了回来，看向女孩，但依旧没有言语。

“我在说什么胡话啊，就算石头哥哥再厉害，怎么可能打得过血刀会那么多坏人？”柳乐儿像是又想起了什么似的，神色黯然地垂下了头，眼泪不争气地掉落，渗入了地面的黄沙里。

就在这时，她忽然感到头顶一沉，一阵温暖的触感传来。她略微抬起头，居然看到她的“石头哥哥”正抬起一只手轻抚她的脑袋，眼神格外柔和。

在这一刻柳乐儿感到无比安心，体内生出一股难言的勇气，似乎有再大的困难也不再畏惧了。她抬起手背抹去了脸上的泪水，另一只手抓起高大青年那厚厚的手掌，面色坚定地朝着远处城门的方向大步而去。

第3章

马兽

明远城，是丰国境内的第三大城。

此城地处平原，城南有一条大江绵亘蜿蜒，水陆两路交通都极为便利，令其发展更加繁华。

此时，城门口入城的人排成一条长队，声音嘈杂。

柳乐儿拉着高大青年混在排队的人群中，心中忐忑不安，目光不时瞟向城门上方，那里悬挂着一面八角铜镜，正对着城门入口处。此时日上三竿，铜镜上的八卦图案在阳光下光芒流转，散发出一股堂堂瑞气。

入城的检查看起来并不严格，只需向守卫缴纳一些银钱即可，很快便轮到了柳乐儿和高大青年。

两人来到城门下，正对着城门上方的八角铜镜，一股莫名的力量将两人笼罩。

柳乐儿全身有些僵硬，低下了头。

高大青年直直地看向那八角铜镜，目光呆滞，谁也没有注意到，他瞳孔深处有蓝光一闪而逝，不过，铜镜上面丝毫异样都没有出现。

“你们是哪里人士？入城做什么？”一名中年守卫看了两人一眼，懒洋洋地问道。

“几位大哥，我们兄妹是城西北三百里外的柳家镇人士，我叫柳乐儿，这是我的兄长柳石，我们是来城中投奔亲戚的，顺便给兄长看病。”柳乐儿满脸是笑，飞快地答道。

虽然这些年来只有柳乐儿和高大青年相依为命，但两人仍免不了和外人有所接触，为了方便，柳乐儿给“石头哥哥”取了一个名字——柳石。

说着，柳乐儿飞快地取出一把铜钱递给那名守卫，她给的钱比应缴的入城费用略多。

中年守卫见此，脸上露出一丝满意之色，不动声色地将多出的铜钱塞入自己的口袋中，又看了有些呆滞的柳石一眼，没有再多问，挥了挥手道：“看你们兄妹也不像是歹人，进去吧。”

柳乐儿答应一声，赶紧拉着柳石快步入城，等到走出好一段距离，才在一个无人的角落处放慢了脚步，松了一口气。

“幸好我还留着爹爹给我的引气符，能遮住身上的妖气，才没被照妖镜发现。”柳乐儿看四下无人，低声嘟囔了几句，从怀中取出一枚青色玉符。

这玉符两寸长、二指宽，上面刻满了青色花纹，这些花纹构成一个复杂的法阵，一道道柔和的青光在上面流转。

她看着手中之物，眼中流露出一丝伤感，随后小心地将玉符收好。

转过两个巷口后，他们来到了明远城的主街道上。

此街道非常宽阔，足能容纳三辆马车并排行驶，街道两旁都是宽敞的商铺，鳞次栉比，一直延伸到视野尽头。

这里的建筑大多数都以木材为原料，砖瓦用得不多，虽然房屋都不是特别高大，极少有超过十丈的高楼，但胜在精巧。

柳乐儿初次来到明远城这等规模的大城，看到周围熙熙攘攘的人群她有些害怕，不由得紧挨着柳石。

其实，大街上虽然人流如川，但大家都是各走各的，并没有人过来干涉他们两人。柳乐儿发现后才逐渐放松下来，兴致勃勃地拉着柳石在街道上闲逛起来。

“石头哥哥快看那边！我听说过那个东西，看起来果然很好吃的样子。”柳乐儿目不转睛地看着不远处一个卖冰糖葫芦的小贩。

柳石漆黑的眼眸中映着周围热闹的场景，可他仍旧面无表情，一副对眼前这些东西完全不感兴趣的模样。

柳乐儿看到柳石这个样子，心中一阵失落，不过，她立刻想起了他们此行进城的目的，赶忙握紧了柳石的手，认真道："石头哥哥，你放心，这座城这么大，肯定有大夫能治好你的病。"

柳石闻言，目光微微闪动。

柳乐儿拉着柳石在街边小摊吃了点东西，找人打听了一下，很快就问到了附近两家医馆的位置。

城西，李氏医馆。

李氏医馆已经有上百年历史，算得上是老字号了。

此时，一个身着青布长衫的中年男子端坐在木椅上，他的三根手指按在柳石的腕部，凝神细查脉象。柳乐儿则有些紧张地站在一旁。

这中年男子名叫李长青，是李氏医馆的这一代的传人，也是这一带颇有名气的杏林妙手，行医已经二十余年。

半晌之后，李长青收回手。

"令兄六脉平缓有力，气血充沛，身体显然是极好的，怎么会患上失魂症？他的这个病症是何时开始出现的？可是因为外力所致？"李长青蹙眉看向柳乐儿，问道。

"我和兄长多年未见，对他的病因一无所知。"柳乐儿摇头道。

"这就难办了，不知病因，便无从治起。请恕在下医术浅薄，有心无力。"李长青一捋长须，有些歉意地道。

"真的毫无办法吗？"柳乐儿着急地问道。

"老朽实在是无能为力。"李长青摇头道。

柳乐儿十分失望，朝李长青行了一礼，带着柳石走出了李氏医馆。

"这明远城内的医馆还有很多家，我们一家一家看过去，肯定有大夫能治好你的。"柳乐儿垂头丧气了一会儿，很快又打气般地对柳石道。

柳石咧嘴一笑，仿佛听懂了柳乐儿的话。

两人朝着另一个方向走去，穿过两条街区，来到了另一家医馆门前。

这家医馆的外墙呈灰色，黑瓦铺顶，门庭宽阔，透着一股奢华大气，看着比李氏医馆气派很多，前来求医的人也不少。

“这家医馆的规模如此之大，里面的大夫的医术应该也很高明吧。”柳乐儿满怀期待，拉着柳石走了进去。

半个时辰之后，两人从里面走出来，柳乐儿的脸上写满了失望。

“不急，还有其他医馆。”柳乐儿很快又振奋精神，鼓励柳石道。

接下来的大半日，两人走街串巷，几乎将明远城内的大多数医馆都去了一遍，但那些大夫对柳石的病症，全都束手无策。

城北，野菊斋。

两个身影从野菊斋缓缓踱出，正是柳乐儿和柳石。

柳乐儿一脸失落，低头玩着衣角。

这野菊斋虽然不是明远城内最大的医馆，但据说，这里的大夫对于一些疑难杂症颇有见解，可惜，他们也未能看出柳石的病因。

“小姑娘请留步。”就在此刻，一个声音从后面传来，一名头发灰白的青袍老者快步追了上来。

“刘大夫。”柳乐儿有些惊讶，停下了脚步。

这青袍老者，正是刚刚给柳石把脉之人，野菊斋的坐堂大夫。

“您老莫非对家兄的病情，有了什么新的想法？”柳乐儿心中蓦然生出了些许希望，赶忙问道。

“正是。方才老夫为令兄把脉之后，到后堂翻阅了一些医典，偶然看到一个病例，和令兄的情况颇为相似。”青袍老者高兴地点了点头。

“大夫请讲。”柳乐儿闻言大喜。

“根据医典记载，令兄的症状和寻常的失魂症大不相同，倒像是受到了诅咒，或者是被人下了禁制伤了神魂。此等病症并非凡俗大夫所能治疗，只有找到擅长此道的仙师出手才有可能治愈。至于无法言语倒是小事，令兄口舌无碍，只要神魂恢复正常，他自然就能开口讲话了。”青袍老者据实以告。

柳乐儿听完，沉默了，半晌后才勉强挤出一丝笑容：“多谢刘大夫指点。”

“小姑娘客气了，治病救人本就是我们医者的本分。”青袍老者摇头晃脑地答道，然后就返回了医馆。

柳乐儿带着柳石走出野菊斋，闷闷不乐。

“唉，石头哥哥果然是被人伤了神魂。”柳乐儿喃喃自语。

她是狐妖之身，虽然尚且年幼，但对于修仙炼道也有了一些认识，这些年，从柳石的异状她早就隐隐猜到了他可能是被人伤了神魂。

若要治好石头哥哥，必须求助于精通神魂之道的修仙者。只是这样的修仙者，实力都极为强大，单凭一枚引气符，她实在没有把握能瞒过对方自己妖族的身份。

两人此次来明远城求医，也是抱了侥幸的念头，希望是自己猜错了，不过现在看来她的猜测是对的。柳乐儿不禁犹豫起来。

就在她愁眉不展的时候，前方街道上忽然一阵骚动，街上行人乱成一团。

“马受惊了！”

“快躲开！”

惊呼声从前面传来，街上的人们拼命朝两旁奔去。

只见不远处，一匹浑身长满鳞片的青色怪马拉着一辆银色马车在狂奔，恰好冲着柳乐儿和柳石所在的方向而来。

那青色怪马长声嘶叫，状若疯狂，马车在其身后左右颠簸，赶车之人脸色苍白如纸，拼命拽缰绳，却一点作用也没有。

柳乐儿大惊，拉着柳石想要躲避，却已经来不及了。

在一阵腥风中，怪马拉扯着马车飞也似的到了柳乐儿两人近前丈许处，柳乐儿甚至已经能清楚地看到青色怪马的满口獠牙和从它口中喷出的一团团白沫。

“啊！”柳乐儿本欲施法阻挡青色怪马，怎奈心神动摇之下，体内的法力运转不灵，她不由得发出一声惊呼。

千钧一发之际，柳乐儿忽觉眼前一暗，只见柳石一步跨出，挡在了她身前，同时一只手闪电般伸出，一把捏住了青色怪马如水桶般粗的脖子，然后身体往边上一侧，和青色怪马撞在了一起。

“轰——”

青色怪马犹如撞在了一面巨墙上，硬生生地停在了原地，由于冲势过猛，街道上的石板都被它踩碎了，四散飞溅。

银色马车则在惯性的作用下一头撞在了青色怪马的屁股上，被撞得飞出去数丈远，又“砰”的一声重重地落在地面上。

马车虽然没有翻个底朝天，但车身也被撞得形状大变，杂七杂八的零碎东西掉落一地，赶车之人更是差点从车上直接翻下来。柳石却仿佛钉子一般，站在原地纹丝不动。

围观的众人见此，顿时目瞪口呆，某个茶楼上不知是谁发出了一声“神力”的惊叹声。

柳乐儿拍了拍胸口，当看到挡在自己身前的高大身影时，心里一暖。

在过去的这几年中，每逢她遭遇危险，“石头哥哥”都会这般下意识地挺身而出。二人之间的关系早已不是亲人胜似亲人了。

青色怪马被柳石拦住，变得更加狂躁，口中发出嘶鸣声，一低头，硕大的马头狠狠地撞向柳石的胸口。

“石头哥哥小心！”柳乐儿见状惊呼道。

柳石面无表情，捏住马脖子的手臂加大力气，往下一按。

“扑通”一声，怪马四腿一弯，巨大的身躯直接被压倒，跪在了地上，地面的石板尽数碎裂。怪马仿佛被一座大山压住，骨头几乎要散架了，双目之中的红光渐渐退去，流露出畏惧之色。面对力气远超于自己的柳石，怪马终于老实下来，乖乖地卧倒在地不敢动弹。

“好大的力气！这马兽的一撞之力恐怕不下四五千斤，这人竟能轻易拦下！”

“了不起！”

“我说这是谁家府上的马车？竟然在闹市随意奔驰，若不是这位壮士出手阻拦，不知有多少人要遭殃！”

周围的人纷纷议论起来。

柳石这才木然地放开手臂，站在原地不动了。

青色怪马虽然没了束缚，但还是大口喘息着，不敢从地上站起来。

“石头哥哥，你没事吧？”柳乐儿连忙上前查看柳石，见其无恙，才松了一口气。

赶车之人早已吓得面无血色，此刻见怪马被制服，整个人浑身无力地瘫在了车辕上。

就在此时，马车车门被推开，两个脸色发白的年轻人跳了下来。

当先一人是个二十来岁的男子，身穿一袭月白儒袍，颇为英俊。

另一人看起来只有十七八岁，面如美玉，唇红齿白，穿着一件雪白长袍，腰缠玉带，头戴玉冠，玉冠上面还镶嵌着一颗鸽卵大小的明珠，风采卓然，远非旁边的儒袍同伴可比。

“你这狗奴才，怎么赶的车？差点摔死本少爷！”那儒袍青年惊恐不定，伸手夺过赶车之人手里的马鞭，劈头盖脸就向他抽去。

赶车之人身上被抽出一条条血痕，也不敢躲闪，跪地连连磕头求饶。

那儒袍青年见状，脸上怒容更甚，马鞭抽得越发用力了。

“快住口，这是余府的人！”

“这不关我们的事，快别再多说了。”

等看清楚从马车中下来的两人的长相，周围的议论声戛然而止，众人看向两名男子的目光全都变得唯唯诺诺，很明显，大家都认出了这两人。

“二哥，罢了。此事也怨不得他，这青风马毕竟只是一头低阶妖兽，本就野性难驯。”

一只手臂突然伸了过来，格住了儒袍男子的手腕，他手中的马鞭便停在了半空中。正是那年纪稍轻的白袍少年出手了，他的声音好似泉水叮咚，异常悦耳。

儒袍青年看了白袍少年一眼，嘴角抽动一下，哼了一声，扔掉了马鞭。

“多谢七少爷！”赶车之人对着白袍少年连连磕头。

“起来吧，这些银子你拿去，赔偿一下刚刚被马车冲撞到的人和铺子。此事若是处理得好，自当减你罪责。”白袍少年取出一个钱袋，交给赶车之人并吩咐道。

“是，是。”赶车之人连连点头，接过钱袋，朝着那些被撞伤的人走去。

“多亏这位兄台制服这青风马，我兄弟二人受伤事小，若是误伤了其他人，我们就万死莫赎了。”白袍少年转身看向柳石，微笑施礼。

儒袍青年见此，也看了柳石一眼，见他面容普通皮肤黝黑，身穿一套简陋的青袍，看起来颇为寒酸，神情顿时变得轻蔑，有些勉强地拱了拱手。

柳石神情木然，一言不发。

儒袍青年何曾被人如此无视过，顿时面露愠色就要发作，却被白袍少年伸手拦住。

白袍少年细细地打量柳石，注意到其眼神有异，心中顿时一动。

围观的人越来越多，柳乐儿心中不免有些不安，拉着柳石，低声道：“石头哥哥，我们走吧。”

白袍少年此刻才注意到柳乐儿，在看清楚她如同瓷娃娃般精致的面容后，他的眼睛顿时一亮，连忙快步走了上去，道：“两位请留步。”

“有什么事？”柳乐儿停下脚步，蹙起眉头，凶巴巴地道。

“我叫余七，刚刚府上的马车失控，差点撞伤两位，在下深感抱歉。”白袍少年满脸笑容地道。

“我们没事，请你让开。”柳乐儿绷着小脸道。

“今日之事多亏了这位兄台出手相助，若不答谢一二，在下心中实在难安。此处离余府已经不远，可否请两位到我府上，让在下略尽地主之谊？”余七缓缓地道。

“不用，刚才的事情只是举手之劳，我们兄妹还有要事在身。”柳乐儿毫不犹豫地摇了摇头，拉着柳石就要绕过面前之人。

“且慢，你口中所谓的要事，莫非是想为令兄求医？”余七身体一晃又挡在了柳乐儿面前，看了高大青年一眼后，认真地问道。

“你……你怎么知道的？”柳乐儿吓了一跳，露出吃惊的表情。

“我的鼻子天生很灵敏，你们身上带有草药的气味，应该是刚刚从附近的野菊斋出来。这位兄台虽然神力惊人，但他的神志可能有碍，所以我才如此猜测，看样子应该是没错了。”余七看向不远处的野菊斋，展颜一笑道。他虽然是男子装扮，但这一笑中带着一丝异样的妩媚。

即使柳乐儿身为一名小女生，也看得一呆，她马上下意识地转头看向旁边的柳石，见“石头哥哥”仍然面无表情，心中才微微放松。

白袍少年继续道：“小妹妹，我们余家在这明远城也算有些势力，认得不少名医大家，你们若是求医，我应该能帮上忙。”

“没错，我们是来明远城求医的，但哥哥的病一般的大夫治不了。”柳乐儿还是摇摇头。

“如此看来，令兄的病情并非一般的疑难杂症。不过没关系，我们余家有一位仙师客卿，医术了得，远非寻常凡人大夫可比，不如请他给令兄看看？”余七先是皱了一下眉，但看了柳石和柳乐儿一眼后，又拊掌一笑。

“仙师……”柳乐儿眼睛一亮，有点心动了。

“还请柳家兄妹千万不要推辞，让在下略尽绵薄之力。不是我自夸，虽然明远城中还有其他仙师，但若论医术，我们余府中的那位若说第二，那绝对无人敢称第一了。”余七傲然地道。

“好吧，我们可以跟你回去，但若是那位仙师治不好我兄长的话，我们会马上离开的。”柳乐儿终于被白袍少年的最后一句话打动，勉强答应了。

“这个自然，对了，还未请教两位的姓名？”余七见柳乐儿同意，面露喜色，马上又追问了一句。

柳乐儿犹豫了一下，还是报出了自己和柳石的姓名。

“原来是乐儿妹妹和柳石兄。”余七连连点头。

“七弟，这两人来历不明，你怎么能随随便便就将他们带回家，还要请真人给他看病？”那儒袍青年被晾在一旁许久，脸色不太好看，此刻终于忍不住开口插话。

“无妨，此事我自有分寸，二哥不必担心。”余七摆了摆手。

儒袍青年对余七这个弟弟似乎有些畏惧，嘴唇动了几下，还想说什么，最终还是没有说出口。

此刻，几个穿着鲜亮、佩戴刀剑的侍卫自街道那头急匆匆地赶来。

围观的人群见此，轰然散去，似乎很怕这些人。

几个侍卫没有理会周围的人，赶紧上前对余七二人躬身行礼。

“七少爷，二少爷，我们来迟了，请二位少爷降罪。”

“我们没事，不必大惊小怪。你们几个先把马车拉回去，此事不要张扬。”余七淡淡地道。

“是。”几个侍卫立刻七手八脚地牵起那匹青色怪马，飞快离开。

“二位，请随我来。”白袍少年处理完这些，转身对柳乐儿二人笑了笑，领着他们朝前方走去。

柳乐儿看了柳石一眼，紧了紧拉着他的手，跟上余七的脚步。

那儒袍青年看着几人走远，脸色越发难看，在原地站立一会儿后，才顿足冷哼一声，迈步跟了上去。

“哈哈，有些意思！她便是那位据说拥有不错的修炼资质，引得丰国宰相准备花大力气送入冷焰宗的人吧？”

不远处街道上一个不起眼的拐角处，蓦然转出来两人。前面一名黑衣青年，双目细长，望着余七等人离去的方向阴森地道，满脸有着说不出的邪气。

“师弟多加小心，据说余府有散修坐镇，还不止一名，不可太轻敌。”黑衣少年身后还有另外一人，是一名枯瘦如柴的灰衣汉子，腰间挂着数个鼓鼓囊囊的兽皮袋，同样看着余七等人的背影，缓缓地道。

“范师兄，我知道该如何去做。这次的余府，是我的首次试炼任务，你只是来辅助我的，没有特殊情况的话，大可不必出手，我自会带人处理好一切。”黑衣青年闻言，不以为然地道。

灰衣汉子见此，苦笑一声不再多说。他很清楚自己这位师弟的秉性，虽然他的修为不高，但在宗内有亲族长老做靠山，一向不将其他同阶师兄弟放在眼里。

说话间，两人的身影逐渐模糊，片刻后就消失不见了。

第4章 余府

白袍少年颇为健谈，沿途给柳乐儿说了许多城中的趣闻轶事，不过柳乐儿对此不怎么感兴趣，只是随意应付了几句。

几人穿过数条街道，很快来到了明远城的中心区域。

这一带颇为安静，道路两旁也没有什么商铺，都是一座座宽宅大院，显然是城中世家豪门的聚居地。

几人又往前走了一段路，来到一座朱红府邸外。

和城内其他建筑不同，这座朱红府邸占地极广，高约两丈的朱红色大门看起来气势磅礴，门庭耸立着两只丈许高的石狮子，大门上布满了闪亮的铜钉，在阳光下璀璨发亮。大门两侧，各有一名身穿鲜亮铠甲的侍卫，手持长矛，肃穆而立。此处的一切，无不彰显着主人的权势地位。

大门上悬挂着一个巨大的鎏金匾额，上面写着“余府”二字。

柳石抬头看了余府一眼，很快便收回视线。

柳乐儿惊讶地看着眼前的府邸，心中有些忐忑不安。她从未见过这么大的府邸，从大门的情形就可以看出，余府在明远城的地位定然极高，恐怕和丰国朝廷大有关系。

“柳妹妹，你怎么了？”白袍少年似乎看出了什么，轻声问道。

“贵府真大，还有这么多侍卫，肯定不是普通人家吧？”柳乐儿勉强一笑，问道。

“柳妹妹真是聪慧，家父正是丰国宰相，所以府里才会有侍卫护院，否则哪能请得起一名真正的仙师常驻府中。”余七不以为然地答道。

柳乐儿闻言，不由得瞪大了眼睛。

那儒袍青年见此，满脸的傲然之色。

“七公子，二公子！”看到余七几人，门口的守卫连忙迎了上来，躬身行礼。

余七微微点头，带着柳乐儿两人走进大门。

“七弟，你执意带两个外人回府，小心父亲知道了之后大发雷霆，到时候可别怪我没提醒你。”进了余府，儒袍青年冷哼一声，拂袖而去。

“别理他，两位请随我来。”余七歉然一笑，带着柳乐儿和柳石往府内的另一个方向走去。

余府内面积极大，亭台楼阁，花园回廊比比皆是。地面都是用白玉、青玉等上等玉石铺就而成，光滑如镜，坚硬似铁，尽显豪门奢华。

余七在余府很有威望，沿途遇到的家丁仆人纷纷行礼，有的甚至直接单膝跪地。

柳乐儿见此，看了余七的背影一眼，两只亮晶晶的眼珠滴溜溜地转动，不知在想些什么。她和柳石跟在余七身后，自然引起了府中不少人的注意，尤其是柳石的异样，更是引人注目，不过这些人慑于余七的威严，都不敢多看。不多时，三人来到一处长廊，一个身穿绿色长裙，身材高挑的丫鬟迎面走了过来。

“少爷，您回来了。”绿裙丫鬟看到余七后，顿时露出大大的笑容，跑了过来。

“小舞，有贵客在，别没规没矩的。”余七沉声训斥了一句。

绿裙丫鬟吐了吐舌头，并不害怕，和先前那些仆人毕恭毕敬的态度截然不同。

余七无奈地瞪了绿裙丫鬟一眼，道：“小舞，你来得正好，这两位是我请来的贵客，柳乐儿妹妹和柳石兄，你快去西厢房收拾一个院子给他们歇息。”

小舞此刻才注意到余七身后的两人，柳石异样的木然表情让她有些惊讶，但当她看到站在一旁的柳乐儿时，美目顿时一亮，笑嘻嘻地道：“呀，好漂亮的小姑娘！”

“柳妹妹是我的贵客，你休得无礼！两位，小舞是我的贴身丫鬟，言语若有唐突，还请莫怪。”余七呵斥一声，又转身对柳乐儿和柳石歉意一笑。

“知道了。”小舞口中答应着，却趁余七转身不注意，朝柳乐儿做了一个鬼脸。

柳乐儿被小舞逗乐了，反应过来后连忙用手捂住嘴巴，不过她原本紧张的心情，倒因此放松了不少。

“对了，我这几日都在外面，府里……”余七朝周围看了一下，靠近小舞，低声私语。两人靠在一起，动作亲密，似乎没有什么避讳。

柳乐儿见此景，撇了撇嘴，对白袍少年刚生出的些许好感顿时大减。

两人窃窃私语了几句，小舞点了点头，转身快步离开。

“两位，请。”余七做了邀请的手势，继续前行。

片刻后，三人来到一处小院，小舞正站在院门口迎接。

虽说是小院，面积也不小，院子中间是用鹅卵石铺成的一条小径，左边有一棵青松，右边是一丛碧绿的修竹，微风吹过，竹叶发出“哗哗”的声音，清幽无比。屋内的摆设虽然简单，但做工都极为考究。桌椅干干净净，显然是刚刚收拾过。

“两位看起来也有些累了，不如先在这里休息一下，稍后我再设宴招待二位。”白袍少年转身看向柳乐儿，微笑着道。

“招待就不用了。我只想知道，什么时候方便请那位仙师给哥哥看病？”柳乐儿四下张望。

“既然两位不喜应酬，稍晚些我会让小舞把晚餐送过来。至于仙师，恐怕要等到明日才能相请了。”余七略一沉吟，如此答道。

“好吧。”柳乐儿有些失望。

“对了，两位若有其他需要，尽管吩咐小舞。那两位好好休息，我先告辞了。”余七说完，又看了柳石一眼才出门。

柳乐儿点了点头，有些心不在焉。

“少爷，他们是什么人？看他们的打扮，只是普通百姓，你为何要对他们这么客气？”小院之外，小舞好奇地问道。

“你这小妮子知道什么？今日我和二哥的马车受惊，多亏那柳石单手制服青风马，拦下了马车。”余七捏了捏小舞白皙的下巴，笑着道。

“青风马！单手！这个柳石……好大的力气啊！”小舞闻言大惊，感叹道。

“知道了吧，这种身具神力的异人，若是能收服的话，对我大有用处。况且乐儿这丫头长大后，绝对是倾国倾城的大美人，我又怎舍得让她流落在外吃苦，自然是要一同收入府中了。你吩咐下去，要好好招待他们，不许怠慢！”白袍少年笑着朝外走去，边走边吩咐道。

“是。”小舞不知想到了什么，满脸羞红地连忙答应。

小院，屋内。

柳乐儿今日走了一天，刚刚又经历了一场风波，确实有些疲惫，便拉着柳石进入卧室略作休息。虽然男女有别，但这些年两人在野外风餐露宿，一直是同吃同住，柳乐儿没觉得有什么不妥。

天黑的时候，小舞送来了晚饭。望着满满一桌子饭菜，柳乐儿不由得直咽口水。她何曾吃过如此丰盛的美食，虽然此刻身处宰相府邸，陌生的环境让她有些心神不宁，但她还是忍不住大快朵颐了一番。

而柳石，对这些美食并没有什么反应。

夜色渐浓，一轮圆月从天边缓缓升起。柳乐儿躺在床上，翻来覆去许久也没有睡着，她一直在想着明日看病的事情。

“石头哥哥，你说那仙师能不能治好你的病？”柳乐儿把身子往床边挪了挪，轻声问道。

柳石没有躺下，而是在床边闭目盘膝而坐。

这些年来，他每晚都是如此，从未躺下来睡过觉。

柳石面无表情，也未睁开眼睛，犹如未听到柳乐儿的话一样。

“石头哥哥，放心，如果这里的仙师治不好你的病，我们就去别的地方，肯定有能治好你的人。”柳乐儿却习以为常，低声再说了两句后，才露出安心的笑容，慢慢地闭上了眼睛，进入了梦乡。

柳石一动不动，好像黑暗中的一尊雕像。不知过了多久，柳石忽然睁开了双目，朝着余府某个方向望了一眼，并下意识地抬起手，抚摸了一下胸口处的墨绿色饰物。

同一时间，柳石所望那个方向的余府地下密室中。

密室墙壁上刻着一道道暗红色的符文，从墙壁各处汇聚到中央。密室中央摆放了一个黑色丹炉，炉底是个火坑，燃烧着熊熊的火焰。

丹炉此刻发出黑色光芒，顶盖轻轻地颤抖，似乎随时都会被掀翻。

一名老者站在旁边，目不转睛地盯着丹炉。

此人头戴莲花冠，身披灰白道袍，眼窝较深，面颊消瘦，颌下挂着一缕山羊须，须发皆是白色，看起来应逾古稀之年，倒也有些道骨仙风。

就在此刻，一声爆裂闷响从丹炉里传出，随即一股焦煳的气味散发出来。

老道脸色大变，挥手打出一道法诀，熄灭了炉火，然后手一招，将丹炉的盖子掀了起来。

老道不顾丹炉滚烫，直接伸手进去，掏出一把黑乎乎的粉末，浓浓的药香夹杂着一股焦煳的气味从粉末里散发出来。老道见此，脸色铁青，气急败坏地跳脚大骂。

第二日清晨，余府西厢房外传来一阵脚步声。通往别院的朱红回廊内，有三人缓步走来。

当先两人并肩而行，一个是头戴莲花冠、身穿灰白道袍的年迈老道，另一人，是个身着淡黄色宫装的英气女子。

在两人身后，还跟着一个丫鬟装扮的少女，手里拎着一个香木朱漆的三层食盒。

老道负手而行，白眉轻蹙，似乎有些不悦，目光直视前方，心思却明显记挂在别处。

宫装女子年纪不大，十七八岁的样子，虽然身段尚未完全长开，但看起来十分匀称，乌发高绾，五官清丽，眉宇间尽显英气，一双眼眸更是明亮如星，令人见之忘俗。加之女子脸上略施了粉黛，使得其原本就白皙无瑕的脸上，多了一抹恰如其分的红晕，故而显得更加楚楚动人。

“白石真人，实在不好意思，打扰您炼丹了。”宫装女子边走边眉眼微垂地道。

“看一眼倒无妨，只是贫道有些不解，七小姐为何要我为一个痴傻凡人诊治？”白石真人闻声收回了思绪，道。

“真人有所不知，此人昨日……”

宫装女子浅浅一笑，将昨日柳石当街拦马救人之事说了一遍。

白石真人一边听着，一边轻轻搓着手指，当听到柳石仅凭一手之力就拦下了处于疯狂状态中的青风马时，他的眉毛不禁挑了挑。

“那人既然有恩于七小姐，倒也值得贫道看上一眼。”白石真人听罢，松开轻搓着的食指和拇指，淡然地道。

宫装女子闻言一笑，略微欠身施了一礼。

那丫鬟则有些紧张地提着食盒，一直规规矩矩地跟在两人身后，没有发出半点声音。

西厢房内，已经穿戴整齐洗漱完毕的柳乐儿，正和坐在床沿边上的柳石说着话，忽然就听到门外传来敲门声。

“乐儿妹妹，我家小姐带仙师来看望你们了。”一旁的丫鬟不等小姐示意，便走上前去轻叩了几下门扉，低声唤道。

柳乐儿站起身，没急着开门，有些疑惑地问道：“你家小姐是？”

“乐儿妹妹，是我。”

听到门外传来的声音有些熟悉，柳乐儿眨了眨眼睛，不免有些疑惑。

她略迟疑了一下后，还是走上前去，“吱呀”一声打开了房门。

两扇屋门朝内一开，她便闻到了一股淡淡的药味，接着就看到了立在房门外的三人。

柳乐儿的目光先是在那老道身上，确认那股药味来自此人身上，而后又看向旁边的丫鬟，发现其正是她昨日见过的那名余七公子的贴身丫鬟小舞。

当柳乐儿的目光，最后落在那名脸上挂着浅淡笑意的黄色宫装女子身上时，先是一怔，继而惊得张大了嘴巴。

“你是……七公子？”柳乐儿掩嘴叫道。

“是我。乐儿妹妹可以叫我七小姐，或者七姐姐。”宫装女子看到柳乐儿诧异的表情，笑着道。

“怪不得昨日，我就觉得七公子有点……”柳乐儿欲言又止。

“有点什么？”七小姐黛眉微微一挑。

“有点……不像个男人。”柳乐儿想了一会儿，才想出一个稍微委婉一点的说法。

“以男儿的装扮在外面行走，能避免很多不必要的麻烦。等过几年，乐儿你再长大些，就明白了。”七小姐看着柳乐儿俏丽的小脸，笑着说道。

柳乐儿闻言，似懂非懂地点了点头，将三人让进了屋内。

“乐儿妹妹，这位就是我跟你说过的那位仙师，白石真人。”

“真人，这位是柳乐儿，坐在旁边的便是她的兄长，柳石。”七小姐微侧身子，一一介绍道。

“见过仙师大人。”柳乐儿心中早猜到了，闻言心中仍然“咯噔”一下，忙低下头，欠身施了一礼，没敢与那老道对视。

柳石则坐在床沿边，木然地望着进来的几人，动也没动。

白石真人淡淡地扫了柳乐儿一眼，目光便移向了柳石，先踱步走到柳石近前，后又绕到另一侧，再从上到下仔细地看了一遍，最后才将目光落在柳石的眉心处。

看了片刻，白石真人双眼一闭，手掌抬起，双指一并就朝着柳石的眉心处点去。

“呀！”

柳乐儿见状吓了一跳，忍不住惊呼出声。

白石真人伸出的手指顿时一僵，回过身，面露不悦地瞥了柳乐儿一眼。

“乐儿妹妹，真人是在帮你哥哥检查，不用大惊小怪。”七小姐连忙拉住了柳乐儿，解释道。

“对不起，仙师大人，我不是故意的……”柳乐儿自知有错，连忙道歉。

白石真人闻言，神色稍缓，手指重新抬起，再次指向柳石眉心处。

随着他双指向前指出，柳石的眉心处亮起一片青色光芒，一圈圈圆形波纹从中荡起，仿佛石子投入湖中时砸出的阵阵涟漪。

片刻之后，白石真人轻轻地“咦”了一声，收回手指，睁开了眼睛。

“怎么样？哥哥的病能不能治好？”柳乐儿急忙问道。

白石真人斜眼瞥了柳乐儿一眼，没有回答。

七小姐上前拉过柳乐儿的手，轻轻地拍了拍她的手背，示意她不要心急。

柳乐儿不再追问，眼睛却一直盯着柳石。

似乎感应到了柳乐儿的目光，柳石看向了她，咽下口中的糕点，嘴巴咧了咧，露出一丝笑容。

白石真人沉吟片刻后，手掌一翻，掌心多出一面古老的青铜圆镜。

“去！”

他口中轻喝一声，圆镜上青光一闪，而后飘浮而起，飞至柳石头顶上方，停住不动。

白石真人口中低声吟诵，并起的手指也在空中指指画画，似乎在书写隐秘符文。

片刻之后，他忽然双指停住，冲着圆镜遥遥一指。

悬空的圆镜立即剧烈地晃动起来，原本有些坑洼不平的镜面上亮起一层青光，竟然慢慢地变得光洁。

柳乐儿神色紧张地盯着镜面，觉得那青光之中似乎起了一些变化，模糊的画面就要呈现出来。

然而等了片刻，镜面的青光之中依旧是那副模糊的样子，什么都看不清楚。

此时，柳石似乎有些不喜那圆镜遮在头顶，抬起手像驱赶蚊虫一般挥了挥，虽未扫中那圆镜，却使得镜面上的青光一阵波动，变得愈加模糊。

“不可能，这是……”

白石真人见状，脸色大变，马上将袖子一抖，冲着圆镜猛然一挥，那面圆镜立即就如乳燕还巢般飞回他手中，消失不见。

柳乐儿看到这一幕，顿时露出关切的神色。

“真人可看出什么问题了，不知是否有办法治愈？”七小姐不禁问道。

“五五之数，未必不能，只是……”白石真人脸色阴晴不定，有些踌躇地道。

“求仙师大人一定要治好我兄长。”柳乐儿大喜，连忙开口请求。

“真人若有良方，还请务必治好柳石，至于所需的所有费用都由我来承担。”七小姐也开口道。

柳乐儿闻言，望向七小姐的眼神中不由得多了一丝感激之色。

“既然七小姐开口了，老道自当尽力而为。不过，话说在前头，他的神魂不知因何缘故处于封闭状态，想要重新打开确是十分不易。只有设下唤灵法阵，才有几分治愈的可能，还须老道与其独处静室，全力施法方可。”白石真人看着高大青年许久后，才下定决心般缓缓地回道。

“仙师大人为哥哥治疗的时候，乐儿能不能陪在一旁？”柳乐儿犹豫一阵后，低声问道。

“你陪在一旁干什么？碍手碍脚。怎么，你个小娃儿不信老道？”白石真人突然升高了语调问道。

柳乐儿心里“咯噔”一跳，连忙摆手：“不敢不敢，乐儿只是想陪着兄长，我就在一旁看着，保证不会干扰到仙师大人的。”

“随便你了。唤灵法阵不是寻常法阵，还有些准备要做，老道就先回去了。”白石真人淡淡回了一句，又看向七小姐正色道。

“有劳真人了。”七小姐欠身施了一礼。

柳乐儿也连忙躬身朝白石真人施礼，不过还没等她直起身，白石真人早已出了房门，自顾离去了。

白石真人离开之后，七小姐也没有逗留太久，安慰柳乐儿片刻后，便带着小舞离开了。

第5章

法阵

第三日下午，丫鬟小舞来到西厢房，告知柳乐儿两人，白石真人那边已经准备好，可以开始为柳石治疗了。

在小舞的引路之下，柳乐儿牵着柳石走过一条条回廊，穿过四座天井小院，又过了一道圆形拱门，才来到了余府的后院。

原本七拐八折的庭院回廊，就已经让柳乐儿惊叹不已了，当她看到后院那片布满碧绿荷叶的小湖时，才终于对余府的规模有了真正的认识。

说是小湖，也只是相对于柳乐儿以往见过的大江大河而言，其实这片湖泊少说也有寻常富贾家宅中的池塘的几倍大。

“乐儿姑娘，那里便是白石真人炼丹清修的地方。”小舞抬起手，指着湖心处的一座小岛说道。

柳乐儿顺着小舞手指的方向，看到一座汉白玉架起的九曲石桥，从荷叶中穿过，一直连到了小岛上。小岛的面积不大，但上面林木茂密，云遮雾绕，让人看不真切。一想到到了岛上，自己的“石头哥哥”就有希望被治好，柳乐儿难掩兴奋之色，心思也不禁起伏不定。

“真人清修之地，可不是我们这些下人能去的。乐儿姑娘，接下来你们就自行过去吧。”小舞见柳乐儿有些失神，嘻嘻笑道。

“谢谢小舞姐姐。”柳乐儿连忙道谢。

柳乐儿那一声“姐姐”，让小舞十分受用，她欢喜地摆了摆手，转身踩着碎步离开了。

柳乐儿望着湖中心那座雾气缭绕的小岛，手扶着石桥栏杆，并没有急于上桥，不知为何，她心中突然冒出了一个念头：“石头哥哥的病若是好了，会不会离开乐儿呢？”想到这里，她不由得有些患得患失，但等她再看向高大青年那异常熟悉的脸庞时，突然又安心了。

“石头哥哥，我们走吧。”柳乐儿当先一步跨上石桥，牵着柳石朝小岛走去。

在碧叶石桥间穿行，越往前走，柳乐儿心中就越紧张，柳石倒是一脸平静，颇有兴趣地看着在荷叶下游来游去的锦鲤。

来到小岛边，柳乐儿觉得岛上的烟雾没有远观那么浓了，也没有听到鸟叫声，显得格外寂静。

石桥尽头处，是一条由青石铺就的小径，一路延伸向小岛深处。

柳乐儿两人沿着小径一路走，径直来到了一座白墙黑瓦的古朴道观前。

白石真人正站在道观门前等候，看见柳乐儿他们只是面无表情地说了一句“进来吧”，便转身朝道观后殿的方向走去。

两人跟着白石真人穿过三重大殿，来到了道观后院，这里有一座巨大的假山。

白石真人走到某处山壁前，抬手在上面一按，一道厚重的石门便缓缓地打开，露出了一个一人高的洞口。

两人跟着白石真人进入洞内后，身后那道厚重的石门便缓缓地关上了。

这个山洞是人工开凿的，里面的空间不是很大，只比他们住的西厢房略大一些，四面墙壁上各点着几盏灯，也不知这些灯烧的是什么油，竟然没有半点烟气。

地面中心处刻着一个八角形图案，状若八卦，却又有所不同。

那图案的刻痕极深，里面不仅有奇异的鸟兽图纹，还夹杂着一些造型古怪的线条，她隐约觉得在哪里见过，似乎是某种古篆符字。而在八角形的每一个角上，还各插着一面暗红色的三角小旗，旗上同样以金线绘制着一些奇异的纹路。

“还愣着干什么？快让他坐到法阵中央。”白石真人瞥了一眼正在打量法阵的柳乐儿，冷声道。

“是。”柳乐儿连忙收回视线，引着高大青年木然地坐到了法阵正中央的图案中。

“石头哥哥，你一定会好起来的，乐儿就在这里陪着你。”柳乐儿盯着柳石的眼睛，认真地道，然后才恋恋不舍地出了法阵，贴着石壁站在一旁，面带紧张地看着老道。

“现在你就待在原地，不要出声打扰老道施法，更不要走动半步，明白了吗？”白石真人郑重地吩咐道。

柳乐儿连忙点头。

白石真人这才走上前，先是单手竖掌，作了一个道揖，继而围着法阵走了一圈，口中默默地吟诵起晦涩难明的咒语来。

随着他的吟诵之声响起，法阵周围的八面三角小旗上，一道道金线同时亮起金灿灿的光芒，从四周朝着柳石身上笼罩而去。

柳石原本正四下张望，在金光覆体的瞬间，他身子猛然一抖，如触电一般，坐得笔直。

柳乐儿见此，心头随之一跳，既有些担忧，又有些期待。

只见柳石身上金光流转，隐约开始凝聚成一条条诡异的金纹，同时眼中也有点点金光汇集，看起来甚是诡异。

白石真人口中的吟诵之声骤停，掐着法诀的手势突然一变，随即扣指大喝一声：“镇！”

方才还环绕在柳石身侧的金光骤然一凝，仿佛一层金纸一般将他包裹了起来。

透过金光尚能看到柳石的脸，他眉头皱起，显得有些痛苦。

“嗞嗞”之声大作！

法阵周围的八面小旗上红光大放，黑灰色雾气从中喷出，朝着法阵中心汇集而去。

柳乐儿在一旁见此，脸色微微一变，不知为何，这黑灰色雾气出现的瞬间，让她本能地感到了不舒服。

突然，柳石闷哼一声，脸部肌肉抽搐了一下。柳乐儿不由得惊呼出声，但马上脸色一白，用双手掩住了嘴巴。

“闭嘴！若是干扰了老道施法，后果你承担得起吗？”白石真人手指依然紧扣，厉声呵斥道。

柳乐儿心头一颤，不敢再多言半句，但眼中的惊惶丝毫未减。

只见那些雾气如同活物一般，交织成一道道触须，肆意扭动着攀附而上，将柳石整个吞没了。

白石真人单手掐诀，阴沉的咒语声继续响起。黑灰色雾气越来越多，越来越浓。雾气里的高大青年先是露出一丝困惑的表情，随之眼皮耷拉，缓缓闭上双目，竟然坐着睡着了。

白石真人见此，脸上露出一丝喜色，手中法诀骤然一变，再张口喷出一口血，那血化为点点红光，直接没入那黑灰色雾气之中。

顿时，那黑灰色雾气中传出浓浓的血腥味，一枚枚红色符文疯狂涌现。

“不对！”柳乐儿看到现在，脸色变了几次，直觉告诉她眼前的情形不太对劲，但由于白石真人先前的警告，她不敢随便做出什么举动。

就在这时，随着白石真人的一声低喝，黑灰色雾气的温度骤然下降，竟然在点点晶光中化为一块巨大的黑灰色冰块，将高大青年冻在其中。

“快停下，你在干什么？！”柳乐儿终于忍不住了，当即大叫一声，再也顾不得其他，一步跨向法阵，只见她手中光芒一闪，一个巴掌大的拨浪鼓便出现在她手中，她手握拨浪鼓就要击碎冰块救人。

未等柳乐儿摇动手中的拨浪鼓，白石真人却抢先将衣袖一挥，口吐一个“疾”字。

一道金色光影射出，一闪之下化作金灿灿的绳索，将少女结结实实地捆了起来。

“咕咚”一声，柳乐儿脚下一个不稳，栽倒在地。

“老贼，你到底想做什么？”柳乐儿恶狠狠地盯着白石真人，身躯不断扭动，但身上的金绳似乎感受到了她的反抗，骤然收紧。

“唔……”柳乐儿疼得泪水直流，却硬是咬着牙没有大喊出声。

这时，她脸颊两侧的耳朵忽然消失不见，却在头顶两边的黑发中，冒出了两只尖尖的三角狐耳。

一股强大的禁锢之力从金色绳索中传来，将她体内的法力尽数封住。

“嘿嘿，你想做什么？你这小狐妖，以为凭借一件法器就能瞒过本真人的耳目，真是痴心妄想！”白石真人瞥了一眼倒在地上的少女，冷冷地道。

“原来你一早就识破我的身份了！”柳乐儿的心直往下沉，但脸上仍挂着倔强的神情。

“嘿嘿，你此时关心这些还有必要吗！你是七小姐带进府的，狐族在灵寰界妖族中的势力也算不小，我原本打算睁一只眼闭一只眼放过你的，谁承想又发现了这个人形宝贝。”说着，白石真人转头看向黑灰色冰块里的柳石，眼中流露出贪婪之色。

“你……你要对石头哥哥做什么？”柳乐儿颤声问道。

“放心，我可舍不得杀你这个傻哥哥，他可是百年难得一见的天生神魂，强大的魂灵体，更妙的是如今他神识受创，变得痴痴呆呆，只要道爷我以秘术稍加祭炼，抹去他残存的神志，就能炼制出一具潜力无穷的魂灵傀儡。”白石真人半是解释半是自言自语，脸上满是得意之色。

柳乐儿听完，双眸骤然透出一丝疯狂的神色，脸上浮现出一层诡异的血红，身体猛地一拱，口中发出低吼的声音，瞳孔亮起幽绿色的光芒，身体各处也长出大片的白色毛发。

她身上的每一根狐毛都闪耀着晶莹的光芒，而且坚硬无比，整个人似乎一下变成了一只白色刺猬，尤其尾巴上的白毛更是隐隐闪烁出白色电弧。那些白色毫毛猛地竖起，一下将金色绳索撑开了几分，毛茸茸的尾巴一抖，上面的白色光芒大放。

“咻咻咻！”无数白色毫毛射出，仿佛万千飞针，发出刺耳的破空声，射向黑灰色冰块。

“找死！”白石真人蓦然转身，口中怒喝一声，挥手祭出一面黑色的椭圆盾牌，化为一片黑光飞出，速度极快，刚好抢在白色毫毛前，飞到了黑灰色冰块的前面。

椭圆盾牌猛地变大数倍，将黑灰色冰块挡在后面。

“砰砰砰……”

白色毫毛打在椭圆盾牌上，盾牌一阵颤抖，将所有毫毛尽数挡下。

柳乐儿见此，眼中的绿光剧烈闪烁，正要再有所动作之时，她身上的金色绳索忽地光芒大盛，束缚她的力量陡然增大了近乎一倍，飞快地蠕动收缩，压垮了她身上的白色毫毛，同时，绳索表面金光一闪，长出无数手指长的锋利金针，深深地刺入了她体内。

“啊！”刹那间，柳乐儿身上鲜血直流，染红了大片狐毛。不过，她一咬牙，不管身上正血流如注，用尽最后的力气将尾巴再次一甩。

“咻咻咻！”又是一片白色毫毛射出。

这次射出的毫毛如天女散花般，从四面八方朝着黑灰色冰块射去。

黑色盾牌的防御力虽然惊人，但是面对从四面八方而来的毫毛，也是没有办法。

“妖孽，你敢！”白石真人大怒，张口喷出一道黑光，正是一柄被黑光包裹的蛇形飞剑，一闪飞到黑灰色冰块上方。

“嗡！”飞剑凌空盘旋，幻化出一道道黑色剑气，形成一片剑影，包裹住黑灰色冰块。

黑色盾牌光芒绽放，再次变大，和剑影一起，护住冰块。

一连串金铁交击的声音响起。

那些毫毛大半被飞剑和盾牌挡下，不过仍然有一些穿过剑影，射在了黑灰色冰块上。

黑灰色冰块剧烈地晃动，表面出现许多细孔，几道裂纹浮现，并且飞快地蔓延开来。

就在此刻，人影一闪，白石真人的身影出现在冰块旁，两手一挥，大片黑气从他袖中涌出，一部分融入黑灰色冰块中，剩下的大部分凝聚成一个护罩，罩在了黑灰色冰块外面。

冰块上的裂纹瞬间停止蔓延，然后飞快地融合复原，很快冰块便恢复了原状。

白石真人松了一口气，恼怒地转身看向柳乐儿。

柳乐儿此刻躺在地上，眼中满是不甘。她身上的白色毫毛已经全部消失，气息微弱，显然刚刚发出的那两次攻击，已经将她的元气消耗殆尽。

“我还真是小看了你！”白石真人冷冷地哼了一声，要是方才他的动作再慢一瞬，黑灰色冰块恐怕就被柳乐儿破开了。说完，他狠狠地一挥手，一个尺许大小的黑色光掌打出，拍在柳乐儿身上。

柳乐儿娇小的身躯立刻被拍飞，撞在密室的墙壁上，她口中“哇”的一声喷出一大口鲜血，然后摔落在地。

她全身浴血，头发散乱，脸色苍白得吓人，情况看起来很糟。若非白石真人还有卖掉她换灵石的念头，刚刚那一击若是出手稍微重一点，她早已经一命呜呼了。

“石头哥哥……”柳乐儿勉强抬起头，看向冰块中的柳石，口中低声呢喃，接着忽地一个抽搐，直接昏死了过去。

白石真人见此，二话不说直接一挥手，数张符箓飞出，贴在了柳乐儿身体周围的地面上。

大片黑光从符箓上爆发，凝聚成一个光球，罩住了柳乐儿。

做完这些，白石真人才转身看向黑灰色冰块，忍不住露出了笑容。

“红袍上人，桂妖子，等我练成魂灵傀儡，看你们还如何跟我斗！”

白石真人脸上的笑容收敛，两手一抬，又是八张符箓飞出，落在黑灰色冰块周围的地面上。

“嗡！”大片漆黑的光芒从八张符箓上腾起，组成一个法阵，将黑灰色冰块托了起来，悬浮在尺许高的空中。

白石真人见此，翻手取出一个黑色葫芦。葫芦上刻着一圈蓝色符文，发出幽冷的光芒，液体激荡的声音从中传出。

他拔开葫芦塞，小心地倾斜葫芦倒出漆黑如墨的液体，那液体中闪耀着黑色光点，仿佛活物一般不停地蠕动，并且散发出一股刺鼻的腐臭气味。

第6章

苏醒

白石真人表情凝重，对这黑色液体颇为慎重，挥手发出一道黑光，包裹住这些液体，落在黑灰色冰块上。

液体一触碰到黑灰色冰块，立刻渗透了进去，很快就使得原本漆黑透明的冰块变得乌黑一片，连里面青年的身影，都变得有些朦胧不清。

白石真人露出满意的表情，收起葫芦，重新盘膝坐下。

这些液体是他搜集十余种稀有材料精心炼制而成的黑尸腐魂水，能够渗透修士的神识海，伤及神魂，阴毒无比。

白石真人两手掐诀，冰块中的黑色光点立刻被引动，一小部分开始朝着柳石的头部缓缓地渗透过去。

他打算每次只引动一点黑尸腐魂水，逐渐抹杀这高大青年的神志，尽可能地降低对方源自本能的抵触，以确保万无一失。

数个光点在碰触高大青年头部的瞬间，忽然一闪没入其中。

不仅如此，冰块中的所有黑色光点尽数骚动起来，根本不受控制地往高大青年身上各处涌去，纷纷没入其中。

“不好！”白石真人脸色大变，疯狂掐诀，想要控制黑色光点，但已经迟了。

所有的黑尸腐魂水眨眼间全部消失，冰块中的高大青年看起来却没有任何变化，似乎什么事也没有发生。

“怎么回事，我的黑尸腐魂水呢？”白石真人突然站了起来，满脸的惊怒，同时放出神识在柳石身上一遍遍探察。

不过无论他如何探察，都没有发现任何异样。

白石真人死死地盯着柳石，深吸了一口气，脸上的惊怒之色飞快消退，眉头紧皱。

“此人身上没有任何法力波动，绝对不是修士！难道他以前服用过什么天地灵药，或者体内有什么异宝，恰好能够化解这黑尸腐魂水……”

白石真人心中如此猜测，目光不由得往高大青年的胸襟处扫了一眼，那里微鼓，隐约有墨绿色光芒在闪动。他犹豫了一下，还是放弃了解除青年的封印对其搜身的打算，毕竟此法阵一旦激发，就不能轻易中止。

白石真人沉吟片刻后，翻手取出一个碧绿色的葫芦，抬手打出一道法诀，只见葫芦口绿光一闪，十几条深绿色的细虫从中飞了出来。

这些小虫皆半尺长，发丝粗细，飞动间发出“吱吱”的鸣叫，它们一出现，便化为一道道绿光，仿佛灵体一般没入冰块中，直扑高大青年的天灵盖，试图钻进去。

嘎吱嘎吱的怪声从冰块中传出，但这些绿虫无论如何努力，都无法钻入高大青年的头皮半分。

柳石的脑袋里似乎有一股无形的力量，能够阻挡这些绿虫进入其中。

白石真人见此，脸色一变。

“哼！我就不信，对付不了你一个痴傻之人。”他沉默了片刻，突然暴怒道。说完，他挥手召回绿虫，将其收入葫芦，然后一咬牙，口中开始念念有词。

一道灰色光芒从他身上绽放，聚于头顶，正是一面灰色小幡，迎着风瞬间变大了数倍。小幡上画了不知多少层禁制符文，让人眼花缭乱，不过这些符文此刻都暗淡无光。

白石真人咬破舌尖，喷出一口血没入幡中，同时两手飞快地掐诀，只见一道道黑光没入幡中，幡面上的那些符文逐渐变得明亮，表面腾起一片灰色雾气。

在“嗡嗡”声中，灰色小幡再次变大，已有丈许大小，幡上光芒一闪，模糊的骷髅头虚影从中飞出，足有七八个，每个都发出令人心寒的哭声，朝着冰块中的柳石扑去。

百鬼夜行的声音，瞬间在山洞密室中回荡！

白石真人瞪大双目，死死地盯着那些骷髅头虚影。

就在这时，惊人的一幕出现了。

眼看骷髅头虚影就要一头扎入冰块，高大青年映在地上的影子中突然出现了一阵水波般的诡异波动，接着，一团黑乎乎的东西从中飞出，滴溜溜一转，化为一颗青面獠牙、头生双角的狰狞鬼头。

鬼头足有脸盆大小，口中怪笑不已，双目绿焰闪动，扫了一眼那些骷髅头虚影，随即一张口，喷出大片银光。

“噗——”那些骷髅头虚影犹如碰到克星一般，纷纷被银光卷走，悉数被鬼头吞没。

狰狞鬼头做完这些事情，咂了咂满是獠牙的嘴巴，颇有些意犹未尽，但接着，它眼中绿焰一闪，一个转身，朝下方喷出一团青气，便消失了。

鬼头喷出的青气，直接射到冰块中青年的面门上，无声无息地没入其中。

这一切发生得太快，以至白石真人还没有反应过来，就已经结束了。

“这……”白石真人自问结丹后也算见多识广，但如此诡异的事情，他还是第一次遇到，他不禁目瞪口呆，不知所措。

就在此刻，一阵“嘎嘣”声传来。

黑灰色冰块表面骤然裂开一道道裂痕，冰块中的高大青年眼皮一动，缓缓地睁开了眼睛。眼神清澈，再没有先前的茫然。

他环顾四周，眉头微微一皱，接着肩膀轻轻一抖。

“轰——”

黑灰色冰块瞬间从里向外爆裂开来，冰屑漫天飞舞，掉落一地。

高大青年抬首望了望白石真人，似乎想要说什么，但是下一刻，他脸上又露出一丝茫然，双手抱头大声惨叫起来。

只听他体内骨骼“咔咔”作响，手脚如充气般变大，身躯瞬间膨胀了一倍，皮肤表面长出无数铜钱大小的金色鳞片，脸颊、脖颈等处皆是如此。这些鳞片犹如纯金所铸，泛着森然的寒光，望之便觉坚不可摧。

白石真人见此景，吓得呆住了，就算心里再有什么想法，也知道此刻的情形大为不妙，事情已经超出他的控制了。

他一咬牙，张口喷出一口鲜血，没入灰色大幡。幡上再次发出光芒，表面那些符文犹如活物一般蠕动起来，一阵“咔咔”作响后，赫然化为一条五六丈长的灰色蜈蚣。

白石真人又一拍腰间的储物袋，七八个拳头大小的乌黑圆球飞出，圆球表面黑气缭绕，散发出腥臭的气味，不知是何物。

灰色蜈蚣却发出欢快的嘶鸣声，大口一张，将几个黑球一口吞下，它的甲壳表面立刻涌出大片黑色，迅速蔓延，转眼间它全身变得漆黑如墨，并且闪烁着金属般的光泽，仿佛乌金铸成，每一节都锃亮而狰狞。

蜈蚣发出兴奋的声音，一对小眼睛发出红光，巨大的身体开始在山洞内游动，镰刀般的长足划过山壁，坚硬无比的山壁仿佛豆腐般，被划出一道道深痕，而且被染成了漆黑色，散发出刺鼻的腥臭味，显然它的爪子上带有剧毒。

“去！杀了他！”白石真人一指对面的柳石，口中厉喝一声。

黑色蜈蚣嘶叫一声，身体左右一摆，化为一道黑影，扑向柳石，大口一张，露出两排匕首般的森白利齿，咬向柳石的肩膀。

柳石兀自在那里抱头惨叫，丝毫没有注意到周围的情况，只听“咔嚓”一声，他就被蜈蚣咬了个正着。

白石真人见状，嘴角露出一丝笑容。

这蜈蚣的厉害之处，他最为清楚，寻常法器它能一口咬碎，最厉害的还是其布满全身的剧毒，可腐蚀灵性，见血封喉。但下一刻，白石真人脸上的笑容凝固了。

黑色蜈蚣突然发出一声惨叫，松开了嘴，嘴里鲜血直流，两排利齿尽数断裂。而高大青年肩膀处露出的金色鳞片上，一点伤痕也没有留下。

黑色蜈蚣虽然遭到了重创，但也被激怒了，一声惨叫过后，它身躯猛地一卷，仿佛毒蛇般将高大青年缠住，腹部锋利的长足趁机一抖，向下割去。

火星四溅，高大青年身上的鳞片还是完好无损。

白石真人见此，一对眼珠子差点瞪得掉下来。

“我想起来了！我……我是韩立，人族第一修士，灵界第一大乘！”高大青年忽然停止了惨叫，大声吼道，他的眼神清明无比，再无丝毫迷茫之色。他正是当年历尽千辛万苦，才得以从灵界飞升仙界的韩立。

清醒之后的韩立看了一眼缠在自己身上的黑色蜈蚣，手臂一挥，一只手掌就仿佛钢叉一般直接插入了蜈蚣坚硬的背壳中，微微用力，就将那黑色蜈蚣扯了下来。

黑色蜈蚣嘶叫不已，拼命扭动着庞大的身躯，却无法挣脱分毫。

随着“砰”的一声，高大青年没入蜈蚣体内的五指一抖，一股巨大的力量震荡开来。黑色蜈蚣哀鸣一声，一节节瘫软下来，再无任何挣扎之力。

“刺啦！”韩立另一只手也没入蜈蚣体内，两手同时发力，将手中的巨虫直接撕成了两截，随手扔掉。

掉在地上的两段蜈蚣残躯剧烈地扭曲了一下，就重新化为两片残破的小幡，只是表面灵光全失，显然彻底被毁了。

这一连串动作如同电光石火般，发生在瞬息之间。

白石真人呆呆地立在那里，嘴巴微张，一时间无法合拢。

韩立这才转头看了白石真人一眼。

白石真人一接触到韩立那冰冷的目光，忍不住打了一个激灵，心仿佛沉到了无底冰洞，浑身奇寒无比。

“给我困住他！”白石真人脸色大变，骤然大喝一声，两手一掐诀。

密室中的黑色法阵顿时光芒大盛，黑灰色的雾气再次疯狂地涌向高大青年。

与此同时，白石真人袖子一扬，一根淡白色的飞梭飞出，一个盘旋将他托起，朝着大门飞去，显然是想逃之夭夭。

“想走？休想！”韩立冷哼一声，手臂上的金色鳞片光芒狂闪，一拳砸向地面。

“轰——”地面的石板碎石四溅，出现一个巨坑，黑色法阵不见了踪影，所有雾气荡然无存。

白石真人听到身后法阵的碎裂之声，忍不住浑身颤抖，不过此刻，他已经飞到山洞的大门处，眼看就可以直接撞破大门逃出去了。但就在此刻，石门前人影一晃，紧接着一声空气爆鸣声响起。

“嗖”的一声，白石真人瞬间倒飞出去，狠狠地撞在不远处的石壁上，发出一声巨大的闷响。他张口喷出一大口鲜血，倒在地上，满脸惊惧，足下的飞梭不知飞去了何处。

大门处，韩立笔直站立，缓缓收回了挥出的左拳，一闪身，就如同鬼魅一般出现在白石真人身前，冷冷地看着对方。

“前辈饶命！小人刚刚有眼不识泰山，还请您宽宏大量，小人愿将全部家当献给前辈！”白石真人颤抖着爬起来，取下腰间的储物袋，双手捧到青年脚下，连连磕头求饶。

高大青年面无表情，看也没有看那储物袋一眼。

“除了这些，小人还有些珍宝放在别处，可以全部献给前辈。小人身为宰相府客卿，知道宰相府藏宝阁的位置，只要前辈点头，晚辈立刻将里面的全部宝物取来献给前辈。”白石真人见对方一直不出声，心中不由得“咯噔”一下，继续哀求道。

为了活命，他顾不得许多了。

韩立闻言，脸上露出一丝异样的表情，似乎被对方说得有些心动，身上的金光也缓缓收敛。

白石真人见此大喜，正要再开口说话时，韩立忽然抬手朝身下虚空一抓，一团黑气从他手里飞出，翻手一拍，直接没入老道面孔中不见了。

“前辈饶命！”白石真人心中大骇，急忙探察自己体内的情况，却没有发现丝毫异常，不过，这反而让他更加恐惧。

“你放心，我暂时不会杀你，这也算是以其人之道还治其人之身，我只要心念一动，这团黑煞就会在你体内直接爆开，你应该知道会有什么后果。另外，我已经记起了一切，我不姓柳，而姓韩。”韩立淡淡地道，原本巨大的身躯开始收缩到普通人的大小，同时身体表面的鳞片也消失不见。

白石真人面如土色，听到韩立说暂时不会杀他，顿时松了一口气，口中连连称是。

“砰！”韩立又一把抓住白石真人的领口，将他直接提了起来，同时右手食指点在其眉心处，指尖冒出一道黑光，没入他的眉心。

“前辈……”白石真人惊恐无比，以为对方出尔反尔，不过他话还没说完，眼神就变得茫然了。

韩立嘴唇紧抿，额头出了一层细密汗珠，脸色渐渐发白。片刻之后，他轻呼一口气，手指一动，指尖的黑光消散。

白石真人眼睛一翻，直接陷入了昏迷。

韩立挥手将白石真人扔在地上，深吸几口气，脸色这才恢复过来，但随之，他又眉头紧皱，脸上阴晴不定。他刚刚施展的正是搜魂之术，他已经从白石真人那里探察到了自己想知道的事情。

韩立目光一转，落在一旁昏迷的柳乐儿身上，眼中闪过一丝温柔，柳乐儿身上的那根金色绳索失去了法力的支撑，已经自行松开，不过，她仍然被困在黑色光罩里面。

韩立一闪身，出现在柳乐儿身旁，单手一挥，黑色光罩应声破碎。

韩立看着浑身是伤的柳乐儿，叹了一口气，犹豫了一下后，他单手掐诀，同时张口喷出一团青气，飞快地融入柳乐儿体内。

柳乐儿苍白的脸上立刻泛起一丝红润，身上的伤口也以肉眼可见的速度在恢复着。

“小丫头，这几年真是难为你了。”说完，韩立收回目光，走到白石真人身旁，拿起他的储物袋，直接撕开，里面的东西掉了出来，都是些材料和丹药。

韩立仔细地查看过后，挑出两瓶，分别倒出一颗青色丹药和一颗红色丹药，小心地给柳乐儿服下。

第7章

魔光

韩立见柳乐儿的呼吸趋于平缓，气息也逐渐安稳，这才重新盘膝坐下。他伸手探入胸前的衣衫一阵摸索，拿出了一只通体呈浅绿色的细长颈圆瓶，正是他一直挂在脖子上的饰物。

那瓶子上布满墨绿色的叶片状花纹，十分精美。

韩立摩挲着瓶身，陷入了沉思。片刻之后，他脸色一沉，将小瓶收起，低声喊了一句“魔光”。

山洞内没有半点异动，只有韩立的声音在回荡。片刻之后，他的影子突然一阵扭曲晃动，向前拉长了几分。一个黑色的人影，从拉长的影子中缓缓地分离出来。

那人影身着一身黑袍，肌肤黝黑如墨，容貌竟然与韩立有几分相似，一头黑发随意地披散在脑后，浑身散发出一股难以名状的衰败气息。

“韩道友，好久不见了。”来人的目光落在韩立身上，木然地道。

“魔光，到底发生了什么事，你怎么会变成这般模样？”韩立眉头紧蹙，沉声问道。

“不知道，我只比你早苏醒几年，刚醒过来我就发现自己几乎灵性尽失，只剩下一缕残魂。因为天魔契约，我只能藏身在你的影子内，只有当你召唤我或者有人伤害你的时候，我才能现身。”黑袍男子语调不变，有些机械地回答。

“你可记得沉睡前，发生过什么事？”韩立沉吟片刻后，问道。

“你飞升之前的事情，我都记得一清二楚，但你飞升之后，我只记得你和一个叫高升的仙人一同离开了飞仙台，再往后的事就全无记忆了。”黑袍男子缓缓地答道。

“果然如此，你和我的记忆都停留在我离开飞仙台的那一刻。看来想弄明白之后我到底遭遇了何事，必须先找到高升。不过，我们的处境可不太好，根据我刚才摄魂得到的消息，我们现在身处北寒仙域直属的一个叫灵寰界的下界中，而且已经是三百年后，你我整整丢失了三百年的记忆。”韩立目光闪动地道。

“的确很糟糕！不知道友有何打算？”那名叫魔光的男子问道。

“你虽然只剩下一缕残魂，但你原本就是由天外魔头所化，多少应该还剩下一些神通吧？”韩立眉头一挑，反问道。

“我如今的法力已经不到原来的百分之二三，神通也丢失了十之八九，只能施展一些低阶秘术了。”魔光苦笑着回道。

韩立闻言，眉头倒是一松，点头道：“嗯，这已经比我原先料想的要好得多。我现在的情形也没比你好多少。我刚才检查了一遍，发现我不但丢失了所有的法宝和丹药，法力也是所剩无几，连神魂和肉身也遭受重创，实力已经不到巅峰状态的十分之一，好在我已经苏醒，只要找到合适的灵药运功调养，应该很快就可以恢复。另外，根据魂契，我能感应到蟹道人和噬金虫王的存在，但他们具体身在何处就不得而知，只能等以后再设法去寻了。”

“这样看来，道友是真的麻烦大了。想找到那高升，就必须先回到北寒仙域。我没记错的话，从仙界直属下界飞升会比从其他界面飞升容易得多，但同样要有飞仙台的接引，再加以巨大的法力护身，才能强行破开界面。”魔光沉吟片刻道。

“重回仙界的事不急，有的是时间慢慢考虑。但是有一点我可以肯定，无论是谁害得韩某落入此境地，我回去后都要和他好好计较一番。”韩立淡淡地回道。

魔光见此，没有再说什么。

“不知魔光道友是否愿意继续跟随韩某？如你所见，我现在的处境极其糟糕，你若想离开，我绝不会加以阻拦。”

“道友何必如此试我？我虽然只是一缕灵性不全的残魂，但天魔契约仍然有效，我根本无法违抗其中的契约之力。以我现在的情形，若是离开道友的话，恐怕会更加危险。”魔光机械地回道。

“好，既然道友如此说了，我也绝不会亏待你，只要韩某重新恢复昔日的法力，一定设法给道友补全神魂灵性。现在我们首先要做的，就是收集此界的信息和资源，看看能否先恢复往日法力。”韩立闻言，笑着道。

“一切就由韩道友做主了。我不宜在外现身太久，就先回去休养了。”魔光平静地道，接着身影变得模糊，化作一团黑雾涌向了韩立映在地面上的影子，很快消失不见。

韩立呼出一口气，看了看还在沉睡的柳乐儿，闭目调息起来。

小半日后，一直昏睡的柳乐儿清醒过来。

她睁开眼就看到，韩立正闭目盘膝坐在自己身边，而之前对他们心怀不轨的那名老道，则一脸小心地立在一旁。

“你醒了……”几乎同一时间，韩立睁开双眼，微笑着道。

柳乐儿身子顿时一僵，盯着韩立的眼睛，神色复杂，半天才道：“石头哥哥，你……你的病好了？”

“乐儿，我的名字叫韩立，以后你可以叫我韩大哥。”韩立温和地道。

“韩……韩大哥。”柳乐儿闻言，脸色微变，低下头来，有些勉强地叫道。在她看来，此时的高大青年有些陌生。

韩立将柳乐儿的神色变化全都看在眼里，脸上不由得露出一丝笑意：“你放心，我虽然清醒了过来，但是这几年发生的事情仍然记得清清楚楚，我还是你的石头哥哥，这一点永远也不会改变。”

柳乐儿听到这句话大喜，眼里泛着泪光，叫了一声“石头哥哥”，就扑入韩立的怀中。

“我知道你有一肚子的疑问，不过现在不是解释的时候，等以后有机会，我会全部告诉你的。”韩立宠溺地揉了揉柳乐儿的脑袋，柔声道。

柳乐儿懂事地点了点头，没有再多问，但她看了站在一旁神色万分紧张的白石真人一眼后，脸上露出了惊疑的神色。

“白石道友已经是自己人，以后借他十个胆子也不敢再对你出手了。”韩立站起身笑着道，目光有意无意地扫了白石真人一眼。

白石真人浑身一抖，急忙如小鸡啄米般连连点头，后背早已冷汗淋漓。

柳乐儿见此，心情才终于放松了下来。

“走吧，我们出去。”说完，韩立牵起柳乐儿的小手，走到密室石门前，抬起一只手掌按在了石门上。正当他要推开石门时，动作突然一滞，眉头也跟着皱了一下。

柳乐儿感受到了韩立的细微变化，仰头望向他，眼中流露出疑惑之色。

“来得还真是凑巧！”韩立嘿嘿一笑，一把推开石门，大步走了出去。

外面天色幽暗，显然已经是晚上了，从小岛向外望去，整个余府却是火光冲天，恍若白昼。令人心悸的喊杀声从前院传来，其中还夹杂着一道道爆炸轰鸣之声。余府到处都有浓烟升起，如同一条条黑灰色的妖龙奋力扭曲着飞入夜空。即使韩立三人所在的湖心岛距离余府众人的聚居之地已经很远，空气中同样弥漫着一股浓重的血腥气息。

“这是……怎么回事？”柳乐儿望着火光四起的余府，脸上露出疑惑之色。

“白石，你知道是怎么回事吗？”韩立淡淡地问了一句。

“晚辈也不知道，可能是余家的仇家找上门了吧。”白石真人答完话，便恭敬地看向韩立，一副万事都由他做主的样子。

韩立看了一眼身旁的柳乐儿，发现她也正仰头望着自己，他沉吟片刻后，道：“不管怎么说，我这次能够清醒过来，算是欠了这位七小姐一份人情，倒也不能就这样一走了之，我们过去看看吧。”说完，三人走出道观，下了山沿着石桥一路赶往余府前院。

越是临近前院，前方传来的杀喊声就越清晰，等三人走到那道圆形拱门处，一幅修罗场般的凄惨画面，就呈现在他们眼前。

只见拱门之后的小院内，堆满了尸体，这些尸体大部分都身穿宰相府的侍卫装，只有极少数穿着夜行黑衣。

院落内火光映照，靠近前院的一处角落里，有一层半弧状的白色光幕，将十几个黑衣人阻隔在外。

一道成年人手臂粗细的螺旋状火锥，从那些黑衣人当中飞射而出，飞至光幕上方数丈高处时，锥头突然向下一转，如同一条火龙般急速旋转着俯冲了下去。

随着“轰”的一声巨响，螺旋火锥砸在那层光幕之上，令本来就不怎么凝实的光幕，顿时剧烈地扭曲起来，继而“啪”的一声，彻底碎裂。

“杀——”紧接着，一个低沉的声音响起。那十几个黑衣人立即挥刀，朝着角落杀去。

“救人！”韩立自己没有动，只是轻轻吐出这两个字。

一旁的白石真人听闻，立即一步跨入院中，猛然张口，一道黑光便从他口中喷出，化为一柄蛇形飞剑在空中乌光一闪，眨眼间就来到了那些黑衣人的头顶。只听“铮”的一声锐响，飞剑在虚空中骤然一震，数十道游蛇般的黑色剑气从剑身上疾射而出，直击而下。

院落之内，“噗噗”声接连不断地响起，痛哭惨号之声大作。那十几个黑衣人中，除了一个短须汉子反应稍快一个翻身滚出数丈之外，其余的人全都命丧当场。

“什么人？”短须汉子厉声喝道。

白石真人完全不理会，单手并指一挥，悬在半空中的飞剑立即俯冲而下，直奔短须汉子胸前击去。

短须汉子面色一变，不及多想袖袍一抖，一面蓝色的小盾从袖口飞出，一个盘旋后迎风急剧地变大，化为巨盾挡在身前。同时，他单手一扬，那道螺旋火锥“呼”的一下火焰暴涨，飞速朝着黑色飞剑撞去。

“砰——”只见半空中火光四溅，那道螺旋火锥已经被炸得四分五裂，化作团团火焰朝地面跌落而去。

至于那柄黑色飞剑，却是乌光一闪，径直刺入了短须汉子的胸膛，那蓝色巨盾则如纸糊的一般，一扎即破，没有丝毫作用。

“结丹期修士……”短须汉子口鼻流血，艰难地叫道。

白石真人挥手召回飞剑，不屑地道：“区区筑基期修士，也敢在道爷……”他的话还没说完，便立即住嘴，偷瞄了一眼身后的韩立。

韩立对此没有丝毫反应，带着柳乐儿走到了院子角落，那里正缩着两个人。

其中一个是一名青年男子，青衫染血，发丝凌乱，虽然有筑基修为，但此刻他的气息衰弱，显然已经快要力竭不支了。

在其身后，还缩着一个身着丫鬟服饰的少女，浑身是血，瑟瑟发抖，连头也不敢抬。

“小舞姐姐？”柳乐儿看清楚丫鬟的面容后先是一愣，随即试探着叫了一声。

那少女身子一僵，慢慢从青年男子身后探出头来，在看清来人是柳乐儿时，“哇”的一声哭出声来。柳乐儿连忙上前，将她搀扶了起来。

那名青年男子缓了片刻，也强撑着站起身来，冲着白石真人焦急地道：“真人……快，快去救七小姐吧。”

白石真人闻言一愣，没有答话，而是偷偷地看了一眼韩立。

“七小姐在哪里？”韩立淡淡地问道。

青年男子不认识韩立，闻言愣了一下，但还是答道：“我与小舞来湖心岛求援时，七小姐和其他人由府里其他几名供奉保护，留在了主宅那边。不过敌人来势凶猛，他们恐怕撑不了多久。”

“你就留在这里疗伤吧。小舞，余府地形你最熟悉，前面带路吧。”韩立轻描淡写地吩咐道。

小舞也在柳乐儿的安慰下止住了哭泣，疑惑地看了眼韩立。她怎么也想不到，之前还一脸木然的青年男子，现在怎么突然发号施令起来。

跟小舞一起的青年男子同样有些惊疑!他此刻已经看出，这几人中以说话的韩立为首，往日在余府高高在上的白石真人，竟然完全唯此人马首是瞻。

“嗯，好。你们随我来。”

小舞下意识地点了点头，稳定了一下心神，转身就朝着前院小跑而去，韩立三人立马跟了上去。

余府遇袭已经有一段时间了，前院到处堆满了尸体，其中既有侍卫武卒，也有丫鬟仆役，那些黑衣人显然是打定主意，要将整个余府灭门。

柳乐儿一路上看得心惊胆战，虽然她早就见识过人族的残忍嗜杀，可眼前的场景，还是再一次刷新了她的认知。

一路上除了遍地的死尸外，他们也遇到好几拨黑衣人，几乎都是一照面，就被白石真人尽数击杀。

偶尔也能碰到领头的修士，但大都只是筑基层次，根本不是白石真人的对手。

一行四人就这么穿堂过廊，一路朝着主宅赶了过去。

第 8 章

令牌

余家主宅。

原本繁花似锦的宅院如今变成了断垣残壁，举目望去，目光所及之处尽是死尸，血流遍地，空气中弥漫着浓郁的血腥气味，闻之欲呕。

此时，余家幸存之人大都聚集于此，只有二十余人，有老有少，余七小姐，余二少爷都在其中。

所有人都是一脸惊惶之色，几名雍容妇人更是簌簌发抖，只有余七小姐等少数几人，脸上还能保持镇定。

此处黑衣人尤其多，足有近三十人，呈三面合围之势将余家诸人困在宅院中，这些人三五成群地分成若干小队，皆手持各种法器，均是修士。

不过幸好，余家其他几名供奉终于赶到，奋力保护着余家这一干人等。

余府毕竟是丰国的宰相府邸，供养的修士供奉实力不俗，尤其是站在余家众人身前的一名红袍中年修士，虽然他满脸麻子，五短身材，看似毫不起眼，但他全身红光缭绕，散发出结丹期的庞大灵压。

他头顶悬浮着一颗赤红色火珠法宝，火珠四周有数团赤红火球在盘旋飞舞，气势惊人。

另外三名余家供奉是两男一女，虽然修为不如前者，但看起来也是身手不凡。其中一名五官清秀脸上有条疤痕的黑衣少妇，与另一名个子颇高、身材干瘦、眼窝深陷的中年汉子，分处红袍修士两侧。

最后一个皮肤黝黑的瘦削老者，则守在靠后的位置。

虽然有结丹期修士，但他们毕竟只有四个人，还要分心保护余家众人，一时间与周围黑衣修士呈僵持局面。

“这样下去不是办法，你们护住七小姐他们，待会儿看准时机冲出去！”红袍中年人身为结丹期修士，在喝问几声没有听到回话之后，终于大怒，冲其他三名供奉吩咐一声，就两手掐诀，张口喷出一道红光，没入头顶的赤红火珠内。

赤红火珠顿时转速大增，变得模糊不清。

“噗噗”的破空声中，十几个巨大的火球从中飞出，随后飞快地融合在一起，化为一条十余丈长的粗大火龙。

“嗷！”这火龙全身火红鳞甲分明，怒吼一声，张牙舞爪地扑向了前方的黑衣人群。

“轰轰！”当先一小队黑衣人猝不及防，直接被火龙撞飞，有两人更是直接化为灰烬。紧接着，粗大火龙龙尾猛地一甩，掀起一层火浪，周遭人见状，纷纷往后避让。

一阵骚乱后，黑衣修士顿时反应过来，各种法器、术法立刻雨点般落在火龙身上。

火龙巨大的身躯被轰击得左右摇摆，身上火焰翻滚，不过并未伤及根本，火龙仍在四下冲杀，几次呼吸之间，便有小半黑衣人死伤。

“走！”红袍修士朝黑衣少妇等人大喊道。

然而就在此时，“嗖”的一声，一道黑光迅疾无比地飞射而来，恍如一道黑色闪电，正中火龙的小腹位置。

“扑哧！”那黑光深深地刺入火龙身体，却是一支黑色长箭，箭身刻满了黑色符文。

“轰——”箭身上的符文骤然间黑光大放，猛地爆裂开来，好像打了一个旱雷，爆出一团巨大的红黑色蘑菇烟云，附近的地面都随之震颤了一下。

火龙小腹处顿时被炸出一个大洞，周围火光狂闪。

见此情形，红袍修士与其余三名供奉都大吃一惊。

不远处的大门口，不知何时出现了一个黑衣人，那黑衣人手持一柄漆黑色大弓，周身黑光缭绕，一看便是筑基期巅峰修为的高手。

他身后的暗影一动，又走出四名黑衣人，都是筑基期巅峰的高手，同样手持黑弓，弯弓搭箭，拉弦射出。

“嗖嗖嗖嗖！”四支漆黑的符箭流星般飞射而至，在夜空中画出一道道森寒残弧，迅如疾风。

红袍修士手上法诀连变，驱动火龙躲避，怎奈火龙身躯过于庞大，那几人的箭术又精湛，只躲开了一箭，其他三支符箭皆命中。

“轰隆隆！”三支符箭齐齐爆裂开来！

火龙顿时再被炸出三个大洞，再也无法保持身形，轰然崩溃，化为漫天赤色残焰，消逝无踪。

红袍修士闷哼一声，身体摇晃了一下。

就在此刻，又一声鬼哭狼嚎的尖鸣响起，一道惨白色光芒从黑暗中射出，速度比那几支符箭还要快上数倍，眨眼间便到了红袍修士面前。

红袍修士大骇，头顶的赤红火珠立刻飞出，迎向白光，自己则倒飞出去，同时单手一扬，一道蓝光和一道红光飞出，正是一柄蓝色小剑和一件赤红飞叉，也击向白光。

白光一闪，现出本体，是一柄三尺长的骨刀，周围环绕着一股股阴风。

骨刀“嗡嗡”一响，上面陡然浮现出大片的幽幽黑丝，缠绕在赤红火珠、蓝色小剑以及赤红飞叉之上。

三件法宝表面的灵光随之暗淡，立刻变得迟滞起来，摇摇欲坠。

骨刀一晃，便从三件法宝中间穿过，然后出现在红袍修士脑袋附近，快似闪电地一绞。

“啊……”红袍修士口中发出一声惨叫，成了一具无头尸体。

“红袍上人！”余家诸人纷纷惊呼。

黑衣少妇等三名供奉也是大骇，齐齐后退了几步，有些不知所措。

紧接着，一个满脸邪气的青年从人群中缓步走出，正是先前在明远城暗中窥视之人，不过之前在他身旁的那个灰衣汉子却没有看到。

周围那些黑衣人见邪气青年现身，立刻停手，躬身而立。

邪气青年单手一招，那白色骨刀顿时飞回，红袍修士的那三件法宝也一并被骨刀带回。

他的目光在三件法宝上一扫，流露出一丝不屑之色，不过还是挥手将其收了，这才看向余家诸人，冰冷地道："全部杀了，不留一个活口。"

"是！"那些黑衣人连忙答应一声，踏步向前。

那三名余家供奉脸色难看至极，却并没有出手阻拦。

余府一干妇孺见此顿时绝望，大声哭泣的有，当场瘫软在地的也有，有些不堪之人，甚至当场失禁。

"且慢！"一人越众而出，正是七小姐。

此刻她虽身着男装，不过仍掩不住眉宇间那一丝柔媚之色。

"是你？"邪气青年眼睛一亮，不怀好意地上下打量七小姐。

七小姐虽然脸色苍白，但还能勉强保持镇定，强忍着想挖出对方眼珠子的冲动，从怀中掏出一面紫金色令牌，亮给众人看。

令牌上画着紫金色火焰图案，栩栩如生。

"你们究竟是什么人，竟敢屠我余府，莫非不将冷焰宗放在眼里！"

"原来是冷焰宗的接引令牌。说起来，七小姐明远城第一美人的名号，在下久仰，今日一见，果然美人如玉。"邪气青年的目光落在那紫金色令牌上，咧了咧嘴，又再次看向七小姐，面上露出一丝赞叹之色。

"我不管你们是什么人，请马上离开余府，否则便是公然与冷焰宗为敌。"七小姐见对方认出了手中的令牌，心中不由得多了几分底气。

"七小姐，原来您是被冷焰宗看中了！"黑衣少妇等三名余家的供奉原本已经打算置身事外，见此情形，纷纷重振精神。

余家众人的心中同样燃起了一丝希望。

“哈哈！冷焰宗，很了不起吗？”邪气青年见此，忽然狂笑起来。

“你竟敢藐视冷焰宗！”七小姐脸色一沉，厉声喝道。

“藐视？别说你现在还不是冷焰宗的正式弟子，只是有块接引令牌而已，就算你真是冷焰宗的弟子那又如何？”邪气青年冷笑一声，翻手取出一块黑色令牌，大小和七小姐手中的紫金色令牌相仿，上面刻着一个银色的骷髅图案。

“这是……天鬼宗内门弟子的令牌！你们是天鬼宗的人！”七小姐脸色大变。

“与冷焰宗齐名的天鬼宗！”

黑衣少妇三人闻言纷纷倒吸了一口凉气，互望一眼后，都一言不发地低下头去。

“就算你是天鬼宗弟子，丰国可是冷焰宗的势力范围，你们贸然侵入，难道是想挑起两宗大战！”七小姐似乎想到了什么。

“呵呵，七小姐果然能言善辩，不过可惜，有件事你说错了。”邪气青年轻蔑地道。

七小姐闻言，微微一怔。

“实话告诉你，冷焰宗在前次与本宗的大比中败北，已经交出了丰国的控制权，现在整个丰国，都是我们天鬼宗的势力范围。”邪气青年露出残忍的笑容道。

七小姐听闻此言，犹如五雷轰顶，整个人彻底呆住了。

黑衣少妇等三名余家供奉也纷纷面露震惊之色，不自觉地朝后退去，刻意拉开了与余家众人的距离。

余家众人的脸色更是难看至极，心直往下沉去。

他们纵然再不了解修仙界之事，但也从七小姐与邪气青年间的对话，听出了大概。

“对了，还有一件事忘记说了，我想七小姐应该会很感兴趣。”邪气青年眼中闪过一丝异样的光芒，嘴角勾起不怀好意的笑容。

“什么事？”余七隐约猜到了邪气青年所说的定然不是什么好事，但还是忍不住问道。

“丰国朝廷中有一些臣子不遵我天鬼宗的调令，已经被拿下，被判谋逆大罪，昨日刚刚在丰京被斩首示众，里面好像就有余相，和他那两个同为文官的儿子。”邪气青年注视着七小姐的眼睛，一字一句地道。

“父亲！大哥，三哥！”七小姐眼前一黑，身体一晃，摔倒在地，手中的令牌也“啪嗒”一声掉落在地。

余家其他人听闻，一个个面露绝望之色，那几个雍容妇人再也忍不住放声大哭，瘫软在地。

前一刻，他们还是身份尊贵的宰相府中人，地位显赫，受人敬仰，转眼间却惨遭家变，宰相被杀，家破人亡，沦为砧板上的鱼肉。

“哈哈，哈哈！”

邪气青年看到七小姐此刻的神情，不禁两腮泛起酡红，眼中流露出病态的兴奋，狂笑不止，状若疯癫。

将别人逼入绝望的深渊，再欣赏其崩溃无助的神情，正是他最喜欢做的事情。

邪气青年狂笑了一阵，脸上的红晕渐渐消失，一挥手，冷然下令：“将这些人都杀了，七小姐留下。”

周围的黑衣人齐声答应，狞笑着走向余家诸人。

黑衣少妇等三名供奉早已低头退到了一旁，似乎打算找机会脱身。邪气青年见此，得意一笑，并没有出手阻拦。

“嘿嘿，齐少好眼光，这女子虽然还未修炼，但能得到冷焰宗赐的接引令牌，想来她的资质应该不错，作为您的炉鼎再合适不过。”一个黑衣人凑到邪气青年身旁，谄媚地讨好道。

邪气青年闻言，又是一阵哈哈狂笑。

七小姐闻言浑身一抖，面上闪过一丝决然之色，左手在腰间一摸，多了一柄雪亮的匕首，朝着心口狠狠地刺去。

邪气青年笑容一僵，显然没想到这七小姐的性情这般刚烈，想出手阻止已经来不及。

“咻——”

破空声响起，一股锐风飞至，打在七小姐手中的匕首上。

“铿”的一声，匕首顿时被打飞，掉在地上。

“咻咻咻！”又是数道锐风袭来，打向那些正欲屠杀余家诸人的黑衣人。

一连串的惨叫响起，那锐风的威力竟然如此巨大，几个黑衣人被锐风击中，直接口吐鲜血弹飞了出去。

其他人顿时大惊，纷纷停下了脚步。

“什么人！”邪气青年厉声喝道，转身看向不远处的一个路口。

周围的人也都看了过去。

一阵脚步声响起，几个人影缓步而出，正是韩立、白石真人等人。

邪气青年眼睛一眯，看向几人，他的目光在韩立身上略作停留，便很快移开，最终落在了白石真人身上。

“白石真人！”

“真人，救命啊！”

余家诸人原本已经绝望等死，此刻看到白石真人这个结丹期修士出现，如同抓住了救命稻草，顿时又生出了求生之意。

“小姐！”小舞完全没理会周围的黑衣人，直接飞奔到余七身旁，将其扶了起来。

“小舞。”七小姐面色复杂地看向不远处的白石真人。

白石真人虽然是结丹期高手，但是那红袍上人同样有结丹期修为，却被眼前的邪气青年一招轻易斩杀，白石真人恐怕也敌不过邪气青年啊。

七小姐眼神一闪，落在韩立身上。

韩立的样貌和之前没有丝毫变化，不过眼神已经不再茫然，浑身上下也充满了一种淡淡的从容之感。

“你就是白石真人？哼！我奉劝你一句，还想要命的话，就不要多管闲事！”邪气青年盯着白石真人，身上的黑光陡然大放，一股巨大的威压扩散开来。

刚刚的锐风威力奇大，却有形无质。

邪气青年虽然见多识广，但也猜不出那锐风究竟是从何而来，不免对白石真人产生了一丝忌惮，所以，他才释放出灵压，想让其知难而退。

白石真人浑身一抖，眼中闪过一丝惊惧。

白石真人能够感觉出，邪气青年散发出的威压，已经达到了结丹中期，而他自己的修为不过是结丹初期，远远不是此人的对手，他不禁斜眼看向韩立。

他可是看得清清楚楚，先前的那些锐风只是这位“韩前辈”漫不经心弹出的几道隔空指风而已。

韩立脸上露出似笑非笑的神情，并没有说话。

老道心中一寒，立刻做出了决定，义正词严地出言喝道：“哼！本人既然是余府供奉，岂能袖手旁观！你们这些人胆大包天，竟敢造此杀孽，简直天理难容！”

邪气青年脸上暴虐之色大盛，怒道：“好，既然你嫌命长，那我便成全你！”

话音刚落，他一抬手，白色骨刀飞出，射向白石真人。

同时邪气青年手中法诀变换，骨刀上陡然爆发出大片白光，里面浮现出一个个雪白的骷髅头虚影，鬼哭狼嚎之声不绝，极具威势。

第 9 章
灭二修

“真人小心，那骨刀十分厉害，红袍上人便是死于此刀之下！”七小姐扬声提醒。

白石真人看到骨刀的威势，已经大为震惊，听到七小姐的提醒之后，脸色更是大变，但他一想到韩立，便一咬牙，张口喷出一柄蛇形飞剑，手中法诀猛地一催。

“刺啦！”

剑身黑光大放，仿佛一条黑色大蟒缠在了骨刀之上。

邪气青年嘴角噙着一丝冷笑，手中法诀变换，一指点出。

骨刀光芒大盛，猛地一绞。

“砰”的一声，蛇形飞剑断成数截跌落在地。

白石真人两手一挥，一面铜钱形状的青色圆盾飞出，迎了上去。

骨刀光芒微黯，不过威势丝毫不减，狠狠地斩在青色圆盾之上。

“咔嚓！”

虽然有些艰难，但骨刀还是将青色圆盾劈成了两半。微微一顿，骨刀光芒再次大盛，继续朝老道斩去。

老道大惊，趁着青色圆盾抵挡的间隙，一闪身躲在了韩立身后。

若换作之前，他即便不敌这邪气青年，也能与之周旋一二，但如今他身上的得力法宝都在刚刚和韩立交手时被毁得差不多了，根本无力抵挡这骨刀。

骨刀光芒一闪，眨眼间就来到了韩立身前处，森然寒光再次袭来，打算将韩立和白石真人一起拦腰斩断。

“前辈……”白石真人一声低呼。

韩立神色淡然，单手一抬，手掌金色光晕一闪，浮现出金色鳞片，同时，五指闪电般一抓。

“铿”的一声轻响，骨刀耀眼的光芒和鬼哭狼嚎的声音尽数消失，骨刀化为数寸大小的灰白色短刃被韩立抓在手中，如同小鱼般在手指间伸缩弹跳不已，却始终无法挣脱。

“怎么可能……”

邪气青年眼睛一瞪，不敢相信眼前发生的一切。

他这柄骨刀看似普通，其实是族中长辈花费了不知多少珍贵材料，模仿宗门至宝“天鬼刀”炼制的仿制品，其威力极大，就是结丹后期的高手，也不敢轻撄其锋，此刻竟然被人以肉掌抓住。

在场的其他人皆目瞪口呆。

“柳石……”七小姐也是满脸震惊，看向韩立的双眸中异彩闪烁。

白石真人也一脸呆滞，他猜到了韩立或许可以挡住那骨刀，却没想到他简单一抓就能成功。

这位“韩前辈”的实力，到底有多强大啊！

老道惊骇之余，也有些庆幸。

幸好之前两人交手时，韩立没有对他下重手，否则他焉有命在？

柳乐儿除了满是兴奋的神色外，倒没有觉得太意外。“石头哥哥”在她眼中原本就是无比厉害的存在，做出任何事情她都不会觉得奇怪。

“这般低阶的邪宝，我倒是很久没碰到过了。”韩立扫了一眼手中之物，五指骤然收拢。

“砰”的一声，迷你骨刀瞬间被抓得爆开，化为点点灰光飘散。

“不！”邪气青年脸色一白，当场喷出一口鲜血。

此刀可是他的本命法宝，此刻被毁，相当于砍掉了他一只手臂。

“你敢毁我至宝，拿命来填吧！”青年眼神怨毒无比，两手一掐诀，大吼一声，身上冒出一股股黑气，眨眼间就凝聚出一片漆黑云团，里面隐约浮现出无数模糊鬼影。

不光如此，邪气青年又闪电般连拍胸口三下，接连喷出三口鲜血，每喷出一口鲜血，他的脸色就苍白一分，喷完三口鲜血之后，他的脸色已经苍白如纸。

鲜血出口，顿时迎风化为大片浓郁的红色的雾，融入黑云之中。

黑云瞬间变成了红云，而且开始剧烈地翻滚，体积也扩大了数倍，里面那些模糊的鬼影也变得更加凝实，发出凄厉的咆哮。

邪气青年身体一缩，无声无息地没入红云中。

这一切说来复杂，却只是眨眼间发生的事情。

在红云出现的瞬间，整个空间顿时犹如突坠寒窟，温度骤降。

即便以白石真人的修为，他也忍不住打了个寒战，连忙催动一件白光闪动的玉佩状宝物，将自己和不远处的柳乐儿护在其中，远远往后退开。

周遭的黑衣人及余家诸人和三名供奉都被冻得脸色苍白，身体发颤。

柳乐儿先是觉得身上一寒，但接着又是一暖，一个白色的光罩将她罩住。

见柳乐儿望过来，老道还冲其讨好地一笑，并护着她一口气退到了十几丈开外。

韩立看着空中的红云，脸上露出一丝怪异的神色，然后反手一拳击向了附近某个虚空处。

“轰——”

一道淡淡的鬼影从虚空波动中倒飞出去，但在半空中就哀鸣一声，直接化为灰色雾气飘散开来。

但这时，韩立身下“哧哧”声大作，数道黑色锁链如毒蛇般冒出，瞬间将韩立全身捆得结结实实。

一名灰衣汉子两手掐诀从附近另一处地面下无声地冒了出来，正是先前在明远城和邪气青年一起出现过的人。

此人身上散发出来的气息，犹在邪气青年之上，但全身被一个黑色鬼影覆盖，两者似乎合体了一般，呈半透明状态，似乎随时都会融入虚空消失。

“哈哈，范师兄来得正好，和我一起消灭这家伙！”红云中传出邪气青年的狂笑。

腥风大起，红云仿佛巨浪般席卷而来。

韩立面无表情，站在原地纹丝不动，任由红云将自己卷了进去。云中的那些鬼影龇着獠牙，吼叫着向韩立扑去，看样子是想将他分而食之。

邪气青年见之大喜。

这些血魂都是用特殊秘法祭炼而成的，介乎灵体和实体之间，极难被杀死，只要被其缠上，只有活活被耗死的下场。

“不管你是谁，胆敢与我天鬼宗作对，必让你神魂俱灭！”灰衣汉子虽然对先前驱使的隐匿鬼物被韩立提前识破一事相当吃惊，此刻却面露凶相地道。

接着他一闪身，诡异地出现在韩立上方，双手一拍，两只巨大的黑色鬼爪出现，爪尖缭绕着幽绿光芒，散发出一股恶臭气味，朝着下方狠狠抓去。

“哥！”柳乐儿见此景，便要不顾一切地扑过去。

“不能过去！韩前辈神通广大，肯定有办法脱困的。”白石真人一把拉住柳乐儿。话虽如此，他心中也不免有些忐忑，突然又来了一名强敌，而且看起来比第一个更加不好惹，也不知韩前辈能否应付得过来。

远处的七小姐以及三名供奉等人的脸色也是大变，所有人的心一下提到了嗓子眼。

韩立嘿嘿一声，不见他有任何动作，他体内却突然响起一阵爆竹般的闷响声，身躯猛地变大了许多，身体表面浮现出金色鳞片。

“咔嚓。”

韩立只是肩头一晃，缠绕在他身上的黑色锁链立刻一截截崩断，双臂再一甩，密密麻麻的金色拳影浮现而出，狂风暴雨般地朝着周围轰击而去。

“砰砰”之声连绵不绝。

黑色鬼爪稍一接触到那金色拳影，立刻如瓷器般崩碎，灰衣汉子也被数不尽的拳影击中，身上的黑色鬼影立刻碎裂，身体如破麻袋般飞出去，重重地砸在了地面上，肉身和神魂皆碎，再无任何声息。

同一时间，整块红云连同里面的鬼影也被金色拳影扫荡一空，在雷鸣般的轰响声中，邪气青年的身影露了出来。

此刻他呆若木鸡，一对上韩立冰冷的目光，顿时打了一个激灵，然后二话不说手中法诀一变，身体表面涌出大片黑云，掉头朝着远处遁走。

韩立见此双目一眯，深吸一口气，胸膛鼓起，再张口一喷。

“嗖”的一声，一道白光从他口中射出，只是一闪，就没入那黑云之中。

一声凄厉惨叫后，黑云轰然散开，一具尸体从天而降，正是那邪气青年。

一片寂静，落针可闻！

“剑修……”一个小小的声音响起，不知是谁发出的。

从灰衣男子突然出现与邪气青年一起夹击韩立，到韩立出手反杀二人，前后不过两三次呼吸的工夫。两名不可一世的结丹期修士，竟如此轻易地殒命，这让包括余家诸人和黑衣人在内的所有人，都惊得目瞪口呆。

尤其是最后那一道从韩立口中射出的白光，来无影去无踪，只是眨眼间，便将已逃至天边的邪气青年一举击杀，加上那一句不知是谁喊出的“剑修”，让那群黑衣人吓得肝胆俱裂，再也不敢多留，纷纷祭起法器，飞也似的想要逃离余府。

要知道，在灵寰界剑修可是能轻易碾压同阶修士的，再加上飞剑速度极快，可杀人于无形，此刻若不走，只怕一会儿想走也走不掉了。

一时间余府主宅院内，法器的毫光齐亮，十几道飞梭一齐冲天，朝四面八方遁逃而去。

韩立看也未看这些人一眼，只是朝邪气青年的残尸望了一眼，眉头微微一挑，露出一丝若有所思之色。

如此一来，余家诸人面面相觑，谁也不敢出言打扰，至于黑衣少妇等三名供奉，此刻更是大气也不敢喘。

倒是白石真人，偷偷看了韩立一眼，犹豫了一下后，冲着那些逃离的黑衣修士，猛地挥出了右手。

只见其衣袖略微一鼓，一条金色长绳顿时飞掠而出，在半空中猛然一卷，又急速飞了回来。

“嘭——”一名身形瘦长的黑衣修士被那条金绳卷了回来，捆得像个粽子一般，砸在了韩立身前的地面上。

“饶……饶命啊……”黑衣修士摔落在地，也顾不得喊痛，看到眼前的韩立，立马挣扎着求饶。

“你可知道这个天鬼宗？”韩立没有看眼前的黑衣修士，转头朝白石真人问道。

“天鬼宗与冷焰宗都是灵寰界数一数二的大宗。”白石真人朝七小姐处望了一眼后，小心翼翼地回道。

“这次天鬼宗派到明远城的有多少人？”韩立点点头，低头问黑衣男子。

“启……启禀前辈，据我所知，就只有来余府的这些人。”黑衣修士挣扎着坐了起来，忙不迭地回道。

话音刚落，他就突感身上一寒，如坠冰窖。

他只看到眼前的高大青年，盯着自己的目光突然变得寒冷无比，那双漆黑的眸子变得无比巨大，变成了两个深不见底的黑色漩涡，只要自己胆敢自作聪明地说出半句谎话，便会立即被吞没。

这种感觉一闪即逝，但他浑身汗毛竖起，后背的衣衫已被冷汗浸透了。

“前辈息怒，在下所言可句句属实啊！我们只是宗内外门弟子，来宰相府只是奉命行事，至于城内是否还有其他本宗弟子，在下真的不知。”黑衣修士想跪下磕头，却因金绳的捆缚无法做到，只能深深地埋下了头。

“奉命行事？他的命令？”韩立看了一眼邪气青年的尸身，淡淡地问道。

“是。他……他叫齐冥浩，是本宗内门弟子，天资甚高，在宗内极受器重。他有一个同族叔祖是本宗长老，有此依仗，我们实在不敢不听他的调令，要是早知余府有前辈庇护，就是借我一百个胆子，我也绝不敢踏入余府半步啊。”黑衣修士连连点头，继续哀求道。

七小姐不知何时已经走了过来，眼眶微红地道：“那齐冥浩之前所说的，都是真的？我父亲他们都已经……”

“丰都之事我们外门弟子没有资格参与，但据我所知，真实情况与齐冥浩说得差不多。”黑衣修士有些惶恐地道。

余七小姐听罢，双目一闭，两行泪珠从眼角滑落。

余家妇孺又是一阵戚然低泣。

“既然你们天鬼宗已经接管了丰国，将原先的皇室控制起来便是，为何要灭我余氏一族？”七小姐再次睁开双眸，神色痛苦地道。

“这是宗内的惯例，为了完全控制丰国，之前与冷焰宗有瓜葛的皇室宗亲以及忠于原先皇室的臣子家族，都会被血洗，余家就属此类。诸位……诸位莫要怪我多嘴，那位齐长老在门中护短之名极盛，此次侄孙被杀，他一定会追究到底的，就是我们这些同来的外门弟子，也一定会被他全部虐杀的。”黑衣修士满脸恐惧地颤声答道。

余府众人一听此言，顿时大为惶恐，黑衣少妇等三名供奉的神色也变得异常难看。

“七妹，现在还说这么多干什么，我们快点离开吧。你不是在冷焰宗有一个师父吗？去找她，她一定会收留我们的。”堂堂的余府二少爷，此刻满脸的泪水污痕，哪里还有原先青衣儒衫世族公子的模样，几乎带着哭腔乞求道。

七小姐没有理睬二少爷，抬起衣袖擦了擦脸上的泪水，走到韩立、柳乐儿与白石真人三人跟前，施了一礼，恭敬地道：“多谢三位救命之恩。”

韩立没有说话，坦然受之。

白石真人也只是点了点头，没有说什么。

“七小姐……”

同样经历过亲族惨死的柳乐儿，此刻难免有些触景伤情，想出言安慰七小姐几句，却不知该说些什么，叫出这一句后，便没了下文。

七小姐冲柳乐儿点了点头，勉强挤出了一丝笑容。

而后，她脸色慢慢沉了下来，先前的悲伤颓然之色收起，面容变得坚毅，仿佛一下子从七小姐又变成了七公子。

她手中白光一闪多出了一柄雪亮的匕首——正是此前被韩立击落的那柄，二话不说就朝着黑衣修士的胸口刺去。

“饶命啊……”

随着一声惨呼响起，尺许长的匕首刺入黑衣修士的胸口直没至柄。

那黑衣修士倒在血泊之中，身体抽搐了几下，便不再动弹。

余府其他人见此，不禁面面相觑。

这时，七小姐看向劫后残存的寥寥十余人，毅然地道：“余府遭难已成事实，即使有冷焰宗做靠山，也不是一天两天就能够恢复的。凡我余家亲眷，皆随我去往冷焰宗。其余人等，不愿追随者，一会儿可从府中库房取走银钱，自行散去。”

原本已经惶恐不安到了极点的余家妇孺们，这时才真正稳住心神，止住哭泣。

韩立见此，不由得深深地看了这位七小姐一眼。

“至于几位供奉，今日拼死护我余府亲眷，已是弥天大恩。诸位若要离去，府中宝物可以任你们挑选几件带走；诸位若愿意继续护送我们前往冷焰宗，日后我还将另有重谢。”随后七小姐又将目光落在几名府中的供奉身上，开口道。

黑衣少妇几人听罢，面面相觑，十分犹豫，目光都若有若无地瞥向韩立和白石真人。

七小姐见状也不禁看了韩立一眼，心中顿觉恍然，心念一转，当即走过去，敛衽一礼后，道：“柳大哥，小妹虽然不知你的来历底细，但也看得出你是真正的前辈高人，寻常宝物恐怕难以入你法眼。我愿意以族中世代相传的一颗蛟元珠作为报酬，希望你能护送我们去往冷焰宗。”七小姐双目直视韩立，诚恳地道。

蛟元珠！

白石真人闻言眉心一挑，眼底流露出一丝贪婪之色，但当他眼角余光瞥了一眼韩立后，心中那点念头顿时灰飞烟灭。

“七妹，你疯了吗？蛟元珠也能随便拿出来？”余家二少爷闻言大惊，连忙叫道。

“余府都要没了，区区一颗蛟元珠又算得了什么？只要柳大哥答应，小妹这便去密库取来此珠，如何？”七小姐一双美眸眨也不眨地望着韩立，冷静地道。

第10章

化神侄孙

“蛟元珠能助结丹期修士突破修炼瓶颈，的确不是普通之物，只不过我并不需要，七小姐不必费心了。”韩立摇了摇头。

“柳大哥若有其他要求，尽管提出来，只要是在可承受的范围之内，小妹一定做到。”七小姐闻言脸色一变，但仍不死心地道。

“说起来，我能够恢复清醒，的确是欠了你一份人情。不过方才我阻你自戕，又帮你杀了天鬼宗两名结丹期修士，也算是还清了这份人情。若是平时送一下也就罢了，但现在我刚刚醒来，还有自己的问题要解决，怕是无暇护送你去冷焰宗了。”韩立淡淡地道。

七小姐闻言，深感失望，但仍然抱有最后一丝希望，用哀求的目光望向了一旁的柳乐儿。柳乐儿有些不忍心地看了七小姐一眼，神色犹豫地拽了拽韩立的衣袖，张口欲言。

韩立自然明白她的心思，先伸手揉了揉她的脑袋，再漫不经心地扫了一眼院外的某个方向，平静地道：“放心吧，即使没有我出手相助，也会有其他人出手的。”

七小姐闻言，微微一怔，显然没有明白韩立的话中之意。

就在此刻，“嗖嗖”的破空声从远处传来。包括七小姐在内的余家诸人心中皆是一惊，纷纷循声望去，连白石真人及黑衣少妇等几名供奉，也立刻重新拿出了法器。

结果在众目睽睽之下，一坨坨黑乎乎的东西从天而降，居然是一具具尸体。

正是先前逃走的那些黑衣人，个个五官扭曲，满脸惊恐。

众人都吓了一跳，柳乐儿更是害怕得攥紧了韩立的衣袖。

不过韩立自始至终都平静如水，转首望向某处虚空。

只见那里白光一闪，一个白色身影蓦然浮现，随后衣衫猎猎地飘然落下，落在了院子里。

这是一名身材高大的白衣美妇，看着三十几岁，风韵犹存，手中持一柄连鞘乌黑长剑，浑身上下散发出一股女子少有的凌厉煞气。

"师尊！"七小姐看清来人，惊喜地叫了一声，飞身扑了上去。

"梦寒，你没出事，为师就放心了。"美妇拉起七小姐的手，轻抚她的鬓角发丝，眼中流露出一丝疼爱。

余家诸人听到二人的对话，知道不是敌人，纷纷松了一口气。

白石真人与黑衣少妇几人神色一松，纷纷望向那白衣美妇的袖口处。

那里绣着一个精致的火焰花纹，和七小姐之前拿出的令牌上的花纹一模一样。

几人顿时面露尊敬之色。

柳乐儿对中年美妇似乎有些畏惧，缩着身体躲在韩立身后，紧紧地抓住韩立的袖子。

"有我在，不用担心。"韩立心知柳乐儿担心之事，温声安慰道。

柳乐儿闻言一阵心安，点了点头。

"师尊，您怎么来了？"余梦寒忍住泪水，问道。

"我在宗门听说天鬼宗可能要对余府下手，便立刻赶了过来，不过路上遭到天鬼宗的阻拦，来得有些迟了，幸好还赶得及。"中年美妇慈爱地道。

"这次多亏了府中供奉拼死相护，还有这位柳大哥出手相助。诸位，这位是我的师尊。"

"师尊，这四位是府中供奉。这一位是柳石柳公子，正是他出手击杀了天鬼宗的两名结丹期修士，救了府中上下。"

余梦寒一笑，拉着中年美妇来到韩立等人身前，介绍了一番，并特意重点介绍了韩立。

白石真人等人不敢怠慢，急忙向七小姐的师尊恭敬地行礼。

“七小姐，在下本名韩立，柳石只是化名而已。”韩立站在原地，朝余梦寒微笑着道。

“哦，是这样，原来是韩大哥。”余梦寒一怔，随即笑道。

“我乃冷焰宗古韵月，多谢韩道友救了小徒一家性命，不知阁下来自哪个门派？”中年美妇神情淡漠，目光冷厉如剑锋。

白石真人等人见状，心中的敬畏更甚，连大气都不敢喘一下。

古韵月的视线在白石、柳乐儿等人身上一扫而过，最终停留在韩立身上，脸上淡漠的神情缓缓消失，变得凝重起来。韩立身上的气息若有若无，以她的神识竟然无法看透，这让她心中不禁一凛。

“韩某并无门派，只是散修一个。刚才出手，是因为七小姐之前有恩于我，礼尚往来而已。”韩立神情平静地道。以他强大的神识自然一眼就看穿了对方的底细，对方是一名元婴中期修士。

“原来韩道友是散修……”古韵月似乎有些意外，毕竟能够一举击杀两名结丹期修士，修为绝不会低到哪里去，散修中可是鲜有元婴期以上的修士。

“梦寒，现在丰国已经是天鬼宗的势力范围，此地不宜久留，我们必须立刻离开。”古韵月看出韩立不愿多说，朝对方点了点头后，向余梦寒吩咐道。

余家诸人早就不想留在这里了，听闻此话，都面露喜色。

“师尊，等一下，有件事需要跟您说一下。”余梦寒突然开口道，拉着古韵月来到那邪气青年的尸体旁。

“齐冥浩！他怎么会在这里？”古韵月看到地上那人的尸体，脸色一下就变了。

“师尊，您也认得此人？他的叔祖真的是天鬼宗长老？”余梦寒看到古韵月的神情，心中一抖，轻声问道。

“不错。他的叔祖齐煊是天鬼宗长老，修为已达到化神期，此人极为护短，若是知道侄孙被杀，恐怕不会善罢甘休。”古韵月缓缓地说道。

“化神期！”余梦寒脸色大变，倒吸了一口凉气。

白石真人等人更是惊恐莫名。

化神期的大修士，可是远超元婴期的存在，一根手指就能将他们碾碎。

“是谁杀了齐冥浩？”古韵月问道，目光已朝韩立看过去。

这时的韩立，竟然慢悠悠地走到了不远处的灰衣男子尸体旁，随手捡起一个储物袋，漫不经心地查看着里面的东西。

“的确是韩大哥出手击杀了此人。”余梦寒点头道。

古韵月闻言脸色大变。

“师尊，那齐煊会不会因侄孙之死恼怒而亲自出手？”余梦寒忐忑不安地问道。

“齐煊在天鬼宗身居高位，而且子嗣众多，应该不会为了一名侄孙就轻易离开宗门，顶多派门下弟子前来调查此事。”古韵月略一沉吟，摇头道。

余梦寒闻言，神色微微放松。

“话虽如此，也不能大意，梦寒，你最好立刻同我上路，争取在齐煊所派之人赶来之前返回冷焰宗。”古韵月随即又凝重地道。

余梦寒脸色微变，听师尊此话，似乎师尊只打算带自己一个人离开，忙道：“师尊，我这些家人能否与我们一起去冷焰宗？”

余家诸人闻言，纷纷看向古韵月。

白石真人等几个供奉，也期盼地看向古韵月。

要是能借此机会加入冷焰宗，哪怕只是外门弟子，也远比散修要好，尤其是在已经得罪了天鬼宗的情况下。

“不行。我堂堂冷焰宗内怎可收留凡人？余府其他人便由这几名供奉护送，去溪国暂时躲避隐居吧。”古韵月摇了摇头，断然拒绝。

溪国是地处丰国东北方向的另一个世俗国家，目前仍然属于冷焰宗的势力范围。

几名余府供奉顿时面露失望之色，但在古韵月面前自然不敢说一个“不”字。

余家诸人也是大惊，纷纷用哀求的目光望向余梦寒。

“如果天鬼宗的人再找上门，我们岂不是死路一条？七妹，你入了仙门，可不能不管我们……”余二少爷情急之下，大声嚷道。

“闭嘴！”余梦寒面色一沉，低叱道。

余二少爷一哆嗦，将后面的话硬生生地咽了回去。

“师尊，将他们送去溪国，真的没事吗？天鬼宗恐怕很容易就能找到他们。”余梦寒虽然口中呵斥余二少爷，但同样颇为担心府中之人的安危。

“徒儿放心吧。按照灵寰界的规矩，只要你能正式成为冷焰宗内门弟子，天鬼宗就不会对你的世俗族人动手，否则就是触犯了此界大忌。若他们胆敢追杀你的亲人，等你以后修炼有成也有借口对天鬼宗弟子的世俗族人出手。先前他们之所以敢对余府动手，是故意装作不知你有本宗的接引令。现在为师已经正式现身，情况自然就大不一样了。现在的关键，便是你能安然到达冷焰宗，正式成为冷焰宗的弟子。”古韵月神色凝重地道。

余梦寒听闻，面色一松。

余府其他人也心中微安，不再多说什么。

“白石真人以及王、沙、林三位供奉，府中这些亲人就拜托四位照看了。日后小女子修炼有成，定然不会忘记诸位的恩德。”余梦寒朝着白石真人和黑衣少妇三人行了一礼。

“七小姐言重了，我们身为余府供奉，余相和小姐待我们不薄，如今余府遭逢劫难，护送家眷本是我们分内之事。”黑衣少妇等人自然连声答应，承诺会好好看护余家诸人。

虽然去不成冷焰宗，但余梦寒即将成为冷焰宗内门弟子，他们只要与其拉上一点关系，日后也必然大有好处。

白石真人却面露为难之色，下意识地偷看了韩立一眼。

“白石道友，你在余府待了这么久，跟着去一趟也是应该的。”正在把玩储物袋的韩立，抬首看了白石真人一眼，似笑非笑地道。

白石真人这才挤出笑容答应下来。

“梦寒在此多谢四位了。”余梦寒仿佛没有看到这一切，朝几人再敛衽一礼。

事情商定好，余家诸人立刻开始收拾，将府中珍宝金银尽数取出带上。

韩立则将手中的储物袋漫不经心地塞进了怀里，又走到邪气青年尸体附近，搜出另一个储物袋来。

至于另外那些黑衣人身上的东西，他已经懒得去捡了。

白石真人等人见此，自然大喜，快步走上去将那些黑衣人散落的东西一一收起。

“不知韩道友接下来有何打算？”古韵月走了过来，轻声问道。

“韩某此次来到明远城完全是一个意外，现在惹到了天鬼宗，自然是要远远避开了。”韩立淡然回道。

“道友蹚了这趟浑水，还斩杀了齐冥浩，现在想脱身，恐非易事。以天鬼宗的势力，很快就会查到道友头上。”古韵月说道。

“古仙子这话是什么意思？”韩立神色不变。

“若是韩道友不嫌弃，加入我冷焰宗如何？我冷焰宗一向欢迎散修中的强者加入，以道友轻易斩杀结丹期强者的实力，担任本宗外门客卿长老是完全有可能的，我愿做道友的引荐人。”古韵月盯着韩立道。

“师父说得是。若是韩大哥能加入冷焰宗，对乐儿妹妹也是大有好处的。”余梦寒听到这里心中一动，也劝说道。

韩立看了一眼身旁的柳乐儿，面露沉吟之色。

柳乐儿却眨了眨黑白分明的大眼睛，有些茫然。

“如果我没有看错，韩道友气息不稳，似乎有伤在身。我正好带了一颗望犀丹，是灵寰界有名的疗伤圣药。”古韵月意味深长地道。

对古韵月来说，天鬼宗这次死了两名结丹期修士，其中有一名还是化神期修士的后人，她们此次去冷焰宗的路上多半会遭到天鬼宗的截杀。眼前的青年虽然看起来神秘，但若是能一同上路，绝对是一大助力。

“乐儿，你可愿意跟我去冷焰宗？”韩立摸了摸下巴，冲乐儿问道。

以古韵月的修为，柳乐儿的狐妖身份自然是瞒不住的。

不过韩立先前搜白石真人的魂时，得知灵寰界虽然人妖隔阂颇深，但在一些大宗门，修为高深的修士身边带着一两个妖族，也是常见之事，带柳乐儿去冷焰宗倒是没有什么问题。

“我听哥哥的。”柳乐儿看了看古韵月，又瞅了瞅余梦寒，怯生生地道。

“放心，有我在，没人敢欺负你的。”韩立闻言一笑，轻轻地拍了拍柳乐儿的脑袋。

“我知道哥哥会保护我的。”柳乐儿用力地点了点头，也笑了起来。

“那韩某就有劳古仙子引荐了，不知那颗望犀丹能否给在下？”韩立看向古韵月，不客气地道。

“当然没问题。”古韵月心中一喜，毫不犹豫地取出一只白色玉瓶，递了过来。

韩立接过玉瓶，打开盖子放在鼻下轻轻一嗅，点了点头。

古韵月见此，脸上露出一丝笑容。

余家诸人已经收拾妥当，除了大量珍宝，还拉出了几辆马车。

白石真人等人此刻也走了过来。

“韩前辈，我……”白石真人走到韩立身边，想说些什么。

“你放心保护余家之人便是，其他事就不用管了，另外我还有一件事情要你去做……”韩立伸手止住了对方的话，然后嘴唇微动，传音说了一句什么。

白石真人听完一怔，随之连连点头。

这时，余梦寒来到古韵月身旁，轻声地道：“师尊，此刻城门紧闭，还要麻烦您送他们出城。”

古韵月点了点头，一挥袖袍。

顿时，大片白雾出现，凝聚成一团硕大的白云，托着所有人飞向空中。

余家大部分人都没有经历过如此神奇之事，连忙抓紧身边的马车，一些胆小的更是连连发出惊呼。

那团白云转眼间便飞出了城，稳稳地落在城外官道之上。

“娘亲，婶婶……”分别在即，即便余梦寒早有心理准备，此刻也伤感不已，和亲人紧紧地抱在一起。

余母等人也眼含泪水，温声告诫余梦寒要好好照顾自己。

好一会儿，她们才依依不舍地分别。

白石真人等四人护送余家诸人往东而去，很快就消失在夜色中。

余梦寒怔怔地看着亲人远去，良久才收回目光，轻叹了一口气。

“我们也赶紧上路吧。”古韵月等了一会儿，才挥手祭出一艘月白色的飞舟。

飞舟长四五丈，造型颇为奇特，形如弯月，舟身刻了一圈青色灵纹，散发出淡淡的灵力波动，一看就不是凡物。

韩立拉着柳乐儿上了飞舟，余梦寒深吸一口气，收拾好心情，也登上了飞舟。

古韵月挥手掐出一道法诀，飞舟立刻泛起白色灵光，冲天而起，化为一道白光朝着远处飞去。

第11章

元婴异变

飞舟内。

韩立倚靠舟壁盘膝而坐，闭目调息。柳乐儿则乖巧地坐在一旁，好奇地打量着飞舟内的一切，并不时张望着四周快速倒退的风景。

古韵月站在船头处操控着飞舟，同时低声和身旁的余梦寒在说着什么。

良久，韩立缓缓地睁开眼，脸色有些阴沉。

他清醒过来后，便发现自己无法吸纳天地元气了，更谈不上靠吐纳直接恢复法力，当时他刚刚恢复神识，外加正处于莫名丢失记忆的震惊中，故而来不及仔细探究此事。

如今他再次尝试，发现依旧如此。

韩立略一沉吟，单手一翻，掌心多出了一只白色玉瓶，一打开，浓郁至极的药香扑鼻而来，让其精神一振。

他倒出一颗青色丹药，用两根手指夹着，凑到眼前打量。

“这就是望犀丹？希望真的有些用处吧。”韩立抬手将丹药送入口中，随即闭上双眼，开始调息。

柳乐儿见此，很懂事地没有打搅他，见余梦寒结束了与古韵月的交谈并朝自己走来，便起身迎了上去，与她到舟内另一侧坐下，小声交谈起来。

片刻之后，随着药力逐渐散开，韩立眉头轻挑了一下，感觉小腹丹田处有一股温和的暖流缓缓地生出，并自行沿着体内的经脉流淌起来。

一个周天循环过后，他只觉得通体舒泰，体内原本那种空荡无依的感觉，也发生了些许变化，丹田中竟然生出了一丝法力，虽然十分微弱，却让他大为欣喜。

韩立缓缓地睁开眼，握了握放在双膝上的拳头，略微感受了一下，随即手掌一翻，掌心中又多出了十几颗丹药。

这些丹药有的是从白石真人那里所得，还有一些是齐冥浩与那灰衣汉子的遗留之物，几乎都是疗伤恢复法力的丹药，但品质良莠不齐，效果更是远逊于那颗望犀丹。

韩立从中捏起一颗，送入口中，又闭上眼睛，开始调息。

然而，片刻之后，他的双目忽然睁开，面上露出一丝疑惑之色，紧接着又捏起一颗丹药，吞入腹中。

又是片刻工夫后，他的眼睛再度睁开，目光闪烁。

方才两颗丹药入腹，竟然如同泥牛入海，没有半点作用，他既感受不到药力蕴化，也没有丝毫法力生出。

韩立面色凝重，将手中的丹药一颗接一颗地丢入口中。

很快，他的手里就只剩下一颗拇指大小的暗金色丹药。

这颗丹药品阶不低，与那颗望犀丹应该相差不多，应该是那齐冥浩的保命丹药。

韩立面无表情地看了这颗丹药一眼，抬手将之扔入口中。

这一次，没有让他失望，这颗暗金色丹药缓缓地化开，化作灵力流入他的丹田之中，让他的法力又增加了一点。

韩立这才神色一松。

只要有丹药能起效用，他恢复法力就不是难事。至于其他丹药为什么没有作用，多半是等阶太低药力不强的缘故。

就在这时，他脑海中突然响起一个低沉的声音："恭喜韩道友，恢复法力有望了。"

"只是无根之木，无源之水罢了！"韩立苦笑一声，以神念回道。

"聊胜于无，韩道友多恢复一分法力，你我就多了一分重回仙界的希望。”魔光淡然地道。

“话是不错，只怕没有那么容易。”韩立慢慢地回道。

“丹药如此，那灵石呢？”魔光又问道。

“道友不说，我也正要试上一试。”韩立笑了笑。

说完，他手掌一翻，掌心中便多出了几块大小不一的青色灵石，他双手一握，那几块灵石上立即亮起一片青光。

柳乐儿和余梦寒见韩立这边有青光亮起，都忍不住多看了两眼，站在船头处的古韵月却没有半点反应。

青色灵力从那些灵石上缓缓地释放出来，在韩立掌心盘旋了一阵后，逐渐变得朦胧起来。

片刻之后，那团青光逐渐变淡，消失在了空气中。

韩立松开手中已经变得暗淡无光的灵石，陷入了沉思。

“怎么回事，灵石也无法吸收？”魔光的声音再次在韩立脑中响起。

韩立沉默片刻后，道：“或许这些灵石与那些丹药一样，品阶太低，蕴含的灵力不够精纯，所以我无法将之转化为法力吧。”

“若是如此，只要有大量高阶丹药和极品灵石，道友恢复实力便指日可待了吧？”魔光略一沉默，如此说道。

“没有这么简单。极品灵石是否有用，还要试过之后才知道。所幸我的身体和神识的根基还算稳固，即使无法吸纳天地元气，也能缓慢自行恢复。”韩立有些郁闷地道。

“韩道友过谦了，以在下过往所见，若道友的身体与神识还只能算是根基稳固的话，那世间便没有几人的身体与神识能算得上是雄厚无比了。既然已有方向，只盼道友早日复原。”魔光悠悠地道，随后便不再言语了。

韩立叹了一口气，先前所捡的那些储物袋中竟然没有极品灵石，否则他就可以直接尝试了。

他再仔细检查了一番体内法力，发现自己如今的修为也就相当于普通修士的元婴中期左右，要想继续提升的话，除非他能够重新吸纳天地元气，或者直接吞服恢复法力的高阶丹药。

韩立想到这里，眉头一皱，神念往丹田深处一沉，直接开启内视。

只见他整个丹田仿佛都笼罩在一片无尽的浓雾之中，而在浓雾深处，一层薄薄的金光晕开，恍若夜幕中的一盏黄灯。

韩立将神念投入其中，便看到一个通体金黄发着光的小人正盘坐在浓雾当中，其样貌神态与自己一模一样，正是他的元婴。

元婴神色平静，双目微合，两手垂在身侧，仿佛正在熟睡。

他无法吸纳天地元气入体，自然和元婴如此模样大有关系。其实，他刚醒来时曾用神识扫过一番，发现神念无法进入元婴内部，更无法将之唤醒。

要不是他心底深处和元婴还存在一丝若有若无的神魂联系，他几乎要以为自己的元婴是外来之物了。

此刻，韩立脑中各种秘术飞快地闪过一遍后，最终单手掐诀，丹田残余的法力顿时一阵激荡，化为一枚枚淡银色的符文，缓缓地朝元婴身上贴去。随着几声闷响，银色符文贴在了元婴身上，纷纷化为团团银光爆裂开来。

韩立脸色一沉，当即心中法诀一换，丹田之中的金色小人四周亮起一丝丝乳白色的光丝，缓缓地朝小人缠绕而去……

数个时辰后，韩立双目一睁，猛吸一口气，才将咽喉处的一口热血咽了下去。就在刚才，他不惜法力催动炼神术这门仙界秘术，强行用神念侵入元婴体内，结果从元婴中隐约传出一股恐怖的威能，让神念突然反弹，法力逆转，他差点遭受秘术反噬。

这还是因为他肉身神识足够强大，换一个人遭遇此事，轻则经脉断裂，重则神识遭到反噬，变成白痴。

这一番折腾，令韩立的法力又消耗了一部分，都快从先前的元婴中期掉到元婴初期了，他越想越郁闷。

就在韩立苦苦冥想解决办法之际，站在船头处的古韵月，感受到了韩立先前因为功法反噬而引起的法力波动，心中一惊。

“果然是元婴中期！”她略一犹豫后，转身朝韩立走了过去。

韩立见此，心神一收站了起来。

“看来望犀丹对韩道友还算有用，道友伤势恢复得差不多了。”古韵月温和地道。

“多亏道友的灵丹了。”韩立也客气回道。

“韩道友客气了，等道友正式加入本宗，自然还会有其他灵丹赐下。”古韵月摆了摆手道。

接下来的时间，古韵月有意拉拢韩立，不断找话题和他攀谈，试图拉近两人之间的距离。

韩立也从对方口中得知了一些关于灵寰界的情况。

毕竟他对于此界的了解，还仅限于白石真人这个结丹期修士的认知，和一名元婴期修士提供的信息相比，自然大不相同。

对于古韵月言语间随意问及的关于出身的问题，都被韩立含糊带过了。

古韵月见韩立不想透露太多的样子，也识趣地没有再多问什么。

“对了，古道友，冷焰宗的情况，不知能否告知在下一二？毕竟韩某对贵宗的了解，仅限于外界的一些传闻。”韩立突然问道。

“呵呵，就是韩道友不问，我也准备和你细说的。”古韵月闻言有些意外，随即马上回道。

“我冷焰宗是灵寰界的大宗派，创派至今已经有上百万年，门内弟子数以十万计。结丹期、元婴期强者不说，仅仅是化神期、炼虚期长老便有数十名，上面还有三位合体期大能和一位大乘期老祖坐镇。”

说到这里，古韵月非常自豪。

韩立听闻，心中一动。

有大乘期老祖坐镇，冷焰宗的实力确实强大。

“而我派开派之祖——冷焰老祖在百万年前飞升仙界，时至今日，宗门还能通过特殊的方法和这位仙人祖师沟通，他老人家也会时不时地赐予我们一些仙界的灵丹、功法，根本不是其他小门小派可比的，韩道友加入我冷焰宗，是绝对不会失望的。”古韵月看向韩立，微笑着道。

韩立听到仙人祖师的瞬间，终于动容。

冷焰宗竟然在仙界也有靠山！而且冷焰老祖在飞升后，还能和下界取得联系！

他在灵界，可从未听说过此等事情。如此看来，灵寰界的情况真的和灵界大不相同。

看到韩立的神色变化，古韵月露出了满意之色。

“想不到冷焰宗如此强大，难怪能镇压灵寰界了。不知那天鬼宗的情况又如何？”韩立点点头道。

“天鬼宗的情况和冷焰宗差不多，也有老祖飞升仙界。除了我们两宗，在仙界有前辈做靠山的宗门还有一个境元观，这三大宗门在灵寰界平起平坐。”古韵月笑容一敛。

“虽说是平起平坐，但实力应该还是有高低之分的，不知三大宗派的实力是如何排序的？”韩立摸了摸下巴，再次问道。

“这……三大宗派的实力基本差不多，不过天鬼宗创派的时间远比冷焰宗和境元观长，历史上又有三人飞升仙界，所以，它的实力略胜一筹。冷焰宗和境元观则相差无几。”古韵月目光微闪，避重就轻地答道。

看来天鬼宗的实力远在冷焰宗之上，只是古韵月不愿意承认罢了。韩立眼睛微眯地思量着，对冷焰宗倒真生出了几分兴趣。既然冷焰宗能和仙界之人联系，底蕴肯定不浅，或许他真能从此宗找到解决自己元婴被锁的办法。

韩立又询问了一些关于冷焰宗的事情后，便结束了对话，走到一旁盘膝坐下。不多时，他身上发出青色光芒，身上的气息开始飞速收敛，直至完全消失。

古韵月回到船头继续操控飞舟，当她注意到韩立身上的变化后，心中不禁暗暗称奇。

天色渐明。

灵月飞舟穿云破雾，前方出现一片巍峨的群山，山体笔直，呈暗红色，从高空望去，仿佛是一片巨大无比的红色树林。

古韵月看到前方的红色山脉，心中松了一口气。

这片山脉名为“红瑚山脉”，是丰国的边界。

她之前特地绕了一段路，避开天鬼宗容易探察的区域，此时已经到了这里，他们应该安全许多了。

不过为了保险，古韵月还是将飞舟的飞行高度再次提升，直接钻入了半空的云层之中。虽然此刻天上的云层并不密集，但在云中穿行，总能起到隐匿行迹的作用。

余梦寒和柳乐儿也渐渐适应了飞舟，已经没有之前那么害怕，都敢站起来欣赏周围的美景了，还不时发出几声清脆悦耳的笑声。

下方山脉飞快后退，片刻后一片平原出现在前方，古韵月最后一丝担心也缓缓放下。

“小心！”

一直在旁边闭目静坐的韩立忽然睁开眼睛，低声喝道。

柳乐儿和余梦寒听到韩立的话，都是一怔。

古韵月却勃然色变，二话不说两手一掐诀，两个掌心各喷出一道粗大白光，没入飞舟。

灵月飞舟光芒大盛，陡然停了下来，然后迅疾无比地倒射而回。

就在这时，前方的一朵白云陡然变得漆黑，随即化为一张巨大无比的狰狞鬼脸，张口就咬。幸亏灵月飞舟已经猛地倒退，才叫鬼脸咬了个空。

“咦！”一声轻呼从鬼脸中传出。

鬼脸一晃，化为一朵黑云，上面现出两个人影。

左边一人是个驼背老者，脸上满是皱纹，头上只剩几根稀疏的黄发，一副行将就木的模样。

右边一人是个青年男子，马脸大嘴，丑陋不堪，一对三角眼中闪烁着凶光。

两人都身穿黑袍，上面绣着狰狞鬼头的图案，隐隐散发出丝丝黑气，两人身上散发的灵压都达到了元婴期。

那马脸青年和古韵月一样，是元婴中期，驼背老者的修为则更高，赫然已经达到了元婴后期。

“风云双煞！”古韵月惊呼出声，脸色变得难看起来。

第12章

争斗

“呵呵，没想到古韵月道友也知道我们两兄弟的名号，真是荣幸。”驼背老者扯着沙哑至极的嗓音笑着道。

马脸青年默不作声，目光一一扫过韩立等人，在看到余梦寒和柳乐儿时，他的眼睛一亮，伸出舌头舔了舔厚厚的嘴唇。

余梦寒见对方如此模样，心里一阵发毛。柳乐儿则急忙一闪躲到了韩立身后。

古韵月心中微乱，她虽然猜到了对于余府之事天鬼宗绝不会善罢甘休，但没想到追兵来得如此之快，来的还是眼前这两个凶名赫赫之人。但她毕竟是经历过不少争斗的修士，很快就镇定下来，冷冷地道：“二位在这边境之地对我等突下杀手，于情于理都该给出一个合理的解释吧，莫非想挑起贵我两宗之战？”

“嘿嘿，明人不说暗话，我们的来意，相信古道友心知肚明。我们受齐长老之命，来此带走杀死齐师侄的凶手和这个姓余的女娃娃。”驼背老者怪笑一声，目光有意无意地朝韩立和余梦寒的方向扫去。

韩立站在原地一动不动，神色平静，余梦寒则俏脸一白。

古韵月没有马上回话，但心中各种念头急转。

“古道友，你和我们兄弟并无仇怨，只要将这两人交出，我们保证让你安然离开，如何？”驼背老者提议道。古韵月在冷焰宗地位不低，若非逼不得已，他们也不想和她动手。

“韩道友如今已经是本宗外门客卿长老，余梦寒更是本宗内门弟子，想让我交出他们，你们将我冷焰宗当成什么了？！”古韵月脸色一冷，断然拒绝道。

“哼！敬酒不吃吃罚酒，既然你执意找死，那我们兄弟就送你一程！”驼背老者双眉倒竖，寒声道。

马脸青年早已等得不耐烦，眼见双方已经谈崩，立刻率先动手，袖子一挥，大片灰白色的火焰从袖管中喷出。

只见他手指一点，那些灰白色的火焰立刻汇聚到一处，形成一个灰白色的火焰旋涡。

一只巨大的火焰鬼爪猛地从旋涡中伸出，朝古韵月等人抓去。

早有准备的古韵月，一跺脚，灵月飞舟再次光芒大盛，朝后面急速飞去。

同时她单手一扬，身旁那柄黑色长剑立刻飞出，化为一道七八丈长的剑光，斩在了火焰鬼爪掌心，发出金铁交击的声音。

古韵月眼神微动，手中法诀变换。

黑色剑光陡然一缩，小了一半，却变得更加明亮刺目。

“噗”的一声，黑色剑光刺穿了火焰鬼爪，从另一侧洞穿而出。

鬼爪轰地爆裂开来，化为漫天残焰，天空的火焰旋涡也随之消散。

马脸青年气息翻涌，吐出一口鲜血。他怒吼一声，眼睛陡然变得血红，翻手取出一个黑色卷筒，似乎是一幅画卷。他身上发出的大片灰白色光芒，罩住了自己，从外面看不清他在里面做些什么。

驼背老者也一顿足，身上发出漆黑如墨的光芒，元婴后期的庞大威压扩散开来。

古韵月脸色微变，挥手召回黑色长剑，让其在头顶盘旋，神识紧紧地锁定马脸青年和驼背老者。

灵月飞舟则趁此机会一口气向后退了百余丈，才停了下来。

“韩道友，这二人成名已久，实力极强，一会儿若是情况不妙，你就带着小徒她们先走，我来断后。”古韵月飞快地冲韩立传音道。

她虽然出其不意小挫了马脸青年，但也自知敌不过那驼背老者，而韩立实力不明，就算他们两人联手也未必能战胜对方，故而心中早有遁走之意。

韩立静静地站在那里，没有说话，一副不置可否的模样。

就在此时，一个低沉的声音在古韵月耳边响起：“想逃？你们逃得了吗？”

古韵月顿时心中一凛。

只听“砰”的一声，驼背老者周围的黑光突然爆裂开来，其身影在黑光中化为一具灰色骷髅。

古韵月见此，顿时一怔，一旁的韩立目光也闪了一下。

就在此刻，灵月飞舟上方虚空突然剧烈地波动起来，一道漆黑的光芒毫无征兆地从里面射出，驼背老者的身影在黑光中出现。

只见他两手一挥，身前金光一闪，一座十余丈高的金色巨塔出现，朝着灵月飞舟狠狠地砸下。

一股恐怖的威压轰然落下，飞舟表面灵光剧烈地波动，眼看便要碎裂。

古韵月闷哼一声，两手闪电般掐诀，一道道剑诀没入头顶的黑色长剑。

黑色长剑剧烈地震颤，无数密密麻麻的剑影浮现，朝着巨塔斩去。

“轰隆隆——”

无数爆裂声响起，密密麻麻的剑影斩在巨塔之上，却立刻碎裂消失，没有在塔身上留下半点痕迹。

不过巨塔下落之势，也随之一顿。

古韵月趁机低喝一声，一道银白色光芒从她手中飞出，是一块银色锦帕，呼啦一下迎风展开，绽放出夺目的银光。

锦帕表面隐约浮现出山河虚影，吞吐着惊人的灵气，挡在金色巨塔下面，使之下坠之势一滞。

古韵月脸色一缓，眼中光芒跳动，手掐剑诀一点。

那黑色飞剑滴溜溜一转，黑光大放，狂涨起来，转眼间，一柄五六丈长的黑色巨剑迅疾无比地斩向驼背老者。

老者冷笑一声，挥手打出一道法诀。

金色巨塔底部轰隆一声裂开，现出一个黑色窟窿，耀眼的金光从中绽放，形成了一个巨大的金色光圈。

一股恐怖的吸力陡然从中释放，方圆数十丈内气流倒卷。

黑色巨剑立刻如负千斤般停了下来，滴溜溜打转，朝着金色巨塔底部的圆洞飞去。

古韵月拼命掐诀试图稳住巨剑，却没有丝毫作用，不过两三次呼吸的工夫，巨剑就“嗖”的一声被巨塔吸了进去。

古韵月脸色苍白，和黑色飞剑的心神联系彻底断了。

金色巨塔发出的金光更加耀眼，发出轰隆隆的声音，往下压迫而来。

银色锦帕隐隐凹陷下去，在金色巨塔释放出的吸力的拉扯下，表面的山河虚影图也是一阵扭曲变形，眼看也要被巨塔吸走。

古韵月急忙掐诀，两手抵住锦帕，将体内法力快速注入其中。

锦帕表面的山河图案银光大放，发出阵阵啸音，总算稳定下来。

驼背老者嘿嘿冷笑一声，抬手准备要做什么。

“轰！”

一声闷响从远处传来，马脸青年身上的灰白色光芒爆裂开来，现出其身影，只见他身前飘浮着一幅黑色画卷，正是先前他取出的，不过此刻已经展开，表面密密麻麻地绘制着百鬼图案，发出强烈的黑光。

“贱人！胆敢伤我！大哥，你别出手，我要让她尝尝生不如死的滋味！”马脸青年怨毒地瞪着古韵月，怒吼道。

驼背老者闻言眉梢一挑，手中动作一停，目光却没有离开古韵月。

同一时间，马脸青年翻手取出一柄黑色匕首，在手臂上一划。血液涌出，化为红雾融入百鬼图中。

黑色画卷散发出的黑气变得更浓，周围出现阵阵阴风，鬼哭狼嚎之声大起，骇人至极。

“嗷——”两头狰狞鬼物突然从画卷中跃出，迎风变大，变为四五丈高。这两头鬼物的上半身形似猿猴，长着幽绿色的短毛，口中长满獠牙，突出到嘴外，猿臂粗壮，十指长着尺许长的血红利爪；下半身被一股黑雾笼罩，仿佛没有实体一般。

画卷周围阴风更盛，黑气翻滚，一头接一头的凶厉鬼物从中飞出。眨眼间，已经出现上百头鬼物。大多数鬼物都是筑基期，其中，有五六头鬼物的体形明显巨大得多，散发出的气息达到了结丹期。

“杀！”马脸青年一声狞笑，一指古韵月等人。

“嗷——嗷——嗷——”上百头鬼物朝着灵月飞舟扑了过去，气势极为惊人。

古韵月神情大变，收回了按在银色锦帕上的双手，在腰间的储物袋上一拍，四道白光从储物袋射出，落在周围，变成四具丈许高的人形白玉傀儡，皆身穿甲胄，手持宽大白旗，上面灵光闪烁。

四具傀儡一起摇晃手中的大旗，灿烂无比的白光从傀儡身上绽放，迅速连接在一起，形成一个白色法阵，将灵月飞舟笼罩其中。

白色法阵刚刚成形，那上百头鬼物便扑了过来，将其团团围住。

“嗷——”这些凶厉鬼物吼声阵阵，手抓口咬，拼命攻击白色法阵。尤其是那几头结丹期鬼物，口中不断喷出一道道绿光，轰击在法阵上。

白色法阵剧烈地震动起来。

古韵月急忙掐诀，一道道白光不断落在四具傀儡身上，法阵这才渐渐稳定下来。

马脸青年一闪身，也飞到白色法阵附近，口中念念有词，身上再次燃起大片灰白色火焰，形成一个十几丈大小的火海。他两手虚空一抓，火海中的灰白色火焰立刻分离出一小片，凝聚成两柄数丈长的火焰长矛。

随着他手臂一挥，火焰长矛立刻射出，发出刺耳的尖啸，狠狠地扎在白色法阵上。

“轰——轰——”火矛碎裂开来，白色法阵剧烈一晃，连带着里面的古韵月也是一抖，脸色又苍白了几分。

马脸青年冷笑不止，一根根火矛接连从他手中射出，不断轰击在法阵上。

原本有七八丈宽的白色法阵剧烈地晃动，光芒逐渐暗淡缩小，没过多久便缩小到不足三丈。

古韵月脸色越发苍白，额头渗出一片细密的汗珠，身体轻轻地颤抖。

白色法阵上空，驼背老者看到古韵月此刻的神情，哈哈大笑，一拍腰间的储物袋，十二道黑光从中射出，正是十二柄骨叉。

骨叉迎风变大，表面腾起漆黑的火焰，散发出一股幽冷刺骨的气息，朝着白色法阵刺去。

齐煊命令他们二人前来，谁能出手击杀古韵月，自然就是立下了大功。

驼背老者看出古韵月此刻已经是强弩之末，立刻出手抢功。

马脸青年心中大怒，但驼背老者的修为比他高，他只能忍气吞声。

古韵月见此景，眼中不由得流露出一丝绝望。

不过就在此刻，一道人影从飞舟上冲天而起，直接穿过白色法阵，到了半空中，此人正是韩立。

只见他左右一晃，蓦然幻化出几个残影，又迅疾无比地合而为一。

十二柄骨叉就此诡异地消失了。

驼背老者目光一凝，脸色大变。

韩立在空中缓缓摊开双手，那十二柄骨叉赫然在他手中，他两手一搓，十二柄骨叉上的黑色火焰纷纷熄灭，显露出本体。

韩立看了看这些骨叉，挥手将其收了回来，自始至终面无表情，就像在做一件微不足道的小事。

“你，你……”驼背老者指着韩立，惊怒交加。

那些鬼物嗅到韩立身上的生人气息，立刻舍弃了白色法阵，朝他扑了过来，口中发出兴奋的吼声。

“聒噪！”

韩立一皱眉，再次一闪身，化为一道模糊的青影冲入了鬼物群中。

青影所过之处，那些鬼物仿佛撞上礁石的波浪，直接爆裂开来，粉身碎骨。

眨眼间，近百头鬼物便被那青影尽数击杀。

马脸青年目瞪口呆，傻傻地看着眼前的一切。

人影一晃，韩立出现在马脸青年身前，一拳轰出。

马脸青年来不及发出一声惨叫，便直接殒命，连躲在体内的元婴都未能幸免。

“不好！”

驼背老者见此大骇，急忙一挥袖子，露出密密麻麻的绿色飞针，足有数百根，每根都有尺许长，细若毛发，上面燃烧着绿色火焰。

漫天的飞针朝着韩立射去，发出密集的哧哧声。

几乎是同时，老者体表冒出滚滚绿焰，一个转身朝着远处飞遁而走，连金色巨塔都不要了。

韩立见此情形，在原处没有动弹，只是一张口，骤然深吸一口气。

“轰隆隆——”

一股庞大的吸力陡然在他身前的虚空中出现，十丈内气流倒卷，“嗡嗡”作响。

漫天的飞针立刻被吸走，尽数没入韩立口中。

他嘴巴咀嚼，“咔吧”作响，微微一仰头，竟然直接将飞针吞了下去。

古韵月见此景，嘴巴微张，整个人愣住了。

不远处飞舟上的余梦寒和柳乐儿也不禁目瞪口呆，她们根本还没弄清楚眼前究竟发生了什么，只觉眼前一阵眼花缭乱，两名敌人就一亡一逃了。

这时，韩立看了一眼驼背老者所化的绿光，手臂上金光一闪，一拳轰出。

随着破空声响起，驼背老者身后的虚空一阵波动，一个金色拳影一闪而至。

“啊！”

驼背老者脸色大变，身体一抖，全身亮起黑光。然而下一刻，他还是被金色拳影狠狠地击中了。

“轰！”

绿色鬼火爆裂开来，却没看见一丝血肉，只剩下一堆白骨。

与此同时，距离这里数十里的一处虚空波动，大片黑光出现，从里面踉跄飞出一个人影，正是驼背老者。他满脸惊惧地向身后望了一眼，再次喷出一道绿光，化为滚滚绿焰包裹住身体，朝着远处飞去。

韩立早已释放出神识，数十里外的情况他自然知晓，就在他想追出去时，低头看了一眼自己身上的青光，明显比先前暗淡了。

韩立眉头一皱，打消了继续追杀驼背老者的念头，而是挥手将马脸青年的储物袋卷了过来，转身回到灵月飞舟上。

虽然在这一连串的战斗中，他主要靠的是肉身之力，但还是不可避免地消耗了不少法力。

第13章

陆崖

“哥哥——”柳乐儿见韩立回到飞舟上，连忙迎了上去，有些担忧地叫了一声。

方才一战威势不小，柳乐儿从未见过如此阵仗，虽然看见“石头哥哥”轻松取胜，但心底仍不免有些担心。韩立冲她温和一笑，轻轻地摇了摇头，示意她不用担心，而后便将手中的储物袋随手收了起来。

驼背老者的金色巨塔没了主人的催动，很快便金光一敛急剧缩小，落了下来。

古韵月挥手一招，将那金塔收入手中，看了不远处的韩立一眼，见其没有出手阻拦之意，才心中一松将之收入自己腰间的储物袋。

这金塔的威能不俗，而且能够困住他人的法宝，若能归为己用，以后临阵对敌就多了一个撒手锏，自己的实力必定大增，不过风云双煞毕竟是韩立出手击败的，于情于理这战利品都该归其所有，所幸对方对这金塔似乎并没有什么兴趣。

“方才多亏韩道友出手。我原先便知道友绝非寻常修士，没想到还是大大地低估了道友的实力。”古韵月定了定神，几步走到韩立身前感谢道。虽然她的神色看似平静，但眼神深处隐藏的那一丝敬畏，又怎能瞒得过韩立？她自知即便是单独对抗与自己同阶的马脸青年，自己也绝对无法像眼前之人这般轻而易举地杀掉对方，甚至连对方的元婴都无法逃出，更何况还有一名元婴后期的驼背老者作为帮手。

“那二人想要我的命，我自然要早点送他们上路了。”韩立笑着道。

跟在古韵月身旁的余梦寒，闻言抿嘴一笑，露出少女的风情，但望向韩立的目光中又带着些许敬畏、迷惑。在她心目中，师尊可是真正的神仙高人，连父亲都要恭敬相待的白石真人在师尊面前，大气都不敢喘，然而眼前这个初见时木然呆滞的高大青年，如今却展现出连师尊都难以望其项背的强大实力。如今的韩立，就如同一团迷雾一般让她捉摸不透。

“本以为离开了丰国国境，就能避开天鬼宗的追杀，没想到他们竟然来得如此之快。”古韵月轻叹道。

“这没什么，毕竟丰国现在已经是天鬼宗的势力范围。”韩立不以为意地道，面上并无多少担忧的神色。

“只要尽快进入我们冷焰宗的势力范围，就能摆脱天鬼宗的纠缠了。”古韵月点了点头，却又突然脸色一变，望向韩立的目光中闪过一丝怪异。

虽然那怪异的眼光一闪即逝，却被韩立看在眼中。

韩立表面神色未变，心里却觉得郁闷，方才一战，他只是略微催动护体灵光而已，法力就从元婴中期跌落到了初期。

古韵月应该是发现了他气息的变化，才会如此，他自然不会费心解释什么。

天鬼宗某座洞府深处，一间幽深密室的四壁上插着十数根粗大的火把，明黄色的火焰悠悠跳动，映得整个密室影影绰绰。

密室正中央，有一个圆形石桌，桌前正坐着一个鹤发黑须的干瘦老者，其身着赭色长袍，一只手搭在石桌上，另一只手的手指在膝盖上有节奏地轻叩着。

他两只眼睛直勾勾地盯着前方，一张皱纹横生的消瘦长脸在火光的映照下，显得异常阴郁。

在其正前方，一面人头大小的铜镜悬浮在半空，里面正映着一个驼背老者的身影，正是风云双煞中侥幸存活的那人。

铜镜中那老者本来就驼着的身子，此刻弓得更加厉害，整个脑袋完全低垂着，丝毫不敢抬起半分。

“这么说来，你们二人不但没能给我把人带回来，反而又搭进去了一个？”干瘦老者停止了手指的叩击，责问道，其嗓音沙哑异常。

驼背老者的身体明显抖了一下，连忙答道：“启禀齐师伯，此番不是弟子无能，实在是那人太强大诡异。他起初似乎故意隐藏了气息，看起来跟凡人无异。可当他突然出手时，竟然一下子就变成了元婴中期，我还尚未看清楚他的动作，十二柄寒焰骨叉就已经被他收了去，之后……”

驼背老者的话还没说完，就被干瘦老者打断了：“修为比你还低，却轻而易举地就收走了你的法宝？”

“是……是的。不仅如此，此人肉身也极为强大，师弟的百鬼图中豢养的阴魅鬼物与之相比，简直如同纸扎泥塑，被其一撞便化为齑粉。就连那噬骨阴针，也被他吸走，给嚼了个粉碎。”驼背老者不住地颤抖，心有余悸地道。

干瘦老者闻言，手指又开始轻敲膝盖，陷入了沉思之中。

驼背老者一直没敢抬头，听见干瘦老者半天没有声响，心中恐惧更甚，忍不住拜倒在地，颤声道：“齐师伯，弟子所言……所言句句属实啊，绝无半点夸大欺瞒。”

干瘦老者依旧无言，半晌之后才悠悠地道：“依你所言，此人多半是一名极为罕见的高阶力修，的确不是你能对付得了的。罢了，此事不用你再管了。”说完，他再也不看驼背老者一眼，长袖在虚空中随意一拂，那铜镜上的画面就随即一暗，消失不见。

“敢杀我浩儿，任你是高阶力修又如何？老夫一样要将你扒皮拆骨，以祭我浩儿之亡魂。”干瘦老者忽然坐直身子，面露狰狞，咬牙切齿地道。

半晌之后，其目光重新落在铜镜之上，口中发出一阵吟诵之声，单手掐诀冲着铜镜虚空一指。只见镜面忽然如同水波被搅动一般，荡漾起阵阵涟漪，紧接着便又呈现出一幅画面来。

画面中一个体形颇为壮硕的中年汉子，悬空立于一片青翠山林上空，一手摸着短须，笑吟吟地问道："齐兄，自从上次一别，咱们可有些日子没见了，今日突然传信，可是有什么事？"

"陆崖老弟，今日我就不与你寒暄了，实在是有事相求。"干瘦老者面色凝重，声音低哑道。

壮硕汉子见其没有半点玩笑的意思，也收敛了笑意，郑重地问道："怎么，出了什么事情？"

干瘦老者叹了一口气，将齐冥浩和风云双煞之事，全部告诉了对方。

"混账东西，竟然敢杀害齐兄后人，真是该死！"名为陆崖的壮硕汉子听完之后，低哼了一声。

"我如今身在宗门，暂时抽不出身，陆老弟你就在丰国附近，故而我希望你能代我出手，灭掉此人。"干瘦老者沉声道。

"力修以肉身修炼为主，能轻易碾压普通修士，但极难修炼和突破瓶颈。此人能修至高阶，恐怕也非常人？"陆崖略一沉吟，如此问道。

"据门下弟子所说，此人是冷焰宗打算招入的外门长老，目前还尚未正式入门，所以陆老弟不用太担心。只要你替我杀掉此人，我那颗元灵丹就当作谢礼了。"干瘦老者深深地看了一眼陆崖，沉声道。

陆崖眼中闪过一丝喜色，不过很快便掩饰了过去，开口道："既是如此，那人的小命就由我代齐兄收取了。"

干瘦老者又想起一事，面色阴沉地道："对了，那姓余的丫头，先不要杀，最好能活着带给我。"

陆崖闻言微微一愣，随即点了点头。

距离丰国边境数万里的一片沙漠上空，一艘由白光笼罩的飞舟划破天际，朝着某个方向疾驰而去。

此时晴空万里，白云如棉似絮，让人望之心旷神怡，当真美不胜收，不过飞舟上的四人显然都没有欣赏的心情。

韩立盘膝坐在舟尾，双目紧闭，皮肤上隐隐有金光在上下流转。

柳乐儿紧挨韩立坐着，身上绿光缭绕，显然也在修炼。

古韵月和余梦寒则站在船头，后者不时回首看向舟尾处，神情有些复杂，前者专心操纵飞舟，嘴角挂着淡淡的笑容，心情很不错的样子。

距离上次被袭已经过去了两日，这段时间里他们日夜赶路，没有再遇到什么危险，随着距离冷焰宗所在的山门越来越近，他们自然越来越安全了。

不知过了多久，韩立眉头一皱睁开双目，身上金光一阵闪烁，随即敛去。

这两日里他又尝试了数种方法以求冲破元婴上的封印，可惜还是毫无进展，反而消耗了不少法力。

虽然之前他从那个马脸青年的储物袋中又找到两颗和望犀丹品阶相仿的丹药，但不知为何，服下之后竟然对他毫无用处。

看来自己身体的情况，比他预想的还要复杂很多。

韩立摇了摇头，不再想这些，而是转头看了身旁的柳乐儿一眼。

柳乐儿身上的气息波动比起之前大有进展，隐隐有突破筑基后期的趋势，这都要归功于从马脸青年的储物袋中得到的一瓶丹药。

韩立暗暗点了点头，没有打扰柳乐儿修炼，起身走到飞舟一侧，朝外看去。

“韩道友，这里一路往西，不出半个月便可抵达宗门了。到时宗内自会安排一处上好的洞府供道友养伤。”古韵月走了过来，含笑道。

余梦寒一言不发地跟在师父身后。

“那就有劳古道友了。”韩立点点头，道。

古韵月正要再说些什么，一阵隆隆之声突然从前方传来。

韩立等三人循声望去，只见前方天地交界处突然变得黑压压，数根巨大无比的龙卷风柱直通天际，闷雷般的巨响不时从中传出，漫天的黄沙遮天蔽日。

古韵月眉头微蹙，挥手打出一道法诀，灵月飞舟便停了下来。

柳乐儿也从修炼中惊醒，一脸错愕地走到韩立身旁。

“看样子是沙暴，有什么不妥吗？”韩立朝远处看了一眼，淡淡问道。

“韩道友有所不知，我们所在的这片沙漠名为‘黄澜古漠’，此处轻易不会出现沙暴，一旦出现，短期内便会弥漫整片沙漠，且会持续一个月以上。”古韵月正色道。

“哦，那我们横穿过去就是，这沙暴纵然规模不小，但对我们影响不大吧。”韩立眉头一皱，道。

“沙暴自然无须担心，只是此地有一种上古奇虫叫‘阴孽飞蚁’，平素在古漠地底长眠，碰到沙暴便会出来肆虐。单只飞蚁倒没什么威胁，但此虫往往是成千上万只一起出现，且速度奇快，一旦被其缠上，只要不是魔道之法祭炼的法宝，都会被其喷出的污秽雾气所腐蚀而灵性大失。故而即便是高阶修士遭遇阴孽飞蚁，也会大感头痛。”古韵月神色凝重地解释道。

“如果我们绕道而行呢？”韩立闻言，略一沉吟问道。他现在的法力是用一分少一分，可不想浪费在这种地方。

“恐怕要多花一个月以上的时间。”古韵月想了想，回道。

韩立摸了摸下巴，沉默不语了。

古韵月看着韩立，也没有说话。

“韩道友，这些飞蚁你大可不必担心，交给我应付便是。”一个声音突然在韩立脑海中响起，正是魔光。

“哦，你有把握？”韩立心中一动，通过心神问道。

“阴孽飞蚁是地底阴煞之力和亡灵怨孽之气混杂产生的上古奇虫，和天外魔头颇有相似之处。此蚁虽然难缠，却十分惧怕摄魂魔音一类的攻击，我虽然神通十去其九，应付区区飞蚁还是不成问题的。”

魔光嘿嘿一笑，答道。

“好，待会儿若是遇到那阴孽飞蚁，就拜托道友了。”韩立思量了片刻，道。

“你我现在是绑在一起的，我自会尽力。”魔光毫无感情地说完这句后，便没声了。

“绕路实在太远，还是横穿沙暴吧，若遇到那阴孽飞蚁，韩某自有办法对付。”韩立神色不变地转头，对古韵月道。

“韩道友有把握？”古韵月一怔。

“怎么，古道友信不过韩某吗？”韩立微微一笑。

“我绝无此意，既然道友如此说，自然是胸有成竹了。”古韵月连忙解释道，然后不再多说什么，手中一掐诀。

灵月飞舟顿时光华大放，一个白色护罩顿时凝聚而成，护着灵月飞舟一头扎进了前方的沙暴中。

下一刻，所有人顿觉周围光线一暗，只感觉到呼啸怒吼的狂风，夹杂着漫天沙尘，狠狠地轰击在飞舟的护盾上。

灵月飞舟微微摇晃起来。

古韵月手中法诀一变，打出一道白光，没入舟首某处。

“刺啦”一声，飞舟之上的灵纹尽数点亮，白色护罩立刻变得比原来明亮了数倍，稳定了下来，继续朝着前面飞去。

柳乐儿和余梦寒起初看到外面漫天的风沙，还有些担心，但随着时间的推移，看到这些风沙根本突破不了灵月飞舟的护罩，她们揪紧的心也渐渐放松下来，透过白色光盾欣赏起了外面难得一见的奇异景色。

古韵月专心操控飞舟，小心避开那些龙卷风柱，前进速度倒也没有慢多少。

转眼间，他们在沙暴中已经飞了一两个时辰，运气不错，并没有遇到阴孽飞蚁。

韩立双手背在身后，神色平静地站在船头，突然，他眼中蓝光一闪，朝前方某个方向看去。

“韩道友，怎么了？”古韵月注意到了韩立的神色变化，顿时一惊。

“古道友，看来有麻烦上门了。”韩立看了古韵月一眼，嘿嘿一笑。

古韵月一怔，一时没弄懂韩立此话是什么意思。

“轰隆隆！”

就在此刻，一根龙卷风柱高速旋转而来，恰好正对着飞舟。

这根龙卷风柱异常粗大，几乎直通天际，还未到达，一股巨大的狂风便席卷而至，将整个灵月飞舟卷了起来。

古韵月脸色一变，顾不得多想韩立刚刚的话是什么意思，猛地一跺脚。

飞舟光芒大放，朝着前面猛蹿了一下，刹那间就飞出了近百丈远，险险躲过了龙卷风柱的袭击。

不过未等古韵月松一口气，四周地面突然纷纷裂开，一道道黄色光柱在轰鸣声中冲天而起。

这些黄色光柱交织，瞬间凝聚成一个黄色大阵。

地面上还浮现出一个庞大的阵图，足有百丈大小，复杂无比。

“法阵！”古韵月脸色大变。

她只觉眼前一花，周围景色大变，转眼间他们就出现在了一片晶亮的世界，周围是一座座山峰，天空和地面都闪烁着晶莹的黄光。

一股无法言喻的庞大灵压从四面八方涌来，挤压着灵月飞舟。

飞舟上的白色护罩“咔咔”作响，出现了无数裂纹，眼看便要碎裂。

柳乐儿与余梦寒见状，顿时失声大叫。

韩立见此，从容不迫地一伸手，祭出一个黄铜小钟法宝，瞬间变大到数丈大小，猛地落在飞舟之上，将柳乐儿和余梦寒罩在里面。

这黄铜小钟是从马脸青年的储物袋里找到的一件防御法宝，此刻恰好派上了用场。

几乎是同一时间，飞舟之上的白色光罩“砰”的一声碎裂，巨大的压力轰然而至。

韩立和古韵月身上灵光一闪，硬生生地承受了下来。

黄铜大钟“嗡嗡”一响，表面灵光一阵狂闪，安然无恙。

“莫非又是天鬼宗的人找来了？”

古韵月虽然还能勉强保持镇定，但从眼前这个法阵所展现的惊人气势来看，绝对不是普通元婴期修士所能做到的，心中不由得有些慌乱。

“天鬼宗？他们还真是阴魂不散啊！”韩立听了，轻轻一笑。

第14章

担五岳，压五鬼

韩立话音刚落，周围的空间突然发生了变化。

虚空中黄色沙雾一起，一块块磨盘大小的黄色巨石浮现，足有二三十块，将灵月飞舟围得水泄不通。

这些巨石表面荧光一闪，纷纷飞快地转动起来，发出呼啸的破空声，朝着灵月飞舟砸了下来。

古韵月大惊，手中剑诀猛然一催，一道黑色剑光从她身上冲天而起，左右一摆，瞬间变大，化为一柄十几丈长的黑色巨剑。

巨剑滴溜溜一转，陡然绽放出大片的黑色剑芒，隐隐凝聚成一条龙，拖曳着长长的尾巴，斩在距离最近的一块巨石上。

随着一声巨响，巨石被巨剑劈碎，不过黑色巨剑也如遭重创般打转着向后退去，表面剑芒尽数消失。

古韵月身躯剧震，往后连退了几步才站稳，眼中满是骇然。

这一块巨石坠落之力，几乎堪比元婴期修士的全力一击，看着周遭飞速逼近的二三十块晶莹巨石，她不由得通体发寒!

就在此时，韩立淡淡的声音在她耳边响起：“保护好乐儿她们，这里交给我。”

古韵月只觉得眼前身影一晃，韩立已从飞舟上一跃而起，双手金光闪烁，身体一转，朝四周虚空各击出一拳。

“砰砰”的巨响声从四面八方传来，所有黄色巨石几乎在同一时间被一股巨力击中，全部爆裂开来，化为漫天碎石。

“哼，果然是力修！”

一个男子的冷哼声蓦地从半空传来，声音缥缈，听不出方位。

古韵月听到这个声音，忙四下张望，想找出声音的主人。

韩立闻言，嘴角露出一丝讥讽，豁然转身，手指一弹，一道青色剑气射出，斩在黄色晶亮世界的一个角落，随即爆裂开来。

“轰隆！”

那里的虚空剧烈波动，一个玄衣大汉的身影显露出来。

此人颇为壮硕，方脸短须，脸上满是惊讶之色。

“想不到，你还是个剑修。以元婴修为竟能看破陆某亲手布下的幻阵，应该不是无名之辈。你叫什么名字，师从何人？”大汉的神色很快便恢复如常，缓缓开口问道。

“我是谁无所谓，死人是不需要知道太多的。”韩立冷笑道。

“笑话！刚才我只不过展现出此阵的一半威力而已，你就如此自大了，下一击，陆某就让你形神俱灭！”玄衣大汉大怒，单手掐诀，身上泛起黄色波纹，再次隐匿了。

韩立见此，眼中闪过一丝意外之色。

玄衣大汉的这个法阵颇为精妙，此刻他应该是潜到了法阵更深处，以韩立如今的神识是感知不到了。

韩立冷哼一声，全身泛起金光，打算以蛮力破阵，让对方无所遁形。

但就在这时，异变突生！

整个天空突然一暗，五只黑气缭绕的庞然大物赫然浮现，将灵月飞舟围在中间。

韩立瞳孔微微一缩，眼中刺目的蓝光闪动。

在那黑气笼罩之下的，赫然是五只身高三四十丈的黑色巨鬼，若非它们头上都长着一对弯角，模样就酷似放大了无数倍的猿猴，通体长满黑色的短毛，青面獠牙，双目血红，看起来狰狞至极，神情却十分木然。

每只巨鬼手中，还托着一座黑色迷你山峰。

和五只巨鬼相比，韩立他们仿佛蚂蚁般渺小。

古韵月见此，脸色大变!

这五只巨鬼散发出的气息都在她之上，她额头不禁出了一层细密冷汗。

至于柳乐儿与余梦寒两人，在五只巨鬼联结的恐怖灵压的压迫之下，根本无法承受，直接翻身栽倒昏迷了过去。

“嗷——”

五只巨鬼发出震耳欲聋的咆哮，血红双目中凶光狂闪，挥动猿臂，突然将手里的五座迷你山峰掷出。

迷你山峰黑光大放，一离手竟然开始狂涨，转眼间化为百余丈高的山峰，呼啸着朝韩立等人砸下。

巨峰未至，一股令人心悸的恐怖威压已经呼啸而至，飞舟附近的虚空“嗡嗡”作响，狂风骤起。

古韵月几乎要惊叫出声，仅有的一丝理智让她发疯似的一口气祭出了数件法宝符箓，在自己与柳乐儿和余梦寒身边布置出数层颜色各异的光罩。

韩立却只是眉头一皱，两手金光一闪，蒲扇大的手掌便朝着呼啸而来的巨峰轻轻地拨去。

“轰——轰——轰——轰——轰——”

连续五声惊天动地的巨响后，强大无比的冲击扩散开来，整个黄色空间“嗡嗡”作响，剧烈地扭曲激荡，越来越厉害。

黄色空间终于无法承受，“砰”的一声碎裂开来，周围的环境一下子回到了先前的沙漠之中，无数黄色光芒弥散开来。

巨大的冲击力找到了宣泄口，朝着周围扩散开去，将方圆十余里的沙暴搅得剧烈翻滚，遮天蔽日。

黄色空间碎裂消失了，但那只是幻化而成的，地面上的黄色大阵仍然还在。

那五只巨鬼还站在半空中，不过神情恢复了木然。

虚空某处，那玄衣大汉一闪而出，脸上露出得意的冷笑。

面对这五鬼搬山的秘术，就算是化神后期修士，如果没有上好的灵宝，也很难抵挡得住。

但下一刻，他脸上的笑容便凝固了，他睁大了双眼，不敢置信地望着下方。

只见五座巨峰如同叠罗汉般垒在了一起，而韩立气定神闲地站在虚空中，单手托着这五座山峰，一副举重若轻的模样。

至于韩立下方的灵月飞舟，还有上面的三位女子，更是安然无恙。

未等大汉反应过来，韩立便张口一吹，一股白色气流从他口中喷出。

五座巨峰轻若鸿毛一般，被白色气流一下吹飞了。

山峰表面黑光闪烁，飞快缩小，变回了先前迷你山峰的大小。

韩立单手一拨，五指连弹，仿佛在弹弹珠一般。

“哧哧”的破空声传出，五座迷你山峰接连打向那玄衣大汉，速度快到不可思议，一闪便到了他眼前。

玄衣大汉脸色一变，身上黑光大放，猛地朝地面急坠而去，险险躲过了五座迷你山峰的攻击。

韩立身影一个模糊，如鬼魅般出现在五座迷你山峰的前方，手指再次一拨，让五座迷你山峰立刻停了下来。

只见他身体滴溜溜一转，呼呼两脚踹在两座迷你山峰之上。

那两座山峰立刻化为两道迷幻影，如流星般坠落，比刚刚冲天而起时的速度快了近乎一倍。

两座迷你山峰黑光闪烁，赫然再次变大，转眼间化为两座百丈高的巨峰，发出恐怖的呜呜巨响。

其中一座山峰朝着下方的黄色大阵砸去，另一座朝着玄衣大汉飞去。

随着“轰”的一声巨响，前者狠狠地砸在黄色大阵之上。

大阵立刻泛起耀眼的光芒，试图抵挡，却被巨峰蕴含的惊人巨力轻易地压垮撕裂，“砰”的一声化为无数流光爆裂开来。

大阵碎裂，灵月飞舟顿时恢复了自由，被一股狂风席卷，便如一叶扁舟般被远远吹飞了出去。

另一座巨峰飞快地砸向那玄衣大汉，对方还没落到地面，便已经被巨峰追上。

玄衣大汉大骇，张口喷出一口鲜血，身上陡然被血红光芒笼罩，身体一扭，化为一道诡异无比的蛇形灵光射出，遁速顿时比原先快了数倍。

“轰隆！”

黑色巨峰砸进了地面，掀起无数烟尘。

在巨峰落地的瞬间，那道蛇形遁光擦着地面飞了出去，一闪之下已经出现在百丈之外，大汉身影显现，脸上布满冷汗。

不等他松一口气，一声呼啸已经在他耳边响起。

玄衣大汉头顶光线一暗，又是一座巨大山峰急速砸下，他刚刚抬头，巨峰已经近在咫尺，想躲闪根本来不及。

大汉大叫一声，两手猛地一挥。一黑一黄两道光芒射出，正是一柄被黑光笼罩的黑色拐杖和一个表面刻有无数符文的黄色大印，迎向黑色巨峰。

惊人的灵力波动从两件法宝上散发出来，显然是他压箱底的宝物。

玄衣大汉手中掐诀，毫不犹豫地暴喝一声。

随着“轰轰”两声巨响，一黑一黄两团巨大的光晕浮现，光焰翻滚之下，赫然抵住了黑色巨峰的坠落之势，使得其顿了一顿。

大汉趁机一晃身，朝着后面倒飞而去。

然而，仅仅过了一瞬，大汉刚飞出十几丈远，巨峰之上的黑光就压垮了那两团光晕，将其砸进了地面，又是一片烟尘飞扬。

玄衣大汉从烟尘中飞出，速度明显已经没有之前迅疾，他面色苍白如纸，半个身体浴血，左手臂软软垂在身侧。

方才他虽然已经躲得算快，但巨峰的速度实在太快，他还是被巨峰擦了一下，受了重创。

“噗！”

大汉喷出一大口鲜血，跌落在地，满脸恐惧之色，但马上一咬牙，单手一挥，翻手取出一张白色符箓，上面刻满了密密麻麻的符文，繁杂无比，散发出强烈的空间波动。

玄衣大汉口中念念有词，将体内残存的法力凝聚，便要激发这张符箓。

不过就在此刻，他头顶一暗，耳边响起呼啸破空之声，又是一座巨峰砸下，速度之快更甚之前三座巨峰。

玄衣大汉脸色剧变，激发这符箓需要一些时间。

他右手急急掐了一个诡异法诀，身上黑光暴涨，瞬间凝聚成一个黑色法阵。

法阵中波动一起，前一刻还分立虚空的那五只巨鬼此刻竟然出现在他周围，将他护在中间。

五鬼眼中红光一闪，齐齐发出一声大吼，十只巨爪黑芒爆闪，射出一道道长长的黑色爪芒，朝着呼啸而下的黑色巨峰抓去。

“砰砰砰！”

那些黑芒一碰到巨峰，立刻寸寸崩断，巨峰坠落之势稍缓，不过还是迅疾无比地崩断了所有爪芒，狠狠砸下。

五鬼齐齐厉啸一声，体表黑气翻滚，身躯猛地一鼓，浮现出岩石般的肌肉。

十只粗大的手臂齐齐伸出，悍不畏死地托向黑色巨峰。

然而五鬼的这十只手臂一碰到巨峰，立刻在一股庞然巨力的压迫下寸寸碎裂，五只巨鬼仍然大吼着，用身体顶向黑色巨峰，丝毫不退缩。

黑色巨峰狠狠地砸在五鬼身上，五鬼殒命。

巨峰终于停了下来。

五鬼死了，残躯却笔直挺立，它们的脚深深地陷入沙漠，仿佛粗大无比的柱子，托住了巨峰。

下面的玄衣大汉松了一口气，体内残存的法力狂泄而出，注入白色符箓。

见符箓缓缓地泛起白色光芒，他一脸狂喜。

不过就在此刻，一声巨响传来。

最后一座巨峰从天而降，砸在第四座巨峰之上。

一股恐怖至极的力量陡然压下，五鬼的残躯“砰”的一声爆裂开来，炸成了齑粉。

玄衣大汉只觉周围的空气一紧，两座巨峰轰然砸下，压在他身上。他连惨叫都来不及发出一声，便被压扁了。

“嗖——”

巨峰底部掀起的茫茫沙尘之中，忽然射出一道金光，骤然一闪后，便朝远处疾射而去。

韩立目光一凝，就看到一个约莫三寸高的金色小人，相貌与玄衣大汉一般无二，只是头上发髻披散，面带惊恐，双臂紧紧环抱着一个银色储物镯，朝着西北方向飞遁而去。

正是那玄衣大汉的元婴!

“去！”韩立单手虚空一抓，手腕随意一甩，一道黑光脱手而出一闪即逝，朝着大汉的元婴方向疾射而去。

不远处，古韵月施法稳住了灵月飞舟，恰好抬首朝这边望来，只觉耳中响起如同箭鸣般的尖锐声音，眼睛却来不及捕捉那道黑光的飞行轨迹。

下一刻，远处天边突然响起“嘭”的一声爆鸣，那玄衣大汉的元婴已经爆成了一团金光。

一件黑乎乎的巴掌大小的东西，也随之从半空坠落，竟然只是一块普通铁精。

至于大汉的元婴手中的那个银色储物镯，被韩立单手一招，稳稳地落入了他手中，随后他又将散落四处的那五座山峰重新缩小收了起来，而后才纵身一跃重新落回到了灵月飞舟之上。

古韵月呆呆地看着韩立，就好像在看陌生人一般。先前慌乱之下，她来不及细想玄衣大汉的来历，但现在想起对方的言语及施展的功法秘术，已经认出了他的身份。此人正是天鬼宗一位名叫“陆崖”的化神初期长老，擅长驱鬼之术，据说十余年前，此人曾与境元观的两名同阶修士斗法，以一敌二居然未落下风，从而一战成名。

这么一个赫赫有名的化神期修士，居然被韩立轻而易举就杀掉了，这实在超出了她的想象。

古韵月终于弄清楚了她和韩立之间的实力差距根本就是天壤之别，心中的骇然可想而知了。

“韩……韩道友，你真的只是元婴期修士？”古韵月总算回过神来，苦笑着问道，但脸上的那一丝敬畏，任谁都能看得出来。

“韩某是不是元婴期修士，古道友难道看不出来吗？”韩立不置可否地回了一句。

“道友的气息层次，我自然辨识得清楚，但是韩道友的实力未免强得太不可思议了。就算本宗的化神期长老中，恐怕也没有几人能达到这种程度。”古韵月叹息道。

“韩某只是肉身修炼得略微强大一些而已，怎敢和冷焰宗的强者相提并论？”韩立摇摇头，不再多说，而是看了看仍躺在地上昏迷不醒的柳乐儿和余梦寒，他衣袖一抖，一道青色灵光射出，从两人身上扫过。

柳乐儿和余梦寒终于睁开眼睛苏醒过来，只是目光还有些迷茫。

柳乐儿毕竟是一名筑基期修士，马上想到了什么，蓦地一惊坐直了身子。

“石头哥哥！刚才……”

“放心，已经没事了，我们可以继续上路了。”韩立温和地道，犹如什么事情都没有发生过一般。

“峰主，从古师侄方才传回的消息来看，这位姓韩的散修，绝非普通的元婴期修士这么简单。没想到古师侄这一趟出门，竟能有此意外收获。”

冷焰宗，某座山峰的议事大殿内，一名长相粗犷的大汉站在一名儒衫中年人面前，禀告道。

中年男子面白无须，头戴文士头巾，身穿青色儒衫，手持一卷青色古卷，看起来就像一个斯文儒雅的文士。

“能够仅凭肉身之力，越阶击杀一位化神初期修士，看来此人确实是一位高阶力修无疑了。”儒衫男子微微点头。

“嘿嘿，不论如何，能让天鬼宗一下少了一名化神期长老，真是大快人心。我对这位姓韩的散修，真是越来越感兴趣了。”粗犷大汉嘿嘿一笑，脸上露出几分快意之色。

儒衫男子闻言，也面露笑容，道：“既然如此，到时就由你亲自接待他吧。该怎么做，你应该很清楚了吧？”

“是。”大汉满口答应。

第15章

灵焰山脉

同一时间，某座洞府大厅中，一名身着赭色长袍的干瘦老者坐在主座上，手上端着茶盏轻轻地撇着茶叶，他跟前，一个双目细小的中年人垂手而立，面色恭敬。

“算算时间，陆崖那边应该已经完事了。”干瘦老者头也没抬一下，缓缓地道。

“有陆长老出马，自是万无一失。也只有老祖您能请得动陆长老了。”中年人恭声道。

“唉，族内后辈皆不成器，也就只有浩儿一人甚合我心，只可惜……哼，那姓韩的小子，真是万死也难解我心头之恨。”干瘦老者“啪”的一声丢下茶盏，怒声喝道。

“老祖息怒，不管如何，那个余梦寒也算是个意外之喜，老祖神功大成有望了。”中年人见老者脸色不太好看，急忙劝道。

“嗯。说起来，浩儿之死与她脱不开干系，看在她的灵体分上，姑且先留她一命。”干瘦老者怒色稍缓。

话音刚落，他却神色一动，转首望向了洞府大门处。

片刻后，一名年轻的侍女出现在大门口，躬身道：“禀齐长老，墨长老前来求见！”

还未等干瘦老者说话，洞府外就传来了一个不阴不阳的男子声音：“齐煊长老真是好兴致，此时此刻还能在府中安心品茶。”

接着，大门外便出现了一名身穿黑色长袍、头戴高冠的中年男子，满脸的漠然之色。

干瘦老者齐煊眉头微挑，用眼神示意那侍女退下，并不起身，只是开口问道：“墨辰，我和你们执法殿向来井水不犯河水，你来我这里做什么？”

“不久前，陆崖长老的魂牌突然碎裂，不知齐长老对此可有什么话要说？”墨辰没有回答老者的问题，反而不客气地反问了一句。

“你说什么？”齐煊一下子从主座上蹦了起来，脸色铁青地喝道。

“据与陆长老同行之人所述，他们是受你所托去截杀一伙人，陆长老才身亡的。敢问齐长老，你请他们截杀的究竟是何人？”墨辰冷冷地问道。

“这绝不可能！区区两名元婴期修士，怎么可能是陆崖的对手！”齐煊一脸的难以置信。

“嘿嘿，要杀死一名化神初期修士，并让其元婴无法逃出，这得需要何种实力，难道齐长老心里就没点儿数吗？只盼齐长老别因为一己私怨，给本门招来棘手强敌。不论如何，还请齐长老先跟墨某到执法殿走一趟吧。”墨辰一声冷笑后，声音蓦地一寒。

数日后，韩立等人所在的飞舟终于飞离了黄澜古漠。

这一路上，除了遭遇数次阴孽飞蚁的袭击，均被韩立借魔光之手轻易地解决掉之外，倒没有再出现什么天鬼宗的追兵。而有了之前击杀化神期修士的事，对于韩立能够击退阴孽飞蚁的攻击，古韵月也就不觉得奇怪了。

连日来的奔波与动荡，让余梦寒和柳乐儿都有些疲惫，两人相互依偎，靠在飞舟一侧，沉沉地睡了过去。

韩立则盘膝坐在飞舟尾部，眉头轻蹙，神色异常。在他身前，东倒西歪地摆放着七八只青色玉瓶和白色瓷瓶，里面皆空空如也。

“韩道友，怎么样？”魔光的声音在韩立脑海中响起。

“这些丹药大部分来自那名化神期修士，其中也不乏一些品阶较高的丹药，但是没有一个对我有用。”韩立轻叹了一声。先前一战，他凭借强大的肉身之力，借助五岳之力，以万钧之势碾杀了对方，虽然没有耗费多少法力，但他体内的法力有减无增，这样下去始终不是长远之计。

“极品灵石呢？”

“也是一样，完全无法吸收。”韩立苦笑一声，松开了拳头，露出一块已经变得灰暗无光的灵石。

“看来只有某些特殊的丹药对你才有效。”魔光木然地道。

“或许吧。之前也只有望犀丹和齐冥浩的那颗不知名的暗金色丹药起过效用。总之，等到了冷焰宗，再要一颗望犀丹研究一番，也许就能知道了。”韩立摸了摸胸前衣襟内的小瓶，淡然地道。

半月之后，一片叠嶂层峦的苍翠山脉上空，徐徐地驶来一艘形如弯月的奇特飞舟。飞舟之上立有一男三女，正是韩立、古韵月等四人。

“韩道友，梦寒，乐儿，这片灵焰山脉就是我们冷焰宗的山门了。”古韵月面带笑意，扫视着下方的山林。

“灵脉稳固，灵气氤氲，果然是难得一见的洞天福地。”韩立眼中光芒闪动，点了点头道。

余梦寒心中一喜，但四下张望后，又疑惑地望向了古韵月。

柳乐儿双手扶着飞舟边沿，探出身子四下眺望，只见郁郁葱葱的山林古木，看不到半点宗门建筑，忍不住问道：“哥哥，我也觉得这个地方灵气很浓郁，可是并没有看到有什么宗门啊？”

“但凡宗门大派，山门皆有护宗大阵遮蔽，我们现在就在法阵之外，如同立在高墙之外，自然看不到墙内的风景了。”韩立笑着道。

柳乐儿和余梦寒闻言，似懂非懂地点了点头。

“韩道友稍待，容我先通传一声。”古韵月冲韩立道。说完，她手腕一翻，掌心之中立马多出一面镌有火焰图纹、巴掌大小的金色令牌。随着令牌上一道光芒泛起，那团火焰图纹突然一阵晃动，竟然仿佛真的燃烧了起来。

一道光芒从令牌上射出，直冲向下方的山脉之中。片刻之后，只见飞舟下方的虚空中，突然荡起一阵波纹，一层似有似无的圆弧状淡金色光幕，随之浮现出来。举目望去，绵延数百里的灵焰山脉，整个都笼罩在这层光幕之下。

“不愧是一界大宗，气势果然不俗。”韩立目光一扫，赞叹道。

柳乐儿和余梦寒此刻抓着飞舟边沿，脸上满是不可思议的神情，眼睛转来转去，朝下方不停扫视。

只见那层淡金色光幕之下，莽莽山林中掩映着一座座宫殿楼宇和一幢幢亭台楼阁。有的孤悬于高山崖壁之上，有的联结一片自成一处群落园林，有的建在峡谷沟壑之中，有的则位于山腰半壁形成一处别致的院落。

在整片山脉的居中位置，有十几座高耸入云的山峰，其上白雾缭绕紫气升腾，看起来颇有仙家福地的气势。

“真是太美了……”余梦寒忍不住赞叹道。

柳乐儿也是连连点头，深以为然。

“韩道友，骆长老已经在出云峰等我们，我们这就过去吧。”回到宗门，古韵月心情大好，脸上挂着明显的笑意。

韩立点了点头。在飞舟穿过那层光幕之时，他感受到有一股神识正在探察自己，应该就是这位骆长老所为了。

几人正式进入冷焰宗之后，柳乐儿好奇地仰头看了一眼，发现方才的光幕已经消失不见，现在能看到的，只剩下蔚蓝的天空和洁白的云絮。

飞舟向着山脉中部飞去，最终落在其中一座高耸入云的青翠山峰上。

在山峰的山脚处，有一个宽阔的白石广场，上面站着一名大汉，正朝着飞舟方向望来。

此人面目粗犷，身穿一件赭黄长袍，腰间系了一条黑色腰带，胸前的肌肉轮廓撑得很明显，从他身上散发的气息来看，应该是一名化神期修士。

“见过骆师伯。”古韵月将飞舟收起，上前几步，朝粗犷大汉恭敬地施礼。

“古师侄一路辛苦了。这位想必就是韩道友了吧？”大汉点了点头，目光落在了韩立身上。

“在下韩立。”韩立不动声色地回道。

“今日南宫峰主本来想亲自前来迎接的，奈何宗内有些急事脱不开身，就只能让骆均代为迎接了，还望韩道友不要介意。”粗犷大汉笑眯眯地道。

“骆道友客气了。”韩立笑着说道。

“这位就是古师侄新收的弟子吧，不错，不错！师侄真是有眼光。”骆均目光一转落在一旁的余梦寒身上，眼睛微微一亮。

“晚辈余梦寒，见过骆长老。”余梦寒急忙上前，敛衽一礼。

“这孩子只要用心修炼，日后成就定然不在我之下。”古韵月看着余梦寒，满脸笑意地道。

随后，骆均又与柳乐儿打招呼，得知她与韩立以兄妹相称，脸上闪过一丝古怪的神色，但并没有多说什么。

自从在路上见识过韩立所展现出来的强大实力后，柳乐儿再面对陌生人族修士时，也没有此前那般紧张和不安了，因为她相信只要有“石头哥哥”在，没有人可以欺负她。

“韩道友能够越阶杀死化神期修士，又护送古师侄师徒安然返回，以此等实力和功绩，在我们出云峰当一名外门长老自然是绰绰有余。如今峰上可供长老挑选的洞府还有十余处，不知道友对洞府有什么特别的要求，我也好为你安排。”骆长老的目光又落到韩立身上，笑着问道。

“实不相瞒，韩某其实一直有伤在身，最好能有一处较为僻静的处所，用以静养恢复。另外，韩某粗通些炼丹之术，若是洞府附近有灵田，可以种植些灵药，那就更好了。”韩立也不客气，不慌不忙地道。

“哎呀，这可真是不凑巧，如今剩下的这些洞府中，僻静之所倒是有几处，可惜都没有灵田。而出云峰上的灵田大多由弟子们打理，基本上都分布在山腰以下向阳的坡地上，位置都算不上幽静。”骆均闻言，先是微微一愣，随即眉头微蹙，有些为难地道。

韩立闻言，眉头轻蹙，像是陷入了两难的取舍中。

“不如这样吧，韩道友就在灵田所在的区域选一块地方，我即刻命人为道友建造一座全新的洞府如何？”骆均将韩立的神情变化看在眼中，略一沉吟，开口建议道。

“哈哈！何必这么麻烦，既然峰上洞府没有灵田，韩某搬一块上去便是，只是不知此举是否合规矩？”韩立眨了眨眼睛，笑着问道。

古韵月和余梦寒闻言均是一愣，有些不明所以。

柳乐儿依偎在韩立身侧，压根儿没认真听几人说的话，只是满脸好奇地四下打量着周围的风景。

“哈哈，我不去就山，反让山来就我，韩道友真是好大的气魄！此举有何不可？道友请随我来。”骆均没想到韩立会如此回答，哈哈大笑，对韩立的提议十分感兴趣。

于是，在骆均的带领下，几人来到出云峰山腰处的一片向阳山谷，谷内分布着几块开垦划分好的灵田，共约一亩，灵田之中正有一些仆役在躬身忙碌着。

“韩道友，此处的几块灵田以前属于一位外门长老，不过数年之前，这位长老意外陨落了，这几块灵田就一直寄管在我这里，尚未分配出去，道友若看得上，可任意取之。”骆均伸手随意朝前面比画了一下。

“多谢骆长老，那韩某就不客气了。”韩立的目光在谷中转了一圈，嘴角泛起一丝笑容。

骆均见此，心里隐隐有种不踏实的感觉。

只见韩立走上前去，深吸了一口气，随即俯下身子，猛然朝地面一拳砸了下去。

“轰——”

整个山谷随之一颤，韩立落拳之地，立即陷下去一个大坑，坑不算大，却深不见底。

余梦寒脚下不稳，差点就要跌倒在地，幸亏被古韵月一把扶住。

柳乐儿也晃了晃，一阵踉跄，连忙施法稳住了身体。

那些还在灵田里劳作的仆役大多是练气期的小修士，不知此刻发生了何事，纷纷惊叫着，慌忙朝谷外四散逃离。

骆均却定下神来望着韩立，一言不发。

韩立沿着灵田边缘朝谷内走去，走过数十丈后，俯下身又是一拳砸在了地面上。

接下来的一炷香时间内，声声轰鸣在山谷中响彻不断，韩立的足迹也绕遍了整个山谷，最终回到了骆均等人面前。

看到韩立从容不迫的样子，骆均只觉得口舌发干，不由得咽了口唾沫。

韩立没有多言，蹲下身子，搓了搓手掌，然后双手猛然一抬，两手如刀，骤然插入了地面之中。

“起！”韩立暴喝一声，双手猛然抬起。

“轰隆隆——”

山谷之中轰鸣声不断响起，地面上顿时裂开了一道口子，那道口子从韩立手掌处逐渐扩大，朝着左右两侧向外延伸。

方才韩立轰击过的地方，都被这道裂隙连接起来，最终包围了整片山谷的灵田。

柳乐儿这才看明白哥哥在做什么，小脸通红，满是崇拜之色。

“这……”古韵月张了张嘴，半天说不出话来。

只听“轰”的一声巨响，韩立将整片灵田拔起，竖着举了起来。

远远望去，就如同这片灵田飘浮在空中一般。

余梦寒看着眼前这一幕，已经彻底呆住。

“走吧，骆长老，去看看我的新洞府。”韩立神色轻松，转身冲骆均笑着道。

骆均看着被整片挖走的灵田以及变得满目疮痍的山谷，心中哭笑不得。

他原本以为韩立最多只是从这片灵田中挑选一块，以某种法宝秘术行搬山之举而已，没想到他竟然单凭肉身之力，生生将整片灵田都挖走了。

不过，是他自己说让人家任意取之的，现在自然也不能再说什么，只好苦笑一声，带路朝着山顶行去。

韩立就这么举着一片大约一亩的灵田，在出云峰上转了半个多时辰，最后才在靠近峰顶的一处僻静角落，挑了一座洞府。

第16章
通易谷

看着韩立轻而易举就在这处偏僻洞府内击出一个亩许大小的巨坑，并将从山腰挖来的那片灵田置入后，骆均舒了一口气，随即哈哈大笑：“韩道友神力盖世，远超我的预料，当真是百闻不如一见，骆某佩服！”

“骆道友谬赞了。既然测试完了，是否可以和在下说正事了？”听到对方的称赞，韩立却似笑非笑地反问道。

“喀！韩道友说笑了，骆某怎么可能有此想法。其实，成为本宗客卿长老，并不需要做什么事，宗内每年都会发放五万块灵石供奉及一些丹药，作为修炼之用。不过今年的丹药发放时间已过，韩道友只能等来年再领取了。这是你的令牌，里面有本宗地图和关于各峰的一些简单介绍，还有这是今年的供奉，共计八万块灵石，多出来的三万块是南宫峰主的一点心意。”说着，骆均从怀中取出一面金灿灿的令牌和一个青色储物袋，递给了韩立。

古韵月闻言，面露复杂之色地望了韩立两眼，方才骆长老所说的，可是门内化神期长老才能享有的待遇。

不过，从韩立这一路上的种种表现来看，他的确拥有这个资格。

“多谢。不知望犀丹此药，宗门每年可会发放，或者可还有其他获取途径？”韩立将令牌和灵石一并接过，随口又问道。

“哦，望犀丹宗内偶尔会发，虽然其疗伤效果显著，但毕竟对精进修为没有什么效用，所以还是会有人将其拿出来在宗内坊市交易的，不过一般很快就会被交换出去，难得遇到。”骆均熟悉至极地答道。

“看来韩某也只能去碰碰运气了。”韩立若有所思地道。

骆均并没有在此多逗留，闲聊几句后，便带着古韵月与余梦寒离开了。

接下来，韩立先是将洞府区域内的禁制悉数开启，又带着柳乐儿在洞府内走了一圈，给她安排了一间卧室，让她好好休息后，才离开洞府。

一炷香的时间后，韩立的身影出现在了出云峰数里外的一处山谷。

谷口处立着一座白石牌坊，上面镌刻着三个朱红大字“通易谷”，而在牌坊下方，一条宽广的青石大街沿着山谷走势，朝谷内延伸而去。

这通易谷，正是骆均口中所说的宗内坊市，尚未进谷，耳畔就传来了世俗集市般的嘈杂吵闹之声。

韩立在谷口略作停留后，便抬步朝前走去，当他来到牌坊下方时，谷内的情景便映入了他的眼帘。

这里的街道大体呈斜坡之势向上延伸，两侧市肆林立屋舍俨然，所有商铺也都依山势而建，外面挂满了各式各样的幌子，看起来跟世俗闹市的街道一般无二。

此刻正值午后，街道熙熙攘攘，人流如织，在各个商铺中进进出出，好不热闹。

韩立随意挑了一间门楼看起来颇为气派的丹药铺走了进去，结果不过片刻工夫，就面无表情地走了出来，继续朝着下一家商铺走去。

一连走了五六家规模不小的丹药铺，却连一颗望犀丹的影子都没见着，只在其中一家店铺中得知，最近收到的一颗望犀丹，还是在两个月前，刚摆上架当天便被人给换走了。

逛了小半日，韩立几乎走遍了大半个通易谷，却依然一无所获。

从一家小商铺出来后，韩立没有继续去向山谷后方，而是不紧不慢地朝一处偏僻的角落走去，走到一半，突然一个转身，朝着不远处的一棵大树，冷冷地道：“阁下从我进谷没多久就开始跟着在下，这都转半天了，可是有什么指教？”

“道友莫要动怒，误会，误会。”一声干笑从树后响起，一个身穿灰色长袍的老者绕过树干，来到韩立面前。

此人须眉皆白，面如童子，脸上神采奕奕，看起来倒有几分出尘的气质。

“误会？”韩立感受到了对方的化神期修为，面无表情地道。

那白须老者面色不变，神态自若地道：“在下高不吝，乃落霞峰长老，方才偶然间听到道友一直在苦寻望犀丹，故而跟随了几步。”

“落霞峰？我没记错的话，是宗内专司炼丹的那一脉吧。阁下这么说，莫非手上有望犀丹？”韩立眉头微挑，问道。

“嘿嘿，在下手中的确有一颗望犀丹，也有与人交换的意向，只是不知道友有没有在下需要的东西？”高不吝瞅了韩立腰间的储物袋一眼，笑眯眯地道。

“不知高长老需要何物来交换？”韩立不动声色地问道。

“不急，还不知道友该如何称呼？”高不吝没有急着开价。

“在下韩立，是出云峰的外门客卿。现在高长老能说说，需要何物来交换了吧？”韩立神色从容地问道。

“出云峰的外门客卿？道友神通了得，高某竟然看不出道友的修为境界！不过这都是小事。寒阴玄水、蓝晶鸣沙、天河星石，抑或三千年以上的兰陵花或墨香草……不知这几样材料，韩道友手上可有？只要有其中任何一样，就可换取我手上这颗望犀丹。”高不吝一捻胡须，如此答道。

“高长老莫不是在开玩笑吧，这几样材料哪一样不是珍稀至极的天地灵材？若是阁下手里有这些东西，可愿意用来换取望犀丹？”韩立脸色一沉，反问道。

高不吝闻言，脸上发讪，没有说话。

“高长老还是说些切合实际的要求吧，或者韩某以灵石购买也行。”韩立继续道。

方才他虽然没有什么收获，但也分几次将之前得到的部分材料和丹药卖出去了，换了不少灵石，加上之前骆均给的八万块灵石，现在他手里倒是有了一笔不小的家当，当然，之前得到的那数块极品灵石，并不算在此列之中。

“好吧，既然韩道友都这么说了，那便以灵石来交易，权当与韩道友交个朋友。一颗望犀丹，换两块极品灵石，如何？”高不吝略一沉吟，叹了一口气道。

“高长老，你这价钱要得也太高了吧？即便望犀丹在这坊市之中罕有流出，但一颗望犀丹的价格最高也不会超过六十万块灵石吧。”韩立眉头一皱，有些不悦。

“在下倒不觉得过分，毕竟你说的是在本宗坊市的价格，这望犀丹若是拿到外面去拍卖，可是一价难求的宝贝。”高不吝不紧不慢地道。

“这样吧，韩某虽然没有你要的这些灵材，但手上有些别的好东西，不知你感不感兴趣？”韩立略一沉吟，如此道。

“别的好东西？韩道友，若是些寻常法宝，就不必拿出来了，还是以灵石结算更方便。”高不吝笑了笑，说道。

“青冥晶、万阴困灵阵阵图、魄阴芝，不知这些东西可算寻常？”韩立问道。

这些东西都是韩立从那名天鬼宗的陆姓化神期修士的储物袋中所得，品阶不低，但对他而言，没有什么用处。

高不吝面露犹豫之色，半晌后才勉为其难地道：“前两样东西就算了，魄阴芝倒是有些用处，不过年份得千年以上，外加三十万块灵石，这颗望犀丹就是道友的了。”

韩立闻言，没有半点迟疑，转身拂袖就走。

“韩道友，请留步！”高不吝见韩立突然转身离去，立即没了之前的淡定模样，连忙叫住对方。

韩立当然不是真的要走，他向前走了几步，被高不吝一叫，就顺势停了下来，却没急着走回去，只是转过身站在原地看向高不吝。

高不吝三步并作两步地走上前来，讪笑道："韩道友莫急着走啊，价格还可以再商量，只是不知，道友手中这株魄阴芝可否先给高某看一下？"

韩立没有多说什么，手掌一翻，一个半尺长的木匣立即出现在他手中，他将盖子打开了一条缝隙。高不吝放出神识飞快一扫，眉毛忍不住跳了一下，便立刻恢复了平静。

"啧啧，韩道友运气不错啊，这魄阴芝少说也得两千三……不，两千四百年了吧，换取一颗望犀丹自然是绰绰有余……"高不吝眼珠不停转动，道。

"这株魄阴芝，换两颗望犀丹。"韩立开口打断了高不吝的话。

"这……韩道友，在下手里可只有一颗望犀丹啊。"高不吝闻言，苦笑一声。

"其他峰的长老或许没有，但专司炼丹的落霞峰长老要说拿不出两颗望犀丹，在下可不太相信。若是高长老为难的话，在下可以再等几日，相信偌大一个宗门，不会真的无人出售望犀丹吧。"韩立不紧不慢地道。

高不吝眉头蹙起，这一次他是真的犹豫了。纠结了良久之后，他狠狠地一拍掌，道："成交！"

韩立接过高不吝递过来的一个白色玉盒，用神识一扫，脸上露出一丝笑意。从对方身上隐隐散发出来的草药味，他就已经确定了对方的炼丹师身份。一株两三千年的灵材对一名炼丹师而言，肯定是十分难得，对韩立而言，却不算什么，远不如两颗望犀丹有用。

高不吝将手中的木匣凑到鼻子下嗅了半晌，才喜滋滋地将其收入储物袋，随后对韩立说了一句"有暇可去落霞峰一叙"，便匆匆告辞。

接下来，韩立并没有立刻离开坊市，而是又在谷中闲逛了起来，直到将手中的大部分灵石都换成数颗品阶与望犀丹相仿的高阶丹药后，才离开了通易谷，朝出云峰飞去。

回到洞府后，韩立看到柳乐儿一个人坐在大厅中，支着下巴出神。

“乐儿，想什么呢？”韩立走到柳乐儿对面坐下，关心地问道。

“哥哥……”柳乐儿这才发现韩立已经回来了，欣喜地叫道。

“怎么一个人在这里发呆？”韩立温和一笑。

“乐儿在想遇到哥哥以后发生的这些事情，感觉好像做梦一样。”柳乐儿认真地道。

韩立先是一怔，随即哑然一笑。

“如果是梦，乐儿希望永远都不要醒过来。这世上除了爹爹和娘亲，就只有哥哥对我最好了，乐儿希望哥哥能永远陪在我身边。”柳乐儿低声说道。

韩立看着柳乐儿这副模样，犹豫了片刻，忽然抬起手，双指一并抵在了她的眉心处。

柳乐儿不明所以，吓了一跳，却没有躲开。

“闭上眼。”韩立轻声道。

柳乐儿闻声，没有犹豫，立即眼皮一合，紧闭双眼。

韩立摇头轻笑，也闭上了眼睛，吟诵起咒语来。

约莫过了一炷香的工夫，韩立睁开眼睛。

坐在他对面的柳乐儿，此刻脸色微白，双鬓流汗。

韩立收回手指，道：“好了，现在你可以睁开眼睛了。”

柳乐儿这才缓缓地睁开了双目，满脸疑惑地看向韩立。

“方才我已经将‘幻灵婵变’这门功法烙印在你的识海之中，这是我以前得到的一部高阶妖族功法，以你狐妖之身来修炼，倒是正好合适。”韩立微微一笑，道。

柳乐儿闻言，闭目感受了一番，仍有些迷茫。

“虽然我会竭力保护你，但万一我不在你身边，你也要有能力保护自己，起码能够支撑到我找到你。”韩立解释道。

柳乐儿想了一会儿，重重地点了点头，郑重地道：“嗯，乐儿一定会好好修炼这门功法的。”

韩立面带笑容地点了点头。

出云峰，某座议事大殿。

“峰主，那人果然是个高阶力修，如今已经安排妥当，没有惊动其他峰之人。至于古师侄，已经按照你的吩咐赐下重赏，并叮嘱她关于那人斩杀化神期修士之事，绝不可对外人提起一句。”骆均恭敬地对主座上的儒衫中年人禀告道。

“好。此人肉身强大，以元婴期修为便能力斩化神期修士，以后对本峰自然大有用处。你多照应一下，他有什么要求，尽量满足。”南宫峰主点了点头。

“是。”骆均应道。

“下去吧。”南宫峰主摆手道。

骆均行了一礼，退了出去。

“韩立……”南宫峰主闭目静坐了片刻后，起身朝着后面走去。

韩立自然不知道南宫峰主与骆均的谈话。此刻的他，正盘膝坐在洞府密室之中，看着桌上一字排开的玉瓶、玉盒等物。

他拿起一只红色玉瓶，拔开瓶塞，倒出一颗火红色的丹药，端详了一会儿后，仰头吞了下去，随即闭目探察起体内情况。

片刻之后，他睁开眼睛，双眉微拧。

这火红色的丹药虽然品阶和望犀丹相仿，但对他没有丝毫作用。

韩立摇了摇头，拿起第二只玉瓶，倒出一颗黄澄澄的丹药，服了下去。

丹药入腹融化，仍然没能令他产生一丝法力。

半晌后，韩立睁开眼，面无表情地拿起了第三只玉瓶……

很快，桌上的丹药被他试服了大半，可惜对他都没有作用，现在除了望犀丹，只剩下一个紫色玉盒和一只青色玉瓶里的丹药他还没有试了。

韩立不禁有些郁闷。

看来，想再找到一种适合自己的丹药比想象中要困难得多，不过现在总算是到了冷焰宗，以他对灵寰界的了解，这里的各种修炼资源颇为丰富，只要多花些心思，应该会有收获的。

这么想着，他从桌上拿起紫色玉盒，从中拿出一颗灰色丹药，仰头服下。

这一次，韩立心中一动，脸上终于露出一丝喜色。

他只觉丝丝法力随着丹药的融化自体内生出，在经脉流转一圈后，融入丹田之中，使他的法力又增加了少许。

虽然这灰色丹药的效果远不及望犀丹，但又找到了一种对自己有作用的丹药，不失为一件幸事。

至于青色玉瓶中的丹药，经过尝试，对他没有丝毫作用。

韩立从紫色玉盒中又取出一颗灰色丹药，放在掌心。

此丹名为“乌云丹”，药效虽说是固本培元，却更加适用于那些修炼水属性功法的修士，和望犀丹的药性相差颇大。

韩立沉吟了片刻，突然站起身，出了密室，朝外面走去。

路过柳乐儿的卧室时，他停下脚步。虽然隔着房门，韩立还是感应到了里面灵气翻涌，显然她正在修炼。他欣慰地点了点头，继续朝外面走去，很快来到了炼丹室。

这间炼丹室不大，地面呈青黑色，屋子中央有个高出地面半尺的圆墩，上面刻着不少暗红纹路，组成了一个法阵。法阵中央有一个黑色窟窿，隐隐有火光闪动，一股炙热的气息从中传出。圆墩中央摆放着一个半人高的丹炉，散发出丝丝灵气，颇为不凡。

韩立目光在房间内一扫，随后在丹炉旁的一个蒲团上坐了下来，挥手打出一道法诀。红色法阵猛地一亮，随即一道鲜红色的地火从黑色窟窿中冒出，包裹住了丹炉。

韩立先将丹炉内外熟练地清理了一遍，然后翻手取出那颗乌云丹，挥手将其投入丹炉之中。他两手掐诀，地火立刻随着他的法诀跳动起来，一下裂开，分成了八束，全都钻入丹炉之中，炉中很快散发出浓郁的药香。

韩立手中掐诀不停，那药香却越来越淡了。他神色不变，手中继续掐诀施法。转眼间小半个时辰过去了，炉中散发出的药香已经淡得闻不出来，反而散发出其他气味，而且是多种混杂的气味。

韩立打出一道法诀，炉底的火焰立刻熄灭。他挥手掀起丹炉盖子，里面的乌云丹已经不见了踪影，取而代之的是一小撮五颜六色的粉末。

韩立认真打量后，发出一道绿光，小心地将那些粉末托了出来。绿光轻轻颤动，突然出现无数细丝，仿佛千百只小手伸进粉末中拨动。很快，那一小撮粉末被分成了十几份，每份的颜色各不相同。他点了点头，小心地将不同的粉末分别放进早就准备好的十几个小玉盒中。

刚刚他施展的秘术名为“逆丹诀”，是当年他在灵界偶然学到的一门偏门秘术，可以将丹药逆向炼制、分解。

创造此秘术的人的目的是依仗此术，分解别人的丹药，逆推揣摩出丹方。

不过可惜，此人的目的最终并没有达成，这逆丹诀终究还是有其限制，不可能真的完全逆推出丹药的丹方，只能辨别出炼制丹药时所用的材料。

韩立得到此秘术后觉得颇为新奇，自己恰好又是炼丹宗师，便将其记了下来，今天是第一次施展。

幸好这乌云丹只是元婴期丹药，等级不高，否则他还真未必能一次施法就成功。

第17章

先天紫气

韩立将这十几个装有不同粉末的小玉盒放在一旁，挥手打出一道法诀，再次激活丹炉法阵，然后翻手取出一颗丹药，正是望犀丹。

他挥手将望犀丹投入丹炉，再次施展逆丹诀。

小半个时辰之后，望犀丹也化为十几种不同的材料，被韩立装入了玉盒之中。

他将炼制这两种丹药的材料摆在一起，仔细地检查起来。

“咦！”片刻后，韩立轻呼出声，脸上露出一抹笑容。

两种丹药的材料一对比，大部分材料自然是截然不同，但是其中有一种蓝色晶粒状粉末不管是颜色还是形态都一模一样，显然就是同一种材料。

只不过望犀丹中的这种蓝色晶粒，明显比乌云丹中的要多得多。

两种丹药对他都有效果，虽然未必全是这蓝色粉末的作用，但绝对和其大有关联。

韩立轻轻捏起一点蓝色粉末嗅了嗅，又将其放在口中品尝了一下，仔细辨认后，眉头慢慢地皱了起来。

他自修炼以来，便与炼丹结下了不解之缘，无论是人界还是灵界的各种炼丹材料，他或多或少都知道一些，甚至其他界面的炼丹材料他都有所涉猎，但对眼前这种蓝色粉末，他竟然毫无头绪。

“难道此物是灵寰界特有之物？”韩立心中如此猜测，思考了片刻，他突然站起身，快步走出洞府。

此时天色已暗。

韩立身上青光一闪，急速飞出。片刻之后，他落在数十里外的落霞峰某座洞府门前。此处洞府位置颇为偏僻，周围没有什么人。他朝周围看了两眼，走到洞府门口，翻手取出一个传音符，低语了两句后一挥手，传音符立即化为一道白光飞入了洞府。

片刻之后，大门“轰隆”一声打开。

“高长老，韩某叨扰了。”韩立抱拳道。

“哪里！韩道友，没想到我们这么快就再次相见了，快快请进。”高不吝满脸笑容地走了出来，将韩立请进洞府。

高不吝的洞府比韩立的明显要大一些，陈设却颇为简单，整座洞府内飘散着一股浓郁的丹药香味。

“高长老，韩某就开门见山了，在下此番前来，是有一件事想向长老求教。”韩立坐下后，直接开口道。

“韩道友有话请直说无妨。”高不吝一怔，道。

韩立翻手取出装着蓝色粉末的玉盒，递了过去，道：“高长老学识渊博，不知是否认得此物？”

高不吝接过玉盒，仔细辨认起来。他伸手捏起一点粉末，放在舌头上品了品，白眉微微一挑，颇有深意地看了韩立一眼。

“看来高长老已经有结果了。”韩立微微一笑道。

“呵呵，韩道友算是问对人了。不过……”高不吝嘿嘿一笑，意有所指。

韩立什么都没说，直接翻手取出一块上品灵石，扔给了对方。

高老头麻利地接住灵石，脸上顿时露出一丝笑意，继续道：“不瞒道友，这其实是云鹤草的粉末，上了一定年份的云鹤草可是本宗数种高阶丹药的主要材料之一，颇为珍稀。你这粉末似乎又经过了别的手段处理，幸亏本人常年炼丹，熟悉各种灵材，才勉强辨认得出来。”

“原来如此……关于这云鹤草的药性，高长老可否告知一二？”韩立若有所思地点了点头，随即又问道。

高老头又奸诈一笑，却不说话，只伸手搓动了两下。

韩立见此，又扔了一块上品灵石给他。

高老头乐呵呵地收起灵石，摇头晃脑一番才慢慢地道：“这云鹤草又称变色草，此草百年以上呈白色，千年以上呈蓝色，三千年以上开始发红，达到一万年则变成深红色，三万年以上的则是紫红色。此灵草最特别之处便是能吸纳朝阳之气，百年以上便可生出一丝先天紫气。不但是修炼几种威力惊人的功法之必需之物，更可以直接转化为先天灵力，具有洗髓易经的效果。年份越久，这先天紫气便愈发精纯，效果也就越惊人。”

“先天紫气……不知此草在哪里可以找到？”韩立心中一动。

“此草对生长环境的要求非常苛刻，据我所知，只有几个地方能找到，这些地方还基本都在各大宗门的控制之下。如今千年以上的云鹤草差不多都在各大宗门手中，外面是见不到了。”高老头抓了抓脑袋，继续道。

听完高不吝所言，韩立心中基本上已经有了定论，能对他的法力起到恢复效果的，十有八九就是云鹤草的那一丝先天紫气了。

“除了望犀丹之外，还有哪些丹药是以云鹤草炼制而成的？”韩立想了想，问道。

高不吝这次倒没有索要更多灵石，直接答道：“除了此丹之外，乌云丹中也有少量云鹤草。另外，养灵丹和元虚丹中也有少许年份较短的云鹤草，不过里面蕴含的先天紫气可以忽略不计。”

与高不吝分别之后，韩立又去了一趟通易谷，花费了一块极品灵石，将高不吝所说的几种丹药各买了几颗，还买了数株百年云鹤草，便返回了出云峰。

洞府密室中，韩立盘膝坐在蒲团之上，身前摆放着刚刚买回来的丹药和云鹤草。他先将一只白色瓷瓶打开，倒出一颗乌云丹，服了下去，丹田处立即生出一股暖流，丝丝灵力从丹药中蕴化开来，逐渐转化为法力，储存在体内。他心中一喜，又拿起一株百年云鹤草，放入口中，咀嚼了几下之后，吞入腹中。过了约莫一盏茶的工夫，他的丹田处再次温热起来，一丝丝法力汇入丹田之中，再次在体内存储了起来。

韩立嘴角勾起，露出一抹笑容，这下终于可以确定，云鹤草中的先天紫气确实是其恢复法力的关键。

如此一日一夜后，当他将买来的大多数丹药和云鹤草都服下后，法力逐渐累积，修为很快就恢复到了元婴后期。

正当他大喜过望，准备一口气将剩下的丹药都服下时，整个人突然一滞。因为，他体内之前还没有完全转化的药力，此刻终于一点点化为法力，朝着丹田汇集而去。然而，他的丹田如同已经盛满水的水缸，再也存储不下半点法力了。

他只能眼睁睁地看着那些法力，在丹田中稍作停留，便一点点地消散了。他叹了一口气，知道此事多半还是与自己体内元婴的异变有关，此时他服用再多的丹药，恐怕也于事无补。个中缘由，只有等他的肉身和神识再恢复一些之后，才能弄清楚了。

现如今，他无法依靠修炼提升法力，凭借丹药也只能将修为恢复到元婴后期，如何加快肉身和神识的恢复速度，成了首要问题。想到这里，他不禁有些头疼，食指轻揉眉心，陷入了沉思。

片刻之后，他突然想到了什么，手腕一翻，将那面客卿长老的令牌拿了出来。他将神识投入令牌之中，一幅由金色光线汇集而成的冷焰宗地理分布图，就显现在他眼前。他的目光在地图上搜寻片刻，最终落在了集圣峰上标注的三个小字“藏经阁”上。

出云峰山腰处，一名身穿月白长袍的青年男子正沿着山路拾阶而上。突然，就觉得眼前一花，接着整个人就定在原地动弹不得了，就连神识也变得模糊起来。接着，一个身材高大的青年蓦然出现在他身边，正是韩立。

“将宗内藏经阁的情况详细地告诉我。”韩立眼中闪动着蓝色的光芒，盯着白袍青年的眼睛，用一种诡异的声音缓缓地说道。

“藏经阁位于集圣峰上，分为内外两阁。外阁对所有弟子和长老都开放，而内阁只允许内门弟子和长老进入……”白袍弟子眼神涣散，如同木头人一般呆滞地答道。

韩立闻言，若有所思。

作为本门最重要的所在，冷焰宗对藏经阁的管理自然十分严密。平日里，宗门弟子和长老换取典籍，不仅需要支付大量灵石，更需要扣除宗门贡献点。

宗门贡献点是衡量门内弟子和长老对本宗的贡献程度的一个数值，可以通过完成宗门内下发的任务来获取，完成的任务越艰巨，所能获得的贡献点也就越高，没有足够的时间积累，根本不可能拥有换取高阶功法和秘术的贡献点。因此少不得有一些人剑走偏锋，另求他径。

从古至今，也有不少心怀不轨的散修，假借加入冷焰宗成为外门长老之机，偷偷潜入藏经阁偷取典籍，结果，无一例外地都被发现了，下场自是凄惨无比。

原因无他，皆因藏经阁的防范措施太过严密，这些人根本无机可乘。

据白袍弟子所言，藏经阁内常年由炼虚长老驻守，并时时有人巡逻，日夜寒暑从不间断，除此之外，还设置有无数强大的禁制，寻常修士根本难以接近。

韩立在原地沉吟半晌，点在白袍弟子眉心的手指一收，随即如同鬼魅一般从原地消失不见。

那白袍弟子茫然地环顾了一下四周，有些莫名其妙地摇了摇头，继续朝山上走去。

约莫一炷香工夫之后，韩立的身影出现在集圣峰上，他站在一棵高大的古柏树下，遥望远处一座两层的八角攒尖阁楼。

那阁楼高约九丈，共有八角八面，却只在正南方向开了一道大门。

阁楼墙身和屋顶之上，均镌刻着多种防雷御火的复杂符文。

两队巡逻修士在阁楼两侧，来回穿插，交替巡视。

观察了许久之后，韩立脸上露出若有所思的神色，随即身影一阵模糊，从原地消失不见。

当天晚上，冷焰宗一处山谷内的青石大殿周围，不时走过巡逻弟子，足有七八队之多，而且领队之人都是化神期修为，显然，宗内对此处的安全极为重视。

一支巡逻小队从山谷入口无声飞过，领队的一个青袍大汉似乎有些困倦，无声地打了一个哈欠。

就在此时，数十丈外，另一支巡逻小队飞了过来，朝着不同的方向巡视而去。青袍大汉见此，不由得撇了撇嘴。因为，他觉得天符堂虽然是冷焰宗重地，但安排如此之多的巡夜弟子，实在是有点小心过头了。这里不仅位置隐秘，外面还有护宗大阵笼罩整个山门，哪里有人能潜到这里？

这些话，他自然不敢说出口，只能传音命令身后的弟子保持警惕，他自己则准备朝谷内飞去。

就在此刻，距离青袍大汉不远的一座殿堂内突然传来一声霹雳巨响，然后爆发出一片紫色电光，旋即又恢复了平静。

青袍大汉一怔，还没反应过来。

“什么人？”

“不好，有人潜入天符堂！”大汉身后的那些巡夜弟子惊呼出声。

青袍大汉此刻也反应了过来，飞扑而下，瞬间就到了那座大殿之外。

“什么人竟敢擅闯天符堂，快快束手就擒！”大汉暴喝一声，手中握住一个法宝，一挥手，他身后的弟子立刻分散开来，团团将大殿包围。

其他巡夜弟子也飞射而至，七八支队伍，上百号人将大殿围得水泄不通，一只苍蝇也别想飞出去。

大殿内漆黑一片，没有丝毫动静。

这里所有的大殿都设有禁制，神识无法探入其中。

几个领队彼此对望一眼，都有些拿不定主意，到底要不要冲进去。

他们身为巡夜弟子，是没有资格踏入这里的。

“发生了什么事？”一道白光飞至，落在大殿之外，现出一个白发老者的身影。

“范大师您来了，刚刚有人闯入天符堂！我们正要进去搜捕，但按照规矩，我们是没有资格进入天符堂的。”一个领队走到老者身前，禀告道。

“什么？有人夜闯天符堂？一群蠢货，这都什么时候了还守着规矩，愣着干什么，赶紧进去抓人啊！”白发老者一听，立刻大吼一声，朝着大殿里冲去。

几个队长见此，立刻跟上，只留了两个弟子在外面守着。

冲到大殿门口，白发老者一怔。正门大殿上的禁制竟然完好无损。

老者觉得奇怪，不过他来不及多想，就取出一个令牌形状的东西，一道白光从上面射出，落在大门上。

大门上一阵光芒闪烁，随后“吱呀”一声打开了。

几人立刻冲进大殿，白发老者挥手打出一道法诀。

大殿各处立刻亮起白光，将殿内照得透亮。

众人愕然，大殿里面陈设简单，只摆放了十几个白玉架子，一眼就能看清楚。

里面竟然空无一人！只是地面上有几道焦黑的痕迹。

“没人？难道已经逃走了？”几个领队见此，不禁面面相觑。

那青袍大汉也在殿中，眼睛瞪得滚圆，满脸疑惑。

出事时他就在大殿旁边，从出事到此刻，他的眼睛一直盯着这里，绝对没有离开过一瞬，那人是如何离开的？

“啊！天影石！观月草！”那白发老者快步冲到一个白玉架子旁，脸色苍白，嘴唇颤抖。

这些白玉架子上面都放满了药材，架子周围都设有禁制，不过有两个玉架的禁制已经被破除，上面的药材少了不少。

“流澜木，铁心羽！”老者又跑到另一个架子旁，捶胸顿足。

几个领队的脸色也不好看。

“给我追，发动所有巡夜弟子，一定要将这个偷盗之人抓住！”白发老者愤怒至极，跺脚大吼道。

天符堂大批珍贵药材被盗，在冷焰宗掀起了轩然大波，无数巡夜弟子出动，搜寻那贼人。

抓贼行动从半夜一直持续到天明，后来，不少外门弟子也被叫醒，加入抓捕大军。

结果，整个灵焰山脉几乎被翻了一遍，也没有发现盗贼的一点踪迹。

此事很快惊动了宗门高层，一位擅长追踪的炼虚后期长老亲自来到天符堂，经过探察发现贼人是用一种雷电传送法阵逃离的，一点痕迹也没有留下，他也无法追踪。

炼虚后期长老都找不到那贼人，又不敢因为这点小事去惊动合体期太上长老，天符堂的范大师只能悻悻收手，停止了抓捕行动。

明面上的抓捕虽然已经结束，但宗内自然不会就这么轻易放过此事。

灵焰山脉周围的护宗大阵没有被侵入的痕迹，那么，贼人自然还在灵焰山脉中，因此，冷焰宗暗地里派遣高手继续搜寻抓捕。

出了这种事情，冷焰宗内各处的防卫比平时更加严密了。

第18章

瞒天过海

转眼便过了三日。

又是夜晚，冷焰宗藏经阁。

自从出了天符堂被盗事件之后，藏经阁巡逻的人比平时多了一倍。

距离藏经阁数百丈远的一处密林中，一个淡银色的模糊人影浮现，人影抬头望向八角攒尖阁楼，半晌后，翻手取出一张淡紫色符箓，往身上一贴。

那淡紫色符箓顿时无声地碎裂开来，化为几个蝌蚪状符文，围着人影上下飞舞，然后融入其体内。人影周围陡然浮现出一股紫色雾气，瞬间将其淹没，令其消失。

那人影自然不是真的消失了，而是化为一团虚无的存在，直接朝着藏经阁方向飘去，一点不害怕被周围巡逻的人发现。

那些巡逻之人虽然不时四下张望，也不断用神识扫过每一处角落，却没有发现那人影的存在。

没过多久，人影便飘到了藏经阁门口。

此刻已经是深夜，藏经阁早已关门，宽大的石门上不时浮现出丝丝微光，显然是被布下了禁制。

人影口中默念法诀，手中掐诀，张口喷出一团青气，打在大门之上。若是将这青气放大百倍，便能看到其是由无数细小的符文所构成，一碰到大门上的禁制，这些细小的符文就融入其中。

大门上的禁制仿佛被腐蚀了一般，出现一个大洞，人影立刻无声无息地飞了进去，没入石门中消失不见。

大门上的禁制微光闪动，随即恢复如初。

这一切发生在电光石火之间，外面的巡逻之人丝毫没有发现异常。

那人影进入藏经阁之后，一个圆形大殿出现在眼前。

大殿极大，长宽都有二三十丈，有十几条道路从大殿内延伸出去，不知通往何处。

最深处，是一道漆黑的阶梯，蜿蜒通往上方。

人影扫视了一圈，悄无声息地朝着一条通道飞去。

通道并不长，他很快便到了尽头，是一个紧闭的石室。

石室大门上，设有一层白色禁制。

大门顶上有一块白玉石板，上面刻着“功法”二字。

人影眼中闪过喜色，张口喷出一口青气，和之前一样，白色禁制也被青气腐蚀出一个大洞，人影立刻飞入其中。

石门后是一间很大的石室，里面摆放了数百个书架，全都被一层淡红色光幕笼罩着。

每个书架上都有数个格子，每个格子里都放着一块玉简。

格子旁边都有标识，介绍那些玉简上面记载的是何种功法。

人影随意地走到一个书架前，张口喷出一股青气，将书架周围的淡红色光幕腐蚀出一个大洞，挥手发出一股吸力，将几块玉简吸到手中，神识随即投入其中。

片刻之后，他眉头微皱，将几块玉简扔回了书架。

玉简记载的是一些结丹期至元婴期的修炼功法，人影似乎并不感兴趣。

人影在石室内四处走动，没过多久，便将这些书架上的玉简大致都查看了一遍，他摇了摇头，很是失望的样子。

此人毫不犹豫地转身朝外面飞去，很快穿过石门，又回到了大殿。

他随即进入了旁边的另一条通道，通道尽头赫然又是一间石室。

石室顶端也有一块白玉石板，上面刻着“术法”二字。

人影如法炮制，很快就破解了大门上的禁制，进入石室。

没过多久，人影再次返回，进入了第三条通道。

转眼间一个多时辰过去了，十几条通道都被人影探察了一遍，但其双眉仍然紧锁，看来是没有找到要找的东西。

那人影缓缓地飘到最深处的那条漆黑色阶梯前，朝上面望了一眼，飞了上去。

阶梯并不长，很快就到了尽头，尽头处是一扇数丈宽的巨大石门。

大门左右各盘膝坐着一人。

左手边一人白白胖胖，肥头大耳，身披一件紫色袈裟，似乎是个僧人。右手边那人则高高瘦瘦，面皮焦黄，看起来满脸病容。

不过这两人头顶均隐隐有光华流转，身上散发的气息如渊似海，赫然是两名炼虚期强者！

两人闭目静坐修炼，对下面的事情毫无察觉。

人影看了两人一眼，目光很快移开，落在两人身后的石门上。

石门上面折射出水波般的光芒，看着明显比下面各处石室的禁制都厉害得多。

若猜得没错，这道石门之后，便是冷焰宗藏经阁的内阁所在，存放着冷焰宗最为珍贵的典籍，想要破解此处的禁制肯定不容易。

人影眼睛微眯，停顿了片刻，便再次前进，身形轻若无物般落在了大门前，距离左右两名炼虚期修士不到一丈远。

此时，左手边那个白胖僧人眉毛微微一挑，睁开眼，把周围都仔细地看了一圈。

“怎么了，灵犀兄？”右边的高瘦男子也睁开眼睛，问道。

“没什么。”白胖僧人回首望了一眼内阁大门，回道。他并非真的发现了什么，只是曾修炼过的某种秘术所引发的一种源自内心的感应，不过此术成功率并不高，加上他又想到此处有层层禁制，还有他们两人在此日夜值守，别说是合体期修士，哪怕是大乘期修士想闯入，也绝不可能做到毫无声息。

想到这些，白胖僧人又缓缓地合上了双眼。

高瘦男子见此，也自顾自闭目修炼起来。

自始至终人影都站在原处没动，直至两名炼虚期修士又开始闭目修炼后，才眉心微一波动，一股强大的神识之力从中散发出来，飞快地覆盖了整座大门，隐隐凝聚成一道防护屏障。

接着，人影张口喷出一股青气，落在门上的水波禁制之上。

水波禁制立刻光芒闪烁，散发出法力波动，似乎在抵制青气的侵入，不过身处那道神识屏障外的两名炼虚期修士却毫无察觉。

人影双手法诀一变，青气忽胀忽缩，变化万千，和那水波禁制较量起来，使得中央处一片半丈大小的区域变淡了几分。

人影二话不说一闪身就没入了大门里面。

这一切看似复杂，但从其出手破开大门禁制，到其身影没入门中，前后不过一两次呼吸的工夫，此时那道神识屏障才悄无声息地消散开来。

“咦！”

白胖僧人眉毛一挑，再次睁开了双眼，猛然一个回头朝身后的内阁大门望去。

大门表面的水波禁制波光粼粼，折射出光芒，看起来并没有丝毫异常。

可方才他心头明明生出一丝不祥之感，虽然只是一闪即逝，也让其疑窦丛生。

“灵犀兄莫不是发现了什么不对劲的地方？”

高瘦男子此时似乎也发现了什么，连忙站起身来，先是回头看了一眼大门，随后闭上双目，释放出庞大的神识向四面八方飞快地扫去。

“庆涛贤弟，你方才可有发现什么不对劲的地方？”白胖僧人走到内阁大门前，仔细地端详了片刻，如此问道。

“除非……有人能够在两三息之间，飞遁至藏经阁数百里之外，并且破开冷焰老祖亲自布下的这琉璃玄水阵，进入内阁。”高瘦男子此刻已经睁开双眼，摇了摇头，口中缓缓地道。

显然他方才的一番神识搜索，也是一无所获。

“这怎么可能？看来是我的错觉吧。”白胖僧人闻言，不由得苦笑一声，摇了摇头。

想要在两三息的工夫内无声无息地破开琉璃玄水阵，并让其恢复如常，怕是连宗内的那位大乘期太上长老，也未必能做到吧。

就在两名炼虚期修士疑神疑鬼之际，那人影已经出现在一座黑色殿堂之中。

这殿堂空间不大，长宽都不过二三十丈，中间耸立着一根粗大的白色玉柱，石柱上刻着无数符文，柔和的黄色光芒从石柱顶端发出，形成一层半球形的黄色光幕，将周围的一片区域笼罩在里面，依稀可辨里面有十几个闪着红光的石头柜子，但看不清里面摆放的东西，显得颇为神秘。

人影站在原地，仔细地看着眼前的黄色光幕，双目隐现蓝光。

片刻后，人影一挥手，数十道黑光射出，正是一杆杆黑色旗帜，错落有致地击在黄色护罩四周，接着他双手一掐诀，一道道黑色光柱从旗帜中飞出，在半空连成一片，形成一层更大的半球形淡黑色光幕，将整个黄色光罩罩住。

黄色光罩原本已经占据了大殿内近半的空间，淡黑色光幕一出，几乎充斥了整个大殿。

人影张口喷出一股青气，落在黄色光罩上，试图和之前一样在光罩上破开一个洞。但是，当青气在黄色光罩上堪堪腐蚀出一个巴掌大小的孔洞时，光罩表面就光芒大放，无数黄色光芒涌现，将这团青气包裹住。

与此同时，位于黄色光罩中心的白玉石柱上的符文猛地一亮。

黄色光罩表面光芒一盛，无数耀眼的纤细黄色光线浮现，缠住了那团青气，然后狠狠地勒紧。

青气顿时被切割成无数团飘散，而黄色光芒也飞快消失，之前出现的孔洞随之缓缓消失。

人影见此景，似乎并不觉得惊讶，他盯着那白玉石柱看了许久，翻手再取出十几杆颜色各异的旗帜。

他一挥手，所有旗帜全都悬在半空，排列成一个古怪的椭圆形阵列，看似杂乱无章，却又隐含玄妙。

人影两手飞快地掐诀，手中黑光不停闪动。

十几杆旗帜也随之绽放出各色光芒，犹如一杆杆标枪般，纷纷击在黄色光罩上，如钉子一般朝着里面钻去，围出了一个丈许大小的区域。

黄色光罩表面光芒狂闪，使得旗帜前进的速度大减，同时一股颇为强烈的法力波动散发开来，但这些波动一接触到外围的淡黑色光幕，便如泥牛入海般消失无踪，没有一丝一毫散发到外面。

随着人影口中的咒语声传出，十几杆旗帜表面光芒一闪，速度陡增，终于完全嵌入黄色光罩之中。

下一刻，被旗帜围成的丈许大小的区域内，黄色光芒暗淡了。

人影立刻张口喷出一股青气，落在这片区域中。

暗淡的黄色光罩毫无抵挡之力，转眼间就被青气腐蚀了大半。

中间白玉石柱上的符文此刻尽数狂闪起来，黄色光罩上的其他区域光芒大放，更多的黄色光芒射出，朝着被十几杆旗帜围起来的区域冲击而去，不过却被其死死拦住。

强烈的法力波动扩散开来，被周围的黑色光幕拦住，只是这次的法力波动实在太过剧烈，淡黑色光幕也随之“嗡嗡”地颤抖起来，并且愈抖愈厉害，似乎快承受不住了。

所幸，两三次呼吸的工夫后，那片丈许大小的区域便被青气腐蚀出一个大洞。

人影连忙飞入，落在白玉石柱附近，张口喷出一股黑气，罩住石柱，同时两手掐诀，一道道黑色法诀飞出，打在石柱上。

黑气迅速扩散开来，将石柱上面的符文图案染成了黑色。

石柱上的光芒立刻暗淡，黄色光罩上汹涌激荡的光芒也缓缓消失，一切恢复如初。

人影挥手一招，光罩内的十几杆旗帜从里面冒了出来，飞回他手中。人影将之前的十几杆旗帜收起来后，翻手又取出一沓黄色旗帜，扔向黄色光罩，这些黄色旗帜化为十几道光芒射出，从里面打在了黄色光罩上。

这些旗帜毫无阻碍地没入了黄色光罩中，消失不见。

整个黄色光罩微微波动了一下，随即恢复如初，先前被青气腐蚀出的那个丈许的大洞也不见了。

人影这才转过头，看向分布在石柱周围的那十余个石柜。每个石柜赫然都被一个深红色光罩笼罩着。

人影走到一个石柜前，张口喷出一股青气，落在光罩表面，那片区域立刻剧烈地波动起来，红光瞬间变淡，眼看就要被突破。

就在此刻，红光表面浮现出星星点点的白色晶光，红白两色光芒交相辉映，顿时挡住了青气的侵蚀。

与此同时，一阵刺耳的钟鸣声从大殿深处传来。

人影四周的虚空一阵波动，似乎也大吃了一惊。

但下一刻，其口中传出低沉的咒语吟诵声，手中的动作不停地变化。

那团青气立刻翻滚起来，变化出各种形状，飞快冲击着红白两色禁制，不过任凭青气如何攻击，始终无法攻破禁制。

人影一招手，果断地召回了那股青气，随后两根手指往眉心一点，眉心处突然出现一道黑痕，然后裂开，浮现出一只漆黑如墨的眼珠。

眼珠转动，现出里面隐藏的黑色符文。

“咻！”

一道手指粗细的乌光从眼珠中射出，飞快地打在石柜外的禁制上。

红白两色禁制在乌光的攻击面前仿佛纸糊的一般，立刻便被穿透，“砰”的一声碎裂开来。

人影眉心晶光一闪，释放出一股庞大的神识之力，并且分成十几份，分别没入每一块玉简中，飞快地探察里面的内容。

而随着方才的钟鸣声一响，藏经阁外面的禁制立刻开始狂闪，发出阵阵警报声。

“不好！有人闯入藏经阁！”

“什么人如此胆大包天，简直是找死！”

“莫不是前两天潜入天符堂的那个贼人？”

随着怒吼声传来，一个个身影从四面八方朝藏经阁汇聚而来。

有了天符堂被盗的教训，这些巡逻之人没有丝毫犹豫，立刻派人通知宗门高层，同时几名实力最强的队长立刻闯进了藏经阁。

黑夜中，冷焰宗各处也纷纷亮起光芒，骚动起来。

最先反应过来的人，就是藏经阁内阁门口的那两名炼虚期修士。

警钟一响，两人立刻跳了起来，脸上露出惊怒之色。竟然真的有人在他们的眼皮底下潜入了内阁！

“难道真是大乘期修士？”这个念头在两人脑中一闪即过，但他们此刻顾不得再细想，立刻各取出一块半圆形的玉符，两块玉符合在一起，组成一个完整的圆，贴在了大门上。

门上的水波禁制光芒闪烁，随即飞快消失，石门轰然打开，两人二话不说便飞了进去。

看到里面的淡黑色光幕，两人都是一怔。

白胖僧人猛地一咬牙，翻手取出一面圆镜法宝。

只见他手中掐诀，圆镜上灰色光芒狂闪，喷出一道粗大的灰白色光束，打在黑色光幕上，发出震耳欲聋的爆裂声。

光幕立刻剧烈地翻滚，如水波般剧烈起伏，不过没有立刻被击散。

几乎是同一时间，高瘦男子身上也飞出四柄青色飞剑，随即化为四朵青色莲花。

无数青色剑气猛地从四朵青莲中射出，纷纷落在黑色光幕上。

“噗噗！”

黑色光幕终于支撑不住被撕裂开来。

“大胆贼子！”

两名炼虚期修士看到里面若隐若现的人影，心中一松，随即不禁又羞又怒。因为，那人影散发出来的气息，不过区区元婴期!

那人影却丝毫没有理会外面两名炼虚期修士，他看完第一个石柜中的玉简，又淡定地来到旁边一个石柜旁，像先前一样从眉心独目处射出一道乌光，击碎了石柜周围的禁制，随后从容地释放出神识，再次探入石柜的玉简之中。

第19章
脱身

“小贼尔敢！”

“胆敢偷阅我冷焰宗秘籍，快快受死！”

白胖僧人与高瘦男子目眦欲裂，同时发出怒吼，前者翻手取出一块黄色玉牌，猛地一晃。

“刺啦！”

玉牌表面射出一道黄光，落在黄色光罩之上。

光罩顿时从中间裂开，露出一条宽约两丈的通道。

二人飞身扑出，扑向里面的那道人影。

就在此时，人影忽地一抬手，口中诵咒，一指点出。

一道黑光顿时从其指尖射出，打在那中间的白色玉柱上。

玉柱上的禁制符文顿时尽数亮起，黄色光罩光华大放，射出无数黄色光芒，闪电般缠上了身处半空的白胖僧人与高瘦男子。

二人顿时仿佛陷入了沼泽一般，身体陡然沉重了百倍，就连抬一下手都感觉极为困难。

“不好，此阵已经被改动过了！”高瘦男子大惊道。

“你究竟是何人？怎会知道如何操控此处禁制？”白胖僧人面色阴沉，怒喝道。

人影丝毫不理，仍然在飞快地阅读玉简，两手则不断掐诀，打在白色石柱上。

黄色光芒立刻波动起来，以两名炼虚期修士为中心旋转起来，形成两个黄色旋涡，将他们死死地禁锢住。

两人怒吼连连，奋力挣扎，同时手中法宝光芒闪烁，打出一道道灰白色光束和青色剑气，试图从黄色光芒中挣脱，但任凭二人如何狂攻，也没有丝毫作用。

二人心中又气又急，这黄光禁制原本是为了对付外敌而设下的，如今不知怎么回事，反而成了困住自己的大麻烦。

就在此刻，七八道身影从外面蜂拥而至，正是听到警报声后冲进来的那几名化神期的巡逻队长。

几人看到里面的情况，目瞪口呆。

不过他们很快就反应了过来，纷纷抬手祭出自己的法宝，朝着黄光禁制攻去，试图将其击破，救出两名炼虚期修士。

“住手，打不得！”白胖僧人脸色一变，惊呼道。不过已经迟了，七八件法宝同时轰击在黄光禁制上，黄光立刻开始震颤。

就在此时，黄光禁制上泛起一个个磨盘大小的鼓包。

随着“噗噗”几声响，七八道光芒如闪电般射出，卷住那几名队长，猛地缩回，将他们拖进了光芒之中。那几人的修为本就不如两名炼虚期修士，如今被光芒笼罩更是丝毫也不能动弹了。

“该死！”白胖僧人怒吼。

“你们可通知了宗门此地的情况？”高瘦男子问道。

“已经……派人通知……了”那几名化神期巡逻队长张嘴都很困难，艰难地道。

两名炼虚期修士闻言，略松了一口气，转头看向那道人影。

人影还在不断地破开其余石柜的禁制，飞快地阅读柜子上的一块块玉简，其速度极快，就这片刻的工夫，他已经将内阁典籍看了大半。

两名炼虚期修士虽然心中万分焦急，但他们这边在场的所有人都已经被黄光禁制困住，只能眼睁睁地看着，一点办法也没有。

“何人如此大胆！”

就在此刻，一声怒吼从外面传来，排山倒海之势令整个大殿都开始剧烈地震颤，黄色光芒也被撼动了。

被困在黄光禁制中的十几人双耳“嗡嗡”直响，脸色苍白，神情却是大喜。

那个正站在石柜前的人影动作一僵，朝外面看了一眼，随即眉心的竖目黑光大放。

“咻咻咻！”数道乌光飞射而出，将还没有来得及看的三个石柜的禁制同时击碎。

“轰！”一个赤色人影从大门处飞入，是一个红发大汉。

红发大汉身高足有两丈，雄壮得仿佛一座铁塔，身穿一件赤红色法袍，上面燃烧着熊熊火焰，整个大殿瞬间陷入恐怖的高温中。

庞大的威压从大汉身上散发开来，赫然是一名合体期大能。

“贼子，拿命来！”红发大汉目光一扫，看向人影，眼睛里仿佛有火在燃烧。他伸手一抓，一柄燃烧着的巨剑飞出，一晃之下化为数十丈大小，带着开山劈海之势斩在黄色光罩之上。

大片黄色光芒浮现，朝着巨剑迎了上去，试图抵挡，不过还没碰到巨剑，就已经被剑身的火焰燃烧撕裂。

“刺啦！”火焰巨剑狠狠地斩在黄色光罩上，光罩立刻浮现出无数裂纹，但没有彻底破碎。

就在此时，人影单手一挥，释放出一股吸力。

三个石柜上的玉简立刻被吸了过来，稳稳地落在人影手中，被其翻手收起。

红发大汉见此景，勃然大怒，手中掐诀，令火焰巨剑陡然变大了一倍，腾起数丈高的火焰。

黄色光罩“砰”的一声，彻底碎裂。那两名炼虚期修士和一众化神期修士只觉得浑身一松，终于恢复了自由。

火焰巨剑微微一顿，继续朝着黑色人影劈斩而去。

人影猛地抬头，眉心竖目光芒大盛，里面浮现出无数黑色符文，一道粗大的乌光从中射出，打在火焰巨剑上。

“砰”的一声，乌光爆裂开来！

巨剑上的火焰，消失了大半，同时周围空间泛起无数涟漪，使得巨剑停在了半空，无法落下。

“破灭法目！”红发大汉一惊。

人影两手掐诀，口中默念咒语，体表陡然浮现出大片紫色电光，猛地扩散开来，以自己为中心化为一个雷电法阵，法阵内光芒大盛，发出霹雳巨响，使得人影变得模糊起来。

“哪里跑！”

红发大汉发出一声怒吼，巨剑上的火焰再次腾起，剑身一颤，突然一分为二。

一道和巨剑大小相仿的火焰剑影陡然斩下，劈在雷电法阵上，速度竟然比火焰巨剑快了数倍。

“轰”的一声巨响，刺目的红光爆裂，一股狂暴的气流向周围扩散。

两名炼虚期修士身躯大震，连退好几步才稳住身体，那七八名化神期巡逻队长更是双膝一软直接跪下了。

红光弥散开来，地面被斩出一道深痕，那个黑色人影已经消失不见。

所有人脸色一变，面面相觑，朝着红发大汉看去。

红发大汉脸色铁青，眼中怒火升腾。

同一时间，韩立的洞府密室。

密室中央的地面上画着一个紫色大阵，丝丝电光在大阵中流转，韩立双目紧闭，盘膝坐在大阵旁。

紫色大阵陡然光芒一闪，发出耀眼的电光，随着一声巨响，一个被黑气包裹的人影缓缓浮现。韩立双目骤然睁开，眼中闪过一丝喜色，挥手打出一道法诀。

黑色人影周围的黑气飞快地消散，露出一个银光灿灿的甲士，双目木然，是一个符兵。

银色甲士的半边身体被毁，气息奄奄，已经近乎崩溃。

韩立单手一招，二三十块玉简从甲士身上飞出，落入他手中。

他将这些玉简一收，然后伸出一指点在甲士眉心。

只见其眉心处黑光一闪，一颗鸡蛋大小的黑色圆珠从中飞了出来，里面有一股银色气流在缓缓地流动。

与此同时，甲士身上光芒一闪，形体崩溃，化为一张残缺的银色符箓和一张紫色符箓，飘落在地。

这银色符箓是甲元符，紫色符箓则是太一化清符，正是韩立前几日偷偷潜入天符堂，盗取里面的材料炼制而成的。

可惜这甲元符这次受损太严重，已经无法再使用了。

韩立单手一扬将两张符箓收起，随后盘膝坐下，用两根手指夹着黑色圆珠贴在了眉心处。

圆珠中的银色烟气顿时一缕缕地从珠身中飞出，在韩立眉心处稍微盘绕后，便没入其中。

细看之下，那些银色烟气赫然是无数比蚊蝇还要细小的字，正是先前甲元符傀儡在藏经阁所窥视到的那些功法秘术典籍，也是整个冷焰宗这么多年来的积累。

这么多内容，即便以韩立那般强大的神魂之力，想一下子将其全部吸收也是不可能的。

不过他现在不急，有的是时间慢慢研究。

时间一点点过去，韩立始终静坐不动，就这么坐了三天三夜。

直至第四天的清晨，他才缓缓地睁开眼睛，眉头微皱。

这些典籍虽然颇为精妙，有些奇思妙想让他也忍不住赞叹，但对现在的他来说，都没有什么用处。

韩立摇了摇头，将黑色圆珠收起，袖袍一抖，地上立刻出现了三四十块玉简，正是甲元符傀儡最后关头取走的那些。

韩立的目光在这些玉简上徐徐扫过，神情有些复杂，希望能在这些玉简中找到对他有用的东西。

如此想着，韩立拿起一块玉简，将神识投入其中。

如此又过了整整一天。

当韩立的神识从最后一块玉简中收回时，他眼中毫不掩饰地流露出了失望之色。

这三四十块玉简里大部分都记载着一些高深的功法，也不是此刻的他最想要的东西。

韩立苦笑一声，自己费尽周折几乎惊动了整个宗门，才从冷焰宗弄来这么多典籍，到头来却是一场空。

他摇了摇头，袖袍一抖，准备将这些玉简尽数销毁。

虽然他刚刚检查过了，上面应该没有留下什么用以追踪的禁制，但这灵寰界有先天紫气这种稀奇之物，难保不会有连他都无法发现的手段，保险起见，还是将其毁掉更好。

“咦！”韩立突然一怔。

三十几块玉简已经化为一堆齑粉，但其中一块看似普通的淡黄色玉简竟然完好无损。

他略一沉吟，好奇地拿起这块玉简，凑到眼前仔细地端详起来。

刚刚他这一抚，就算是一块精铁也应该碎了，这小小的玉简竟然一点儿事情都没有。

从表面看，这块玉简并没有出奇的地方，只是由寻常玉石制作而成，里面记载的内容他也仔细看过了，只是一门适合炼虚期修士修炼的炼体功法罢了。

韩立看着这淡黄色的玉简，手指微微用力一捏。

玉简表面突然浮现出一层星辰般的淡淡光辉，成功抵挡住了他的力道。

他眼睛微亮，立即停手，那星光也随之消失。

此物果然另有玄妙!

他能感应到，那星光并不是用来追踪的禁制。

韩立看着手中的玉简，心念一动，神识再次探入其中。

结果，他将里面的功法内容从头到尾仔细地看了三四遍，甚至还尝试着修炼了一下，还是没有发现什么不寻常的东西。

“难道是我想多了？”

韩立喃喃自语，又有些不死心，眉心晶光一闪，一股庞大的神识释放而出，罩住了玉简，一寸一寸再次仔细地探察起来。

就在此刻，玉简上的星光再次浮现，释放出一股吞噬之力，竟将其神识源源不断地吞噬了进去。

紧接着，玉简表面浮现出一点金光。

韩立先是大吃一惊，继而又是一喜，他并没有收回神识，而是任玉简继续吞噬。

随着时间的推移，他的脸色渐渐变了。

玉简仿佛是一个无底洞，已经将他的神识之力吞噬了将近五分之一，并且还不满足，而那点金光，也变成了蚕豆大小。

虽然韩立现在神识受损，只剩巅峰时期的一成左右，但由于其修炼的功法比较特殊，所以，即使是他如今的神识比起寻常仙人来也不遑多让，这玉简竟然吞噬了这么多神识之力。

虽然之后免不得要花费不少时间来恢复神识，但他只是略微考虑了一下，便继续任其吞噬。

片刻后，惊人的一幕出现了！

玉简上金光的范围越来越大，直到形成一个北斗七星的图案。

而此时，玉简释放出的吞噬之力也突然终止。

韩立松了一口气，兴奋地拿起全新的玉简，神识再次探入其中，不由得眼睛一瞪。

玉简上的内容已经改变，原先的黄色小字消失了，取而代之的是一大片金色小字。

“这……”韩立一怔，连忙飞快地阅读起来。

足足过了一刻钟，他才抬起头，眼中满是喜色。

玉简上的金色小字记载的是一门炼体秘法，名为“小北斗星元功”。

据冷焰老祖留在其中的信息所述，此功法并非灵寰界所有，而是地地道道的仙界功法，是老祖飞升后特意找来，再传到下界的。

值得注意的是，此功法修炼时依靠的不是天地灵力，而是通过凝聚星辰之力入体，炼其肉身。

整部功法分为七层，每练成一层，便能凝聚出一个玄窍，七层圆满便能凝聚出七大玄窍，练就真极之躯，修成传说中的玄仙。

此刻他的元婴处于变异状态，无法利用天地灵气来修炼，或许可以用星辰之力一试。

不过冷焰老祖在最后特别点出，以星辰之力修炼，时时刻刻都要遭受星光刺体的莫大痛苦。且此功非正统功法，虽然能大幅强化肉身，却无法通过此功来增进法力修为，不是想置之死地而后生者，就别妄想修炼此功法，修成后也只能走远比普通仙人更加艰难的玄仙之路了。

最重要的是，修炼此功不仅需要有强大的肉身为基础，还要以强大的神识来引星辰之力入体，故而神识不够强大之人，同样无法修炼此功法。

所以，冷焰老祖当初从仙界传下此功法的时候，便在玉简上设定了特殊的禁制，只有拥有足够强大的神识之人才能破解禁制看到小北斗星元功的功法。

韩立握紧了玉简，心中十分兴奋，颇有一种柳暗花明之感。

这小北斗星元功仿佛是为他量身定做的一般，虽然玉简上说此功法修炼起来会异常痛苦，但他没有丝毫犹豫。

不过就在此刻，韩立手中的玉简突然碎裂开来，化为一团刺目的金光。

韩立见此，瞳孔一缩，抬头望去。

只见那金光悬浮在半空，略微扭曲，幻化出一个金色身影，是一个身材魁梧的中年男子，方正面孔，脸上微有虬须，给人一种威风凛凛的感觉。

韩立心中一惊，眼前这人他在宗内见过其画像，正是冷焰老祖!

“好！好！好！我的一番心血总算没有白费，终于有人破解此禁制了！你是哪一峰的弟子？叫什么名字？”冷焰老祖看向韩立，含笑问道。

“在下……”韩立心中念头急转，打算先糊弄过去再说。

眼前这人显然是那老祖留下的神识所化之分身，战力恐怕非同小可，给了韩立不小的压迫感。

冷焰老祖冷冷地哼了一声，打断了韩立的话，眼神骤然一冷，问道：“你身上怎么没有半分本宗功法的气息？莫非不是内门嫡传弟子？”

“启禀老祖，在下是最近刚刚加入宗门的客卿长老，还没有来得及修炼宗门的任何功法。”韩立眉头一皱，连忙说道。

“客卿长老？一个外门长老怎么可能拿到记载着小北斗星元功的玉简？”冷焰老祖冷声喝道。

韩立不禁语塞。

冷焰老祖目光一转，看向韩立脚下，那里赫然有一堆晶莹的粉末。

韩立见此，脸上神色如常，心中却暗呼一声“糟糕”。

第20章

传谕

冷焰老祖一挥手，一道金色光芒射出，将韩立身前的那些晶莹粉末尽数卷起，化为一团淡淡的金光悬浮于身前。

“这些都是本宗的秘传功法玉简，怎会落在你的手里？难道是你潜入本宗藏经阁内阁，偷出来的？”冷焰老祖蓦地抬起头，寒声问道。

那些玉简虽然被韩立化为齑粉，但哪怕只剩一星半点的痕迹，冷焰老祖也能推测出其中的内容。

“冷焰道友不必动怒，此事在下可以给你一个交代。”韩立嘴角抽搐两下后，郑重地道。

“大胆，凭你也敢和老夫平辈论交！”

冷焰老祖闻言大怒，眉心处骤然金光大放，无数波纹状的晶光一圈圈飞出，瞬间凝聚成一道丈许大小的金花虚影。

金花虚影缓缓旋转，只见中心花蕾处光芒一闪，一道近乎透明的金色光柱就射向了韩立的头部，速度快得不可思议。

那金色光柱所过之处，在虚空中激起阵阵涟漪。

韩立站在原地不闪不避，只是微微抬头，眉心处晶光一闪，同样射出一道无形的波纹，迎向了那道金色光柱。

“噗”的一声轻响，虚空猛地一震，泛起一圈波纹。

金色光柱犹如撞到了异常坚硬的东西，层层碎裂开来，无形的波纹也随之消散。

韩立除了衣衫呼呼扯动了几下之外，整个人丝毫无恙，他脸上还带着淡淡的笑容。

“怎……怎么可能？阁下是嫡仙？”冷焰老祖浑身一颤，难以置信地道。

虽然眼前的冷焰老祖只是一道神念所化的虚影，且方才这一击他并未使出全力，但即便是大乘期修士，也绝无可能如此轻易地接下他那一击，更何况是一个元婴期修士。

这只能说明一个问题，那就是韩立的神识不弱于他！

“冷焰道友，现在可以听在下说两句了吗？”韩立淡淡地道。

“那阁下就说说，既然你已成就仙业，为何还要来盗取我传到下界的典籍吧。”冷焰老祖的脸色变化了几次，虽然仍然有些不悦，语气却缓和了不少。

“韩某由于一些缘故，偶然流落到这灵寰界，对贵宗并无恶意。不过我有伤在身，手中又没有合适的丹药，这才到贵宗拿了一些典籍，想参详一二。”韩立如此解释道。

“哦，原来是这样。不知韩道友原先是仙界哪里人士？”冷焰老祖虽然口中如此说，但眼神闪烁，显然对韩立的话并不完全相信。

“韩某暂时栖身此地，不会做出对贵宗不利的事情，关于在下的来历，道友也就不必多问了吧。”韩立似笑非笑地道。

冷焰老祖哼了一声，韩立一个仙人莫名其妙出现在灵寰界，他怎能不问清楚底细，但对方若是不说，凭自己这一缕神念所化的分身，也根本奈何不了对方。

“道友放心，在下这次也算欠了道友一份人情。韩某可以在此承诺，若是日后冷焰宗有什么麻烦，在下愿意出手相助一次。”韩立又不慌不忙地道。

“韩道友此话当真？”冷焰老祖一听此话，心中一动。

他虽然已身处仙界，但对自己一手创建的冷焰宗还是十分珍视，否则这些年来，他也不会时常赐下丹药功法。

不过，冷焰宗虽然在灵寰界看似实力强劲风光无限，其实，并非真的高枕无忧。

只是他身在仙界，即便有心出力，也做不了太多事情，若是有同为真仙的韩立出手相助，那事情便好办多了。

两日后，冷焰宗，圣火峰后山。

一片雾气缭绕的紫色竹林的深处，坐落着一座清雅别致的青瓦小院。

林中紫竹错落有致，看似寻常，实则暗藏玄机。

这里每一丛紫竹的位置，都暗合法阵的一处阵脚，成千上万的紫竹连绵成海，就构成了一片独特的法阵天地。

此处所植的紫竹，也并非寻常的品种，而是能汲取地火之力的肺火竹，若是仔细观察竹身，还能看到紫色竹皮下那一条条暗红色的纹路。

正是有了这肺火竹海大阵，才使得这片区域成为整个灵焰山脉中灵气最为浓郁，地火之力最为集中的地方。

那座青瓦白墙的四合小院，就建在这大阵的阵眼之上。

此刻，在那小院主屋之内，一名身着紫色长袍的男子，正盘膝坐于蒲团之上，闭目修炼。

此人披肩长发莹白如雪，容貌清俊，眉心处有一道形如火焰的紫色印记，看起来不过而立之年，周身却隐隐有紫气缭绕，还散发出一股令人心悸的雄浑气息。

在其身前不远处的一张紫檀案几上，摆放着一个鎏金紫铜香炉，里面燃着檀香，有袅袅青烟从中徐徐冒出。

案几紧靠的墙壁上，则挂着一幅三尺余长的画轴，上面绘有一个中年男子的画像。

画像的线条描绘得并不如何细致，却十分传神。画中之人面孔方正，双目炯炯有神，脸颊微有虬须，长身而立，身上衣袍微微鼓起，浑身上下透出一股堂堂之气。

就在这时，白发中年人突然睁开双眼，神色诧异地望向墙壁上的画轴。

只见画轴之上突然传来一阵奇异的波动，一圈圈如同水纹般的波动荡漾开来，那画中之人竟然仿佛活过来了一般，身体左右一晃，便从纸上翩然飞了出来。

白发中年人连忙站起身，微颤着拜倒在地，恭声道："恭迎老祖降临。"

"起来吧，我有事要嘱咐你。"那人摆了摆手道。

白发中年人这才起身，神色恭敬地垂手肃立一旁，静待指示。

"前些日子，有人偷入藏经阁一事，我已知晓。"冷焰老祖缓缓地道。

白发中年人闻言，心头一紧，额角有丝丝冷汗渗出，正想开口解释几句，就听对方继续道："此事就此作罢，不必再追查下去了。"

"老祖，这……"白发中年人闻声顿时愣住，忍不住开口道。

冷焰老祖却摆摆手打断了他的话，对他耳语了几句。

在这个过程中，白发中年人的表情一再变化，先是一脸愕然，继而转为惊诧，最后变得又惊又喜。

当日午后，圣火峰顶，一片开阔的白玉广场上空，一道白光从远处破空而至，斜射而下。

白光一敛，现出一名面白无须，头戴文士头巾的中年男子。

此人一身儒衫飘摇着徐徐落下，刚一落地，就听身后传来一名男子的声音："南宫兄。"

身穿儒衫的中年人回头一望，只见数百丈开外，一个头戴五岳冠，身着青布道袍的黑须道人正朝他走来。

那人看似走得不快，身后却带着残影，每一步都横跨数十丈，转眼间便到了身前。

“庄老弟，一起走吧。”儒衫中年人含笑冲着黑须道人招呼了一声。

“上一次这般兴师动众，还是十多年前了吧。”黑须道人点了点头，目光一扫远处天边数道飞驰而来的遁光，道。

这儒衫中年人和黑须道人正是出云峰和落霞峰的两位峰主，南宫长山和庄自游。

“这次多半是因为先前藏经阁失窃一事，怕是免不了要追责一番了。”南宫长山摇了摇头，轻叹道。

“先前我虽然忙于炼制一炉丹药，但也听人提起过，都说此次失窃事件有些诡异，那偷盗之人竟能穿过重重禁制进入内阁，就连呼延长老出手都没能抓住他。”庄自游也面色凝重地道。

“此事的确有些离奇，想来待会儿，太上长老也会细说一二吧。”南宫长山点了点头。

说话间，他们已经穿过广场，来到了一座气势宏伟的朱红宫殿前，两人都十分默契地不再多言，几步跨上台阶，并肩进入了大殿中。

殿内正中主位高出地面三尺，上面摆了一张宽大的雕花大椅，在其下首位置，左右两侧相对摆放着两排座椅。

座椅后方的梁柱之上，皆是镶金砌玉，雕刻着各种珍禽异兽的图案。

在最靠近主位的左侧座椅上，端坐着一个身着赤红色法袍的红发大汉，其身形犹如铁塔，面色阴沉似水，浑身都散发出一股令人骇然的气势。

南宫长山和庄自游对视一眼后，挑了两个相邻的位置坐下，闭目养神。

大殿外陆陆续续有人进来，不一会儿就将殿内所设的座椅全都坐满了。

在场的所有人至少都有炼虚期修为，没有一名是化神期以下的修士。

但此刻每个人的脸色都不怎么自然，最多互相点点头算是打招呼，似乎没人有兴趣跟别人说些什么。

整个大殿之中，气氛显得有些压抑和沉闷。

等整个大殿内座无虚席后，又过了约莫半炷香的工夫，才有两道人影从大殿内堂走了出来。

殿中众人见状，立即纷纷站起身来，连那名红发大汉也不例外，皆躬身行礼，齐声道："参见太上长老，参见掌门！"

走在前面的那名头发雪白、容貌清俊的紫袍男子，正是冷焰宗唯一的太上长老司马镜明，而陪在其身侧、面容肃穆颇有威严的高冠中年人，是冷焰宗的掌门刘敬竹。

司马镜明来到主座前，并没有坐下，而是徐徐扫视了下方所有人一圈。他身上的气息丝毫未显露，只是这么随意地站在众人面前，就让人有一种胆战心惊的压迫感，所有人纷纷低下头，连大气都不敢喘一下，更不敢与其对视。

半晌后，这位冷焰宗的大乘期太上长老，慢悠悠地开口道："前些时日，天符堂和藏经阁相继发生了一些事，今日邀诸位峰主来此，也正为了此事。"声音不大，但有一股难以名状的威严充斥其中。

所有人心中一紧，皆默然不语，静待太上长老的问责。

结果这位大乘期太上长老却以不容置疑的语气，说出了让所有人目瞪口呆的话："此事到此为止，停止宗内一切追查搜寻，不必再深究了。"

听到此言，厅内之人简直有些不敢相信自己的耳朵，皆面面相觑。

一时间，也无人敢开口发问。

"司马师兄，藏经阁失窃一事，事关重大，我……"还是站在最前方的红发大汉忍不住上前，打破了沉默。

红发大汉的话还没说完，就被司马镜明冷冷地打断："呼延师弟，我的话还需要再说第二遍吗？"说完，其衣袖一甩，转身径直朝内堂走去，留下了大殿内还有些摸不着头脑的红发大汉和各大峰主。

就在此时，掌门刘敬竹开口了："散会！"

他只说了这两个字，便同样拂袖离去。

片刻后，大殿外的白玉广场之上。

“停止搜查？藏经阁丢失了那么多珍贵典籍，难道就这么算了？”庄自游忍不住向南宫长山问道。

“典籍丢失倒无妨，宗内还有副本，只是这些秘籍若被传出去，可就大事不妙了。不过，既然太上长老这般决定，肯定有他的用意，我们就不要妄加揣测了。”南宫峰主笑着道。

南宫峰主口中虽然这般说着，心中的疑惑却没有减少分毫。

没过多久，冷焰宗的弟子就发现了这件事的不对劲之处，宗内两处重要之地接连被盗，宗门却突然停止了一切追查和搜寻。所有人都议论纷纷，但各峰峰主对此事三缄其口，似乎不愿多谈。于是，这一件震惊整个山门的大事，就这么糊里糊涂地不了了之了。

韩立对于宗内发生的一系列变故毫不知情，还自顾自地躲在洞府中，揣摩小北斗星元功。

之前他只是匆匆阅览，现在从头再看，发现此功法玄妙莫测，不禁兴奋至极。

说起来，他踏入修仙界以来，也接触过不少炼体功法，有的功法主要炼筋肉，有的功法主要炼骨，还有一些功法主要炼五脏六腑，比如他之前修炼过的五藏锻元功。然而小北斗星元功却另辟蹊径，修炼的是玄窍。

何为玄窍？韩立一头雾水，小北斗星元功上也没有细说。典籍上所记载的修炼过程颇为复杂，他琢磨了许久才堪堪参透。

简单来说，此功若能修炼到大成期，一拳之力便可令虚空破碎，实力与一般仙人相比，也毫不逊色。不过，其弊端也有不少。

首先，修炼此功法的过程极其痛苦，心志不够坚定之人根本无法坚持到最后。

其次，引星辰之力极为困难，毕竟星辰距离我们太遥远，故此功法修炼起来极为耗费时间。

对此，韩立倒觉得没有什么问题，当即便打算着手修炼此功法。

他先是外出了一趟，直至第二天才回来，回来后便将洞府区域内的所有禁制悉数开启。接下来，他在洞府中兜了一圈，选了一间合适的密室，还在室内顶部开了一个可以直接看到天空的大洞。做完这一切后，韩立盘膝而坐，开始吐纳调息。

修炼此种自仙界传下来的功法，自然要让身心法力恢复到最佳状态，以应付后面可能会出现的各种情况。

第21章

小瓶掌天

数日后的一个夜晚。

洞府密室中，韩立正闭目盘坐，银色的星光从上方的大洞洒下，照在他身上。

他身下的地板上，刻着一个法阵。此阵由七个大星图案组成，每一个大星图案都有蒲团大小，熠熠生辉，连在一起正是北斗七星的形状。

这个阵名叫“北斗聚元阵”，并非源自小北斗星元功上的记载，而是韩立这些天来夜观星象，并结合自己在法阵方面的研究，从另一个星辰法阵改造而来的。

天上的星辰之力看似差不多，实则天差地别，有的星辰之力偏阴冷，有的星辰之力却是至阳，甚至有的星辰之力时阴时阳，不可一概而论。而修炼小北斗星元功引的正是北斗七星的星辰之力，七星分阴阳，建四时，均五行，内含玄妙，变化无度。

此阵正是韩立针对北斗七星之力的特点而设，用来辅助接引北斗七星的星辰之力。

他此刻盘坐的位置，正是七颗大星图案的第一颗。只见他骤然睁开双目，挥手打出一道法诀。

“嗡！”

下方的星辰大阵顿时开始运转，七颗大星突然光芒大盛，其中第一颗尤其明亮。星星点点的白光浮现，充斥四周虚空，隐约组成无数星辰图案。

韩立身处这片星海之中，若隐若现。

他口中念念有词，手中的法诀不断变化，缓缓地运转着小北斗星元功的法诀。

一炷香的工夫过后，韩立眉宇间隐有丝丝晶光闪动，一股惊人的神识之力从中冲出，再滴溜溜一转后，在他头顶虚空处，形成一个无形的旋涡。

他两手法诀一变。

头顶的神识旋涡铺展开来，缓缓地变化，形成一个类似星云的图案，星云中也浮现出一个北斗七星图，和下方的星辰大阵遥相呼应。

韩立抬起头，通过密室上方的大洞，仰望夜幕中最闪亮的那七团熠熠星光，最终他的目光落在了第一颗天枢星上，口中吐出一句咒语。

“轰！”璀璨的天枢星似乎变亮了一下，无数星辰之力从上面涌来，仿佛一道银色的瀑布从天而降，穿过大洞，照在韩立身上，庞大的星辰之力在周围涌动。

韩立的神色变得凝重起来。

引星辰之力依赖的是神识，他此刻的神识虽堪比仙人，但也丝毫不能大意。他手中掐诀，运转功法。

周围的星辰之力顿时波动起来，凝聚到一起，化为无数晶亮光线，仿佛无数细针一般，在其神识的包裹下开始盘旋，然后如雨点般落下，没入了他体内。

韩立猛地一颤，眉头微蹙，倒吸了一口凉气。

这些光线竟然完全是实体，它们直接扎破皮肤，钻进了他的身体，仿佛万箭穿身一般。

此刻韩立身上，密密麻麻全是针眼，血液从中渗出，很快便将他的身体染红了。更要命的是，那些星辰的光线在他体内乱窜，仿佛无数小刀在绞动，令他痛入骨髓。若非他的肉身强悍无匹，恐怕早就直接叫出声了。

片刻过后，他的眉头渐渐舒展，因为他明显感觉到，那些星辰的光线正在逐渐分解，化为最为精纯的星辰之力，融入到他身体各处。

韩立心中顿时狂喜！

他深吸一口气，压下心中的欣喜和身上的痛楚，全力运功。

更多的星辰之力落下，进入他的身体，并在其功法的催动下，沿着某种行功之法运转起来。

他的肉身受创极重，先前得不到元气补充，一直没能恢复，此刻接触到如此精纯的星辰元气，立刻飞快地吞噬起来，损伤得到了恢复。

星光晶丝入体时刺出的那些小孔，瞬间便恢复如初，根本无法真正伤害他的肉身分毫。

渐渐地，万箭穿身的痛楚也被他抛在脑后，整个人完全沉浸在修炼之中。

时光流逝，转眼间就过了七天。

洞府中央，韩立依旧盘膝坐在第一颗大星图案之上，身上绽放出幽幽光华，每一丝筋肉都泛起星辰般的光芒，骨骼也浮现出点点星光。

最为奇特的是，他小腹位置绽放出一点蓝光，极为显眼。

那蓝色光点有规律地一张一缩，仿佛在呼吸一般。

周围汇聚而来的星辰之力，大半都被这个蓝色光点所吞噬。

韩立脸上已经没有了丝毫痛苦之色，有的只是平淡宁静。

突然，他周围的星辰之力一阵波动。他小腹处的蓝色光点也陡然绽放出夺目的光芒。

那蓝光忽地一闪，从中浮现出一个星辰符文，符文不停滚动，随即一闪便隐入了他体内。

韩立睁开眼睛，脸上露出欣喜的笑容。

以他那强大的肉身和神识，只是短短几日工夫，就将小北斗星元功第一层修炼圆满，成功凝聚出了第一玄窍。

不过此刻他还没有出关的想法，仍旧闭上双目，老老实实地继续盘坐着，打算巩固一下此功。

数日后，一个月朗星稀的夜晚。

密室中央，韩立眉头一挑睁开双眼，单手一扬，停止了北斗聚元阵的运转，周遭的星辰之力和点点白光顿时如潮水般退去。

他连忙站起身，走到前方不远处，俯身将一只墨绿色的细颈小瓶拾了起来，凑到眼前。

那小瓶被一层绿色光芒所笼罩，表面还浮现出几个金黄色的古怪符号，古韵味十足。

下一刻，那绿光就消失在瓶身上的那些墨绿色花纹之中，那些金色古怪符号却留了下来，微微凸出于瓶身表面。

韩立提起小瓶在眼前晃了晃，感受到里面有液体在随之晃动，他不禁微微一笑。

这些天他修炼时，都会将这个小瓶置于身前的空地上。

每当到了某个特定的时刻，小瓶表面就会泛起一层淡淡的白光。

若是凑到眼前仔细观察，便能发现，那层白光是由无数细小的白色光点所组成，犹如活物一般，争先恐后地朝着小瓶之中挤去，直至被其完全吸收。

只是这样的异象并不会持续太长时间，每晚特定的时间一过，便会立即消失。而每隔两日，小瓶表面的白光敛去后，便会泛起一层绿光，继而在瓶中多出一滴绿液。

韩立收回目光，摩挲着小瓶上的叶片状花纹，动作十分温柔，仿佛是在抚摸自己心爱之人的脸颊一般。

感受着瓶身上传来的微凸触感，他的心神也不禁摇曳起来。

恍惚之间，他仿佛一下子回到了七伤门，回到了神手谷中那片小小的药园，又变成了那个第一次用小瓶中的绿液进行试验的少年，心中有些忐忑，又有些期待。

他知道，若是没有那一次的无心插柳，让他发现了瓶中绿液能够催熟灵药的特性，他根本不可能真正地踏上修仙大道，也不可能凭借凡人之身一路扶摇直上，成为人族第一修士，人人膜拜的灵界之首韩天尊。

若说自从踏入修行之门以来，有什么事物是一直不离不弃陪伴着他的，那毫无疑问，便是眼前这个名为“掌天”的小瓶了。

即使在进入仙界之后昏迷的三百年里，他丢失了蟹道人，丢失了噬金虫，丢失了曾经的许多倚仗，却一直在潜意识里小心地保护着掌天瓶，从来没有让其离开过自己半步。

他对这掌天瓶，有一种说不清道不明的复杂情感。

突然，韩立眉头一挑，轻抚小瓶的动作停了下来，脸上露出了古怪的表情。

他疑惑地打开瓶盖，朝着瓶中望去，脸上的表情变得愈加奇怪了，似是有些惊讶，又有些喜悦。

下一刻，他将小瓶盖好，一个转身便朝密室外夺门而去。

洞府炼丹室中，韩立将掌天瓶的瓶盖打开，放在丹炉旁的空地上，然后退后了几步，扬手打出一道法诀，激活炉下法阵，使丹炉内的烈焰翻滚起来。半晌后，他深吸了一口气，伸出一根手指，冲着丹炉方向轻轻一勾。

“呼”的一声，一团赤红色的火焰当即从炉底飞出，在半空中一转后，竟化为一条纤细的火线，在其操控之下，悉数射入了一旁的掌天瓶之中。

只见掌天瓶中顿时红光一闪，碧玉般的瓶壁被映照得无比通透，一片片叶状花纹中透出点点暗红色泽，并像有生命般闪烁起来。

韩立眼睛微眯，站在原地半晌没有动弹。

片刻之后，瓶内红光忽然一敛，消失不见。掌天瓶再次恢复如常，好像什么事都没有发生一般。

韩立目光一凝，目不转睛地盯着掌天瓶，仿佛在等待着什么。

时间一点点过去，约莫一刻钟后，他再次单手一扬，从丹炉中引出一团稍大几分的丹炉之火，将其投入掌天瓶之中。

和之前的情形一样，瓶中再一次红光闪烁后，便再次沉寂。

只是这一次，红光闪烁的时间，似乎比之前要久一些。

韩立见此，脸上露出了沉吟之色。

接下来的时间里，他如法炮制，不断将炉火引入掌天瓶，并且每次间隔的时间越来越短。

如他所料，掌天瓶内红光闪烁的时间也越来越长。

不知过了多久，当韩立再次将一团丹炉之火引入掌天瓶之后，这次红光闪烁的时间足足持续了一刻钟，还没有停止。

韩立眼睛一亮。

就在此时，一声清脆的鸣叫从瓶中响起，瓶内开始泛起丝丝银光，并以肉眼可见的速度将所有红光吞噬殆尽。

下一刻，“嗖”的一声，一团刺目的银光从瓶口处射出，直冲向密室顶部。

“嘭”的一声闷响，银光撞在了室顶之上，向下坠了几分，银色光芒顿时填满整个炼丹室，映得满屋生辉。

韩立仰头望向上方银光，瞳孔蓝光闪现，脸上露出又惊又喜之色，但紧接着，眉头微微一皱。

那团银光在半空中旋转了几圈之后，随即一阵收缩变形，幻化成一只不大的银色火鸟，双翅一展，径直朝着他俯冲而来。

韩立手一抬，那只银色火鸟在距其手掌半尺处灵巧地停住，随后双翅一展，围绕着他竖起的食指盘旋飞舞起来，口中还不断发出欢快的清鸣，似是十分欢喜。

此火鸟不是凡物，正是精炎之火诞生一丝灵性后所化的精炎火鸟！

想当初，他在人界时，以乾蓝冰焰和六翼霜蚣所喷的寒气修炼出了紫罗极火，之后又将紫罗极火融入太阴真火，后来到了灵界，他又用太阴真火吞噬了大量其他火焰，最终才形成了这一缕精炎之火。

此火不仅天生能吞噬各种灵焰，而且对火属性灵兽的压制效果极为显著，是他当年纵横灵界的重要臂助之一。

韩立轻叹一声，收起了翻滚的思绪，手臂微微一抬，火鸟顿时颇为乖巧地双翼一收，落在了其掌心。

也不知是何缘故，自苏醒之后，韩立一直感应不到此火的存在，他原本以为此火已经丢失了，没想到原来此火一直沉睡在他的掌天瓶之中。

刚才在密室中，他神识中突然生出一丝与此火若有若无的感应，他这才心中一动，立即赶到炼丹室，想以炉火为引将此火鸟唤醒，没想到还真让他成功了。

他看着在自己掌中不断跳跃的银色火鸟，脸色有些阴晴不定。

此鸟如今不足三寸高，周身火力显得有些微弱，威势不到原先的十分之一。这让他心头一直压抑着的无处排解的愤怒，又增加了几分。

不用说，此鸟变成如今这般模样，和他丢失修为记忆一事绝对脱不了干系。

韩立心中暗暗立誓，不管是谁让他沦落至此，他都会一分不少地讨回来。片刻之后，他收敛心神，面色逐渐趋于平静，袖袍处青光一卷，就将那只银色火鸟收入体内，不见了踪影。

恐怕此鸟要在他体内好好培育一番，才能重新恢复元气。

约莫一炷香工夫后，韩立再次离开了洞府，来到位于灵田西北方向的一处角落。

韩立放出神识四下一扫，确认没有什么异样后，单手一抬，手腕接连挥动数下，一杆杆三角小旗依次飞出，在田地上圈出了一块不大不小的圆形区域。随后他口中低声念动咒语，单手一掐诀，那一圈三角小旗上顿时闪过淡淡的紫色光芒，形成了一层模糊的光幕，将那圆形区域笼罩起来。

做完这一切后，他才抬步跨入那片区域，光幕上的紫色光芒随之消失，彻底融入了夜色之中。此刻若有外人路过洞府附近，此人的修为若是未达到化神期，根本发现不了此处的异样，若此人是化神期以上的修士，自然会在第一时间发觉，并做出应对。

光幕之内，韩立手一挥，二十余个精美的木匣出现，悬浮在他身前。

他的手一抬，那些木匣的盖子便纷纷翻开，从中传出阵阵药香。

只见数十株根须饱满品相良好的白色灵药，从药匣之中一一飞出，朝地面坠了下去，落地生根。

这些外形与寻常人参有几分相似的灵药，正是百年份的云鹤草。

这几日，他跑了好几趟通易谷，将谷内流通的云鹤草几乎收购一空。为了不引起别人的注意，他还特意隐去了修为，改头换面一番。

韩立扫了地上的白色灵草一眼，重新从怀中拿出了那只墨绿色小瓶。

他深吸一口气，打开瓶盖轻轻地晃了晃，然后将瓶身一斜，对着下方的云鹤草倒去。

那滴绿液便顺着瓶口慢慢地滑落，洒在了灵药之上。

看着绿液缓缓地渗入云鹤草根部，韩立嘴角微微翘起，随即转身走出了光幕。

第22章

大仇得报

春去秋来，两年时间转瞬即过。

丰国西北的血芒山脉连绵数千里，此地灵气不算旺盛，荒山林立，幽雾缠绕。山脉某座巨大的暗红色山谷中，密密麻麻的建筑依山而建，不时有一些血袍修士低空飞过，还有一些人神色匆匆地在这些建筑中穿梭着。

谷内深处一座大殿内，一名豹头环眼的蓝袍中年人焦躁地来回踱步，并不时抬头朝大殿深处一扇巨大的石门望去。

石门紧闭，上面有红色荧光在不停流转。

“大哥还没有出关吗？”殿门外传来一个男子的声音，接着便看见一个满脸疤痕的壮汉从外面走了进来。

“应该快了吧。老三，事情安排得怎么样了？”蓝袍中年人有些急切地问道。

“有九个分舵的人马已经赶到，其余四个应该在路上了，在外办事的内堂弟子，也差不多都召回来了……二哥，我们是不是有些过于兴师动众了？”疤痕壮汉有些迟疑地道。

“短短十日之内，六个分舵被夷为平地，连舵主在内的所有人，均在一夜之间人间蒸发，丝毫痕迹都没留下。老三，你觉得凭你我的实力，能否做到这一点？”蓝袍中年人叹了一口气，反问道。

“怎么可能！只是如此一来，各处交易完全停摆，损失肯定惨重。我担心大哥怪你我擅作主张，震怒之下……”疤痕壮汉苦笑一声，但旋即又想到了什么，身子不禁一哆嗦。

“我何尝不知。但若是稍有耽搁，本会恐怕会元气大伤。可别忘了，那些中小势力家族，虽然平日里对我们敬畏有加，其实一个个巴不得置我血刀会于死地。到时候，连那些妖族之人，也绝不会错过此等机会的。”蓝袍中年人沉声说道。

“他们敢，谁不知道大哥的手段！想当年朗州第一家族于家，其家主胆敢对本会行事说三道四，结果其族内一千三百余人被大哥一夜之间化为枯骨。如今大哥已经突破化神中期，只要他出马，必能将那摧毁本会分舵之人碎尸万段！”疤痕壮汉目露凶光，愤然道。

“此事恐怕没那么简单。你还不知道吧，一个多月前，石堂主押运的那批影猫族女子被劫，连石堂主在内的二十多人全部失踪，至今下落不明，如今看来极有可能和最近发生之事有关。石堂主可是仅次于你我的元婴中期强者，他的元婴居然都没能逃出来，足可见来者不善了。”蓝袍中年人沉吟道。

“竟有此事！看来对方的实力怕是不弱于大哥了，说不准此番还得惊动天鬼宗那位了。”疤痕壮汉倒吸了一口凉气。

就在此时，大殿深处传来“咔”的一声，石门表面红光一敛，从两侧打开，一个白袍男子缓步走了出来。

此人看起来只有三十出头，容貌英俊，面白无须，给人一种温文儒雅之感。

“恭迎大哥出关！”蓝袍中年人和疤痕壮汉见状，连忙跪拜在地。

“二位兄弟，你们身为本会副会主，不必行如此大礼，都起来说话。”儒雅男子慢条斯理地走到二人面前，呵呵一笑道。

二人口中连连称谢，这才站了起来。

“大哥，我……”蓝袍中年人上前半步，开口道。

“冯松，你日前传信于我之事我已知晓，否则我也不会提前出关了。我的时间不多，你只需告诉我，此事如今可有什么新进展？”儒雅男子出声打断了蓝袍中年人。

“禀大哥，三日前，隋州分舵也惨遭毒手，两百余人几乎无一幸存。结合此前石堂主之事，我和老三推测，对方起码有化神期实力，且擅长使用火属性宝物或功法。”冯松擦了下额上的冷汗，道。

“就这些？几乎无一幸存，也就是说有人侥幸活下来了。冯松，你何时学会咬文嚼字了？”儒雅男子看着冯松，皮笑肉不笑地道。

“大哥恕罪。此人就在大殿外，我这就让人将他带上来。”冯松心中一紧，连忙道。

见儒雅男子没有反对，冯松急忙转身朝殿外招呼了一声，他背部的衣衫，早已被冷汗彻底浸透了。

不多时，一个身材精瘦的青年快步入殿，见到殿内三人，他连忙双膝一屈跪拜行礼：“见过会主和两位副会主！”

“不必拘礼，起来吧。你说说看，当时具体的情况。”儒雅男子温和一笑，道。

“启……启禀会主，三日前的深夜，本舵遭遇夜袭，对方容貌小的……小的没看清楚，只知道其施展了一门火焰神通，直接将整个分舵化为灰烬……无人生还，就连余舵主也没能幸免。”精瘦青年不敢起身，有些结巴地道。

“既然说无人生还，你又是如何活下来的？”儒雅男子问道。

“属下有事外出，事发时正好在分舵外的盘辻岭，这才侥幸逃过一劫。”精瘦青年心有余悸地道。

“可还有何遗漏之处？”儒雅男子眉头微蹙。

“没……没有……”精瘦青年见此，瞬间紧张起来。

儒雅男子淡淡一笑，忽地单手虚空一抓，精瘦青年身子一紧，头顶顿时现出几道黑光，毒蛇一般朝着其脑袋钻去。

精瘦青年发出一声凄厉惨叫，七窍流血，声音很快便低了下去，身子瘫软在地。

“看来他还算老实。”儒雅男子放开手，点了点头，脸上闪过一丝若有所思之色。

自从精瘦青年进来后，冯松与疤痕壮汉便一直低着头，大气也不敢喘一下。

就在此时，“轰”的一声巨响突然从外面传来，整个大殿“隆隆”晃动。

儒雅男子脸色一沉，蓦地化为一道电光，朝大殿外射去。

冯松和疤痕壮汉急忙跟上。

此刻的暗红色山谷上空，赫然被一层厚厚的红色的光幕所笼罩，在光幕上方，赫然压着三座百丈高的黑色巨山，巨山周遭黑光缭绕。血芒黑光交织闪烁，呈僵持之势。谷中，无数人影从各处建筑中飞出，足有千人，纷纷抬头望向半空，面色大变。

“轰——”又是一座巨大的黑色山峰赫然从天而降砸落下来，这一次光幕表面红光剧烈地翻滚，随后终于支撑不住轰然碎裂。

四座黑色巨峰“隆隆”落下，将下方包括大殿在内的小半个山谷笼罩在其阴影之下。

所有人顿时乱成一锅粥，朝四面八方逃去。只是山峰落势惊人，这些人哪里来得及逃出，纷纷面露绝望之色。

就在此时，一个人影出现在大殿上空，正是那白袍儒雅男子。

他二话不说单手一扬，一杆红色大幡出现在他身前，大幡迎风暴涨，从中喷出大片红色光芒，挡在了四座黑色巨峰的下方。

两者轰然相撞！红色大幡光芒大放，颤抖不已，不过还是成功将四座巨峰托住了。

“会主威武！”阴影下的血刀会众人发出一声欢呼。

不过还没等他们发出第二声欢呼，更高的天空黑影一闪，又是一座巨峰轰然砸下。

“刺啦”一声，红色光芒在五座巨峰的压迫下轰然崩溃，下方的红色大幡也随之撕裂开来，五座黑色巨峰没有任何阻挡地砸落，速度惊人!

五座巨峰几乎将整个山谷的上空全部占据，谷内昏黑一片。

儒雅男子脸色一变，没有丝毫犹豫便一闪身，在五座山峰落地前飞了出去。

“轰隆隆！”五座山峰轰然落地，浩大烟尘腾起，地面剧烈晃动，凄厉的惨叫声此起彼伏，立刻被隆隆的巨响所淹没。

山谷上方，人影闪动，儒雅男子的身影浮现，他脸色铁青地看向前方不远处。

那里飘浮着一艘青玉飞舟，上面站着一老一少，老的是个身披灰白道袍的年迈老道，少的是个容貌清丽的少女。

正是白石真人和柳乐儿。

“两位到底是什么人？”儒雅男子双目微眯，缓缓问道。

“来杀你的人！”柳乐儿声音一寒。

“云狐族人？我知道了，你就是当年逃走的那只小妖狐吧。没想到数年不见，你也有结丹期修为了。说起来，青云丘云狐一族的皮毛可是上等防御法宝的材料，当年可着实让贾某大赚了一笔。”儒雅男子笑着道。

“贾仁，我杀了你！”

柳乐儿眼圈一红，十指一阵变化，其左臂上银光一闪，飞出一团银色火球，滴溜溜一转，就化为一只巴掌大小的银色火鸟，朝着儒雅男子扑去。

贾仁在说话间，早已将神识释放出去，方圆数百里的区域瞬间被他扫了一遍，并没有发现任何修为在化神期以上的修士。

所以，他看到毫不起眼的银色火鸟后，先是微微一怔，随即露出一丝嗤笑：“两个结丹期小辈，也敢和我叫嚣，真是笑话！”

说完，他一张口，喷出一枚黑色圆环，圆环滴溜溜一转，蓦然化为一只近百丈高的黑焰怪兽。

此怪兽形似狮虎，散发出狂暴至极的气息，四足虚空一踏，迎向了银色火鸟。

两者体积差距之大，简直是天壤之别。

只见银光一闪，银色火鸟瞬间没入黑焰怪兽体内，然后从其身体的另一端洞穿而出。

黑焰怪兽身体一僵，“轰”的一声，爆裂崩溃。

贾仁瞪大眼睛，简直不敢相信自己看到的一切，不过他立刻反应过来，二话不说转身就逃，同时身上光芒闪烁，一件红光灿灿的盔甲已经上身，将他团团包裹住。

只是那银色火鸟的速度奇快，瞬间便追上了他，并直接洞穿了他的身体，红色盔甲没能抵挡分毫。

“不……”

贾仁只来得及吼出一个“不”字，身体便化为一团火球熊熊燃烧，他的一切，包括身上的法宝都化为灰烬。

银色火鸟在半空盘旋，又一张口，朝下方山谷喷出一片银色火焰。

银色火焰在下落的过程中，迅速扩大，化为一片银色火海，笼罩了整个暗红色山谷。

被五座巨峰镇压的谷内之人，一时半会儿根本不可能逃出去。

柳乐儿望着下方的熊熊火海，视线早已被泪水模糊。

“爹，娘，哥哥，姐姐，乐儿今日终于手刃仇人，灭了血刀会，给你们报仇了。”柳乐儿喃喃自语道。

“柳道友，恭喜大仇得报！”半晌后，白石真人才拱手道。

“这还得多亏白石道友这些年所做的一切，哥哥说了，他会记住的。”柳乐儿擦掉眼泪，朝白石真人敛衽而拜。

“不敢，韩前辈吩咐，在下自当尽力。”白石真人连忙道。

同一时间，灵焰山脉，出云峰。

某座偏僻洞府的密室中荧光闪烁，亮如白昼。一个硕大的人形白茧立在密室中央，表面是晶莹亮白的纤细光丝，一根接一根，一层覆一层，重重叠叠不下百层。突然，下方法阵光芒大放，特别是位于白茧下方的那个星云图案，更是发出了刺目的璀璨光芒。白茧表面的晶亮光丝，顿时如同活过来一般不停地蠕动，表面骤然冒出无数白色符文，接着就以不可思议的速度飞快地膨胀起来。一阵胀大后，白茧一下爆裂开来。

一声惊天动地的巨响后，密室中央突然多出一名闭目盘坐，上半身赤裸的青年。其身材高大，相貌普通，全身被滚滚白气所包围。

此人正是韩立。

他忽然睁开双目，眼睛里蓝光闪动，一股惊人的气息从身上爆发出来，将身上的白气冲开。其胸腹位置，有五个蓝色光点光芒夺目，里面各浮现出一个奇异的星辰符文，旋转闪烁不定。他肌肤之下的筋肉骨骼中也隐隐有华光流转，星芒闪动，仿佛隐藏着万千星辰。

片刻之后，随着那些星辰符文逐渐隐没，这些光芒也随之消失不见。

韩立睁开双眼，长出一口气，不禁有几分激动。经过两年苦修，时至今日他终于成功地凝聚出第五玄窍，修成了小北斗星元功的第五层境界。

这修炼速度比起功法所述，快了不止百倍！

而最让韩立兴奋的是，他身上的伤终于在此刻彻底痊愈，神魂也恢复到了巅峰时期的三分之一左右。他一翻手掌，手心立刻多出一截人参模样的淡蓝色灵草，往口中一送就咀嚼起来。

感受到丹田中渐渐充盈的法力，韩立嘴角不禁露出一丝苦笑。

这两年间，他靠着掌天瓶里面绿液的催熟，已经攒下了不少如眼前这般五六百年份的云鹤草，供自己修炼之用。

之所以如此，是因为这对如今的他而言，已经足够了，超过这个年份的云鹤草，用在他身上不过是浪费。

不久前，他直接催熟了一株万年份的云鹤草并服下，结果药力蕴化超出元婴期的法力后，依旧会自行消散，对于恢复修为没有丝毫助益。

韩立摇了摇头，收敛心神，闭上双目，内视了一下体内的状况，蓦然发现丹田内笼罩的浓雾明显变薄了许多。

他心中一喜，循着元婴身上发出来的金光，将神识投进去，就见那个通体金黄的小人，仍然保持着原来的姿势，一副熟睡不醒的样子。

见此情形，韩立略一沉吟，催动神念之力，使丹田蕴含的法力在激荡下，生出一根根纤细晶丝，上下飞舞着朝元婴缠绕而去。

靠近元婴时，所有晶丝骤然加速，如同一根根钢针般直刺过去。

就在这时，“轰”的一声巨响，一道弧形黑光从元婴体内射出，挡住了所有的晶丝。

韩立身躯猛地一震，一声闷哼，只觉丹田处一阵剧烈的震荡。

他神色微变，一咬牙，猛地催动炼神术。神念之力一下遍布丹田，纤细晶丝的数量骤然大增，化作一片晶莹大潮，排山倒海般狠狠地砸在了弧形黑光上。

“噗”的一声，弧形黑光闪了几闪，终于支撑不住化为一股黑烟，消散不见。晶莹大潮顿时将金色小人淹没，韩立的神念也终于侵入了元婴体内。

结果下一刻，他的脸色就变得异常难看。元婴体内纵横交错着八道闪烁着幽暗光芒的漆黑锁链！这些锁链几乎覆盖了整个元婴，有的连通了元婴四肢，有的直达元婴头部。所有锁链上面都隐隐有黑色雾气缭绕，看起来诡异至极。更令韩立惊骇的是，这些黑色锁链之上，似乎蕴含着某种不知名的法则之力。

韩立双眉微蹙，心念催动，操控神念晶线凝为一柄晶莹小斧，朝着一根黑色锁链劈去。

“铮——”小斧劈在锁链之上，猛然一震，随后便被一股奇异的力量反震得倒飞了出去，在半空中化为点点晶光，消失不见。

韩立心神微震，稍作停歇，便再次催动法诀。

大量法力在其神念的驱使下，化为一缕青烟，凝而不散地飘向黑色锁链，如同雾气附着在锁链之上，试图将其熔化。

然而，在青烟接触到锁链的瞬间，链身立即快速地抖动起来，链身上的黑色雾气骤然增多，很快就将青烟裹住并尽数吞没。

韩立见此，仍然不愿放弃，手上法诀再度变换……

与此同时，仙界某地，一片广阔无垠的沙漠中，天空阴沉灰暗，空气中弥漫着一股刺鼻的粉尘味，周围狂风怒吼，犹如万鬼哀号，扬起的层层风沙，遮蔽了整个天际。天边，数十道黄沙龙卷风连成一排，如同一面贯通天地的黄色高墙，向前翻滚推动，一路越滚越宽，声势也越来越浩大。

然而，当其滚动到距离沙漠中心大约十里处时，前面明明没有任何阻挡之物，却突然像是撞在了一座巍峨大山之上，轰然崩塌，化为扬尘，消散不见。

只见沙漠中心处，矗立着一座高逾十丈的雄伟大殿，殿身通体土黄，表面没有任何雕饰，看起来仿佛是由黄沙堆砌而成的，散发出一股苍凉的气息。

殿内空间颇大，四处分布着数十根粗大的方柱，两侧墙壁上挂着十数只火盆，发出绿油油的光芒，映得整个大殿更加幽暗阴森，殿内深处还摆放着一张漆黑的宽大椅子。

令人奇怪的是，外面狂风呼啸，这大殿之内却极其安静，几乎听不到半点风声。

“锵——”只见那张漆黑大椅上，一个身材枯瘦的中年男子正微微抬起一只干枯的手掌，引得缠绕在他手臂上的青黑锁链发出一阵金属摩擦之声。

此人脸颊深陷，面容干枯，半合着的大嘴中露出一排森然白齿，身披一件雪白大氅，身上露出的肌肤青紫发黑，看起来像一个青面獠牙的僵尸。

细看之下，其身上的白色大氅下，竟然密密麻麻地裹缠着一条条手臂粗细的青黑锁链，链条的另一端向着四面八方延伸，几乎铺满了整个大殿。

僵尸男子本来紧闭着的双眼，忽然睁开，青黑色的干枯面孔上露出一丝异样的神色。

“来人！”僵尸男子低喝一声，声音沙哑低沉，像是喉咙里挤满了沙子一般。

身前不远处地面上的铁链顿时一阵耸动，一个土黄色大包从下方缓缓地鼓了起来，一阵扭曲模糊后，竟然幻化出一名身着古旧青铜铠甲的魁梧男子。

那男子面色呈深绿色，脸上仿佛长着一层铜锈，跪拜在地，恭声叫道：“老祖。”

“最近千年来，本座门下的弟子中，可有谁动用过我亲自赐下的隔元法链？”僵尸男子直接问道。

“启禀老祖，三百年前，在仙宫供职的方磐大人遭遇强敌，曾经动用过法链灭杀对手，其余无人再用过。”铜甲男子立即答道。

僵尸男子闻言，低声自语：“原来是老七……”

他思索片刻后，又开口对铜甲男子道：“传信给方磐，就说他当年动用法链灭杀的敌人并没有殒命，现在又重新激发了法链中蕴含的法则之力。”

“是，老祖。”铜甲男子应道。

“另外，告诉他，尽快将这名敌人除掉，否则百年之后，本座将亲自动手，收回法链中的法则之力。”僵尸男子慢慢地合上眼睛，面无表情地补充道。

第23章

这不可能

洞府之中，韩立缓缓地睁开双眼，将神识从体内退了出来，脸上露出一丝疲惫之色。

他定了定神后，翻手取出一株淡蓝色的云鹤草，送入口中咀嚼起来。

片刻后，他长长地出了一口气，忽然开口道："魔光道友，可否出来一叙？"

话音刚落，他身前的影子一阵扭曲拉长后，一个身着黑袍，肌肤黝黑如墨，容貌与他有几分相似的披发男子，从中浮现。

男子看着韩立，沉默不语。

"魔光，你可曾见过能以蕴含某种法则之力的锁链封禁他人元婴的秘术？"韩立直接问道。

"难道道友元婴被封与此有关？"

经过两年的休养，魔光已经恢复了不少，但说话的时候依旧有些机械。

韩立点了点头，将体内元婴的情况大致跟对方说了一下。

"根据我的判断，道友这种情况，恐怕必须先恢复法力，才有可能依靠秘术使元婴自行挣脱束缚。但是，你的元婴如今正因为这些法则锁链的捆缚，导致你无法修炼，更谈不上恢复修为了。如此一来，就形成了一个自相矛盾的死结。"魔光沉默了片刻后，道。

"你所说的这些，我也大致推断出来了，甚至，我目前的情况比你说的还要糟糕一些。哪怕我现在自爆肉身，元婴另行夺舍，也根本无法摆脱此术。"韩立眉头一皱，道。

“道友前不久刚跑了一趟此宗的藏经阁，可有什么发现？”魔光再问道。

“典籍虽然看了不少，但几乎对我没有什么用处。”韩立无奈地叹了一口气。

“如此的话，料想以此界的秘术等阶，还不足以解开此等难题。恐怕你只有设法返回仙界，才有望找到化解此事的办法了。”魔光沉默片刻后，回道。

仙界某地，一片不知名的茂密森林。

林间云瘴雾绕，入目处尽是一棵棵高逾百丈的参天古树，有的青翠蓬勃，有的枯萎衰败，还有的通体紫红，十分奇异。

在密林深处，有一片直径约数千丈的开阔区域，没有什么高大的树木，只生长着成片的低矮灌木，与周围环境相比较，显得有些格格不入。

这片区域的正中位置，却长着一棵高耸入云的奇异古树。

此树通体青黑，直径逾百丈，树干笔直少有枝丫，更未长半片树叶，看起来光秃秃的，像根撑天的巨柱。

更为特别的是，这棵古树的树冠某处，七八根斜生出来的枝丫上，还顶着一个巨大的灰色鸟巢，远远看去就像是一顶破旧的草帽。

一只体形大到不可思议的古怪巨鸟正卧于那个鸟巢之中，低声呜咽，显得十分痛苦。

此鸟浑身上下长满如箭矢一般的翎羽，头部奇大，脖颈显得有些纤细，靠近胸膛处还挂着一个巨型囊袋，随着它的呼吸一鼓一缩。

突然，此鸟脖子骤然伸直，头高高抬起，满是警惕地朝某处望去，胸前囊袋的胀缩频率大增。

破空声乍响！

只见区域边缘处的三个方位，林木同时剧烈地抖动，接着便各有一道人影一跃而起，直奔鸟巢射来。

这三人皆着黑色劲装，跃出时机完全一致，就连动作幅度都完全相同，更令人惊诧的是，这三人的身材容貌居然也是一模一样，皆是一张俊朗非凡、眼神冷厉的青年男子脸孔。

三人飞快地缩短与巨巢的距离，在半空中留下一道残影，但接着又同时一闪身，消失不见了。

“啁啾——”

怪鸟一惊之下，胸前囊袋鼓胀，冲着东南方猛地一张口，发出一声震天鸣叫。

滚滚音波以一股狂暴无比的气势，裹挟着无数道青色风刃，向着前方的高大乔木席卷而去。

“轰隆隆——”

好似天雷滚动，数不清的风刃组成了一股洪流，风刃所过之处，低矮灌木纷纷被连根拔起，绞成碎屑，一棵棵乔木也尽数被折断。

在烟尘的裹挟下，这些碎屑都成为这股洪流的一部分，继续气势不减地涌向密林。

东南方向的虚空中，方才已经消失的两道黑色人影此刻突然从烟尘气浪中闪出，朝着地面急速落去。

同时，两人身上突然青光一闪，身影立即变得模糊不清，速度也变得时快时慢，在空中不断闪现。

铺天盖地的风刃，竟然丝毫无法触碰到他们。

巨鸟的鸣叫声不歇，不断有密集的风刃在音波的裹挟下扫向四面八方。

而那两道身影，就这么闲庭信步般穿梭在风刃之中，身影忽隐忽现，丝毫不受影响地直冲巨鸟而来。

看见两人越靠越近，巨鸟低头看了一眼身下，口中发出一声悠长的悲鸣。

巨鸟颈下的肉囊急速地鼓胀起来，片刻间就变得和其身躯一样巨大，并且还在不断变大。

一名黑衣青年见状，顿时大怒：“孽畜，竟还想自爆？做梦！”

话音刚落，之前一直隐没身形的第三名黑衣青年，毫无征兆地出现在巨鸟前方的虚空中。

他手握一柄黝黑长刀，手腕微微一抖，乌光一闪，瞬间划过巨鸟的喉咙。

“噗噗”之声大作，一股强劲的力量从破口处喷涌而出，带着大量蓝色血液如同喷泉一般喷出十数丈高。

等到蓝色血液喷涌殆尽，青色巨鸟颈下的肉囊也随之收缩如初，巨鸟头部歪斜着瘫倒在鸟巢中，血液染满了羽毛。

在其身下，赫然有一颗沾有蓝色血丝的白色巨蛋，斜倚着巨鸟腹部。

三名黑衣青年面无表情地从巨鸟头上跳了下来，分别走到巨鸟的两翼之下和尾部，在厚厚的羽毛中翻找了一阵后，各自拔下一根流光闪烁的羽毛。

就在这时，其中一人腰间忽然亮起一团黄光，并伴有一阵急促的“嗡嗡”声。

另外两人见状，立即一闪身，来到那黑衣青年身边，三人身影一阵模糊，竟然彼此相容合为了一体。

紧接着，黑衣青年从腰间取出了一块圆形的传信阵盘，用神识一扫，顿时脸色一变，眉头紧蹙着惊呼道：“这不可能！”

说完，其眼中闪过一抹阴狠之色，挥手将那颗巨蛋收起，纵身一跃，就化为一道狂风呼啸远去了。

密室中，韩立看着渐渐隐没于自己影子中的魔光，心中苦笑一声，不再多想元婴封印之事。他抬起头，透过上方的大洞，望向繁星密布的夜空。半晌，他起身走到北斗聚元阵的第六颗星开阳星的位置，再次双膝盘坐，两手掐诀，接连打出数道法诀，将整座法阵激活。略微调息后，韩立缓缓闭上了双目，身躯一动不动。

半个时辰后，当他开始催动小北斗星元功第六层的口诀时，却出现了意外。

不知是何缘故，这一次从星空牵引而来的星辰之力竟然是之前的数倍，并在几次呼吸的工夫内便形成了六根粗大无比的星光巨柱。远远望去，在洞府上方，仿佛有六道从夜空垂落而下的模糊光柱，澎湃的星辰之力波动从中扩散开来，气势非凡。韩立见状，心中一惊。

此前修炼前五层时，虽然也引发了一些异象，但远远没有现在这般壮观，他就没有多想，毕竟在灵寰界，也有不少需要借助星辰修炼的功法，在修炼过程中引起一些天地异象实属正常。但眼前这般惊人天象，想不引人注意，怕是很难了。

他摇了摇头，也没有太在意，继续静下心来修炼。

某处洞府上空，一个粗犷大汉立于虚空，遥遥望着六道从天而降的巨大光柱，露出了凝重的表情。下一刻，大汉身上黑光流转，整个人蓦地化为一道模糊黑影飞射而出，很快便悄无声息地落在了韩立洞府附近。

越是靠近，大汉越能感觉到那光柱中蕴含的排山倒海的星辰之力，仿佛一道道波涛，朝着周围扩散开来。

他略微犹豫，便打算冒险施法探察一二。

“骆均，等一下。”一个声音在骆均耳边毫无征兆地响起。

他只觉眼前一花，一个儒衫男子出现在他面前。此人正是出云峰的峰主，南宫长山。

“峰主。”骆均微微一怔，缓缓地现身，准备将自己的发现说出来。

岂料南宫长山一摆手，打断对方道：“什么都不用说，跟我来。”

随后他也不等骆均回复，身上白色灵光大放，整个人化为一道白光朝着峰顶方向飞射而去。

骆均张了张嘴，似乎想说些什么，但见南宫长山已经飞走，他也只能化为一道黑光跟了上去。

片刻后，峰顶大殿内。

骆均落地后，见南宫长山正双手背在身后朝大殿深处走去，便迫不及待地上前几步，冲其背影道："峰主，从此番韩立引起的异象来看，他修炼的绝非寻常功法。此人来历有些可疑，若不探察清楚，万一宗内追究起来，我们该如何交代？"

"是太上大长老传音，让我们不要去管此事。"南宫峰主脚步不停，口中如此道。

"太上大长老！他为何……"骆均一怔，面露震惊之色，随即又有些疑惑地问道。

"太上大长老这么做自有他的道理，我们奉命行事就是。"南宫峰主突然停住了脚步，转过身来道。

"既然是太上大长老的命令，我明白了。"骆均闻言，点了点头。

"还有，你传令下去，宗内任何人不得靠近韩立的洞府，更不可前去打扰！"南宫峰主随即又吩咐道。

"是！"骆均接令后，立马朝着大殿外走去。

"韩立……你究竟是什么人，竟然能让常年闭关不问宗内之事的太上大长老如此关注……"南宫峰主喃喃自语了一句，陷入沉思中。

韩立洞府上方引起的天地异象并没有持续太久，约莫一个时辰后，六道星光巨柱便消失不见了。

造成了如此大的动静，自始至终，整个宗门却没有一人前来，就好像所有人都没有发现一般。

洞府内，韩立依旧双膝盘坐，他的眼睛已然睁开，但半晌没有动，面色有些沉重。

第六层小北斗星元功，远比他想象中艰难得多，比第五层晦涩了很多自是不用说，最重要的是，对星辰之力的需求也陡增了数倍。

以韩立如今的神识之力，其实本足以应付。

不过，动用大量的神识之力，意味着对法力的消耗也就会越大，之前的修炼他还可以通过服用云鹤草来勉强支撑，可如今，即便是一刻不停地用掌天瓶中的绿液催熟灵草，仍然无法保障他连续不停地进行修炼了。

按照这样的进度，他想要修成这第六层，起码需要十年的时间。

一念及此，韩立不由得皱起了眉头。

他得尽快返回仙界，十年太久，他等不了。

其实话说回来，若能在十年之内修成第六层的小北斗星元功，这个速度也算是骇人听闻了，若是让那位远在仙界的冷焰老祖得知，怕是要震惊得下巴都掉了。

韩立摸了摸下巴，突然想到了什么。随即他闭上眼睛，在脑海中回想先前查到的典籍资料。

片刻之后，他眉梢一挑睁开眼睛，嘴角露出一丝淡淡的笑容。

冷焰宗不愧是灵寰界三大宗之一，韩立从内阁藏经阁得到的典籍资料中，还真找到了两个办法。

其中一个办法，便跟一直和冷焰宗齐名的另一大宗境元观有关。

境元观的诸多传承中，有不少借助星辰之力修炼的功法，据说其创派祖师便精通星辰功法。在境元观内，有一座耗尽无数珍稀材料建成的“聚星台”，上面就刻了一套上古时期的星辰大阵。此阵是境元观的那位仙人祖师亲自布下的，远不是韩立自行揣摩布下的北斗聚元阵能够相比。

据说在这个大阵的辅助下，修炼者可以轻易牵引下远超平常四五倍的星辰之力，聚星台因此闻名整个灵寰界。不过，境元观对这宝台极为重视，即便是在本门内，也只有最核心的弟子和长老才能使用，外人连见都不可能见到。

至于另一个办法，是某块玉简上记载了一件特殊的法宝的炼制之法，此法宝名叫“星月宝镜”。

星月宝镜并不是什么厉害的攻击性法宝，而是一件辅助性法宝，只需用极少的法力催动，此宝镜便能引来大量的星辰之力。

星月宝镜的炼制之法还是数万年前，冷焰宗一名合体期长老偶然从一处秘境所得。因为宗内并没有多少有关星辰的功法，而且炼制此宝镜需要耗费极多的珍贵材料，数量几乎是炼制寻常法宝的十倍，所以这块玉简虽然珍贵，但时至今日一直无人问津。

更麻烦的是，炼制星月宝镜所需的主灵材是一种名叫“阴辰石”的特殊材料，这种矿石极为罕见，是天鬼宗视若根本的东西。据说修炼天鬼宗的镇宗功法“天鬼大法”的最后几层时，必须消耗大量的阴辰石。至于灵寰界已知的为数不多的几条阴辰石矿脉，都掌握在天鬼宗手中。

所以，不管韩立选哪种方法，聚星台还是星月宝镜，都绝非易事。

不过，韩立只是略一思量，便立刻站起身，离开了洞府。

第24章

试探

此刻仍是深夜，万籁俱寂。

韩立出了洞府后，认准某个方向破空而去。

结果，他刚飞出去没多久，就觉得一股压力迎面而来，一只白色巨掌无声无息地出现，朝他拍来。

“哧哧”声大作，无数白色火莲仿佛天女散花一般落下，白色火莲滴溜溜一转，无数莲瓣射出，一下就笼罩了方圆百余丈，韩立根本无处躲避。

在一股寒冷气息的席卷下，温度骤然下降，附近山头的地面上甚至浮现出了一层霜。

韩立微微一怔，抬手一拳轰出，一股无形的巨力狂涌而出。

“砰砰砰——”

随着一连串乱响，所有的白色火莲竟如同泡沫般纷纷破碎，化为漫天晶芒消散开来。

白色巨掌也被这股巨力压迫得灵光狂闪，巨掌主人慌乱地一缩，隐入虚空之中消失不见。

下一刻，不远处的虚空一阵波动，一个通体被白光笼罩，看不清面容的人影浮现出来，那人影手中握着一柄通体呈蓝色的玉尺，玉尺表面刻着一圈圈螺纹般的花纹。

那人影一出现，就将手中的蓝色玉尺往高空一抛。

蓝色玉尺滴溜溜一转，迎风暴涨至百余丈长，玉尺表面的花纹纷纷亮起，绽放出耀眼的蓝色光芒。

只见白色人影单手一扬，蓝色巨尺便夹带着风雷之声朝韩立所在之处斩去。

韩立目光一闪，手掌探出，在空中一抓，一股巨力如排山倒海般涌向蓝色巨尺，使其灵光狂闪，不再下落，而是在空中转动起来。

就在此时，蓝色巨尺表面的花纹大亮，光芒中隐约浮现出一个牛头龙身的怪兽虚影，发出一声牛吼般的怪叫。

蓝色巨尺一阵震颤，就要再次压下。

韩立双眼微眯，催动小北斗星元功，只见他胸腹处亮起五点蓝光，隐约浮现出一个北斗七星图案，不过只有五颗大星光芒夺目，另外两颗大星还是暗淡无光。

他探出的五指，骤然一合，引得附近虚空猛地一阵扭曲！

蓝色巨尺表面的怪兽虚影发出一声哀鸣，随后“砰”的一声消散了。

“韩道友，在下司马镜明，还请手下留情！”白色人影见状，连忙开口求饶。

话音刚落，只见那白色人影身上的白光一敛，露出一个满头白发的紫袍男子。

韩立目光一闪，松了松握紧的拳头。

司马镜明手中闪电般掐诀，蓝色巨尺急剧缩小，落回他手中。他这才松了一口气。

方才他透过手中这件灵宝，已经清晰地感受到对方那一抓之力有多么恐怖，若是自己再迟疑片刻，恐怕此法宝不被毁也要受损严重了。

虽然刚才那一击，他并没有使出全力，但看对方那轻松的样子，显然也是手下留情了。

“司马道友这是什么意思？”韩立双手背在身后，面无表情地问道。

“韩道友不要误会，在下并无冒犯之意，只是想试一下道友真正的实力。毕竟你和老祖之间的约定，对本宗来说是极为重要的事情，我总得看看本宗百万年来的积累，究竟能换来什么吧。”司马镜明收起玉尺，笑着道。

“不知道友现在觉得如何？”韩立眉梢一挑，露出似笑非笑的神色。

“韩兄实力之强远超在下的预料，且能在如此短的时间内，将小北斗星元功修炼到如此境界，着实令在下大开眼界。本宗以前也有人修炼过此功法，都只是初窥门径而已。”司马镜明轻叹一声，由衷地赞道。

“司马道友过奖了。”韩立微微一笑。

停顿了一下后，韩立继续道：“关于贵宗藏经阁遗失的典籍，等韩某此趟办完事，可以将其全部刻印出来。”

“韩道友客气了，缺失的典籍本宗另有副本。只是阁下答应老祖之事，还望莫要忘记。”司马镜明说完，冲着韩立拱了拱手。

“韩某答应之事，自然不会反悔。”韩立坦然道。

“好，有韩道友这一句话，在下就放心了。韩兄看来还有事要办，在下就不打扰了。”司马镜明识趣地朝韩立抱拳告别。

韩立没有多说什么，身上青色灵光一裹便朝远处飞去，眨眼间，就消失得无影无踪了。

仙界，北寒仙域。一座高逾千丈的青翠山峰高耸在浓重的雾气中，峰顶矗立着一座金碧辉煌的金色大殿，在朝阳下熠熠生辉。

此时，大殿内一名身着紫金色道袍，头戴莲花宝冠的长须老者，坐在一张紫檀椅上，手捧一只翡翠茶杯，慢慢地啜了一口茶后，才抬起头望向身前站着的人。

那人二三十岁的样子，身着黑色劲装，冲着老者恭敬地施礼，道：“通虚仙长，晚辈方磐，今日冒昧来访，是希望仙长以天机秘术帮我寻找一人。”

“你是谁老夫没有兴趣知道，只是这通虚阁的规矩，你应该清楚吧？”老者将茶杯往旁边的茶几上轻轻一放，说道。

“晚辈的谢礼包括一株万年虚海紫阳花，两颗上品金瞳龙眼石，外加一瓶泊阳回阴水，不知仙长可还满意？”黑衣青年立即上前半步，答道。

说完，黑衣青年身前浮现出两个精致的紫匣和一只白色玉瓶，匣盖瓶塞皆自行打开，露出里面所藏之物。

老者一眼扫过，微微颔首道：“你还算有些诚意。说吧，你要搜寻的是什么人？”

“此人是我以前遇到过的一名劲敌，原以为他三百年前已经丧命于我手中，近日才知他还活着，只是不知他如今身在何处，还望仙长帮我找出来。”黑衣青年眉头紧皱，开口道。

“你手上可有与他血脉相关之物，或是毛发鳞甲之类的东西？”老者追问道。

黑衣青年犹豫了片刻，手腕一翻，取出一只白色瓷瓶，递了过去，道：“此人的血脉有些特殊，我当年与之交战时，设法取了他的一滴血，仙长看是否合用？”

老者接过白色瓷瓶，晃了晃，只觉得分量颇重，再打开瓶盖，略微一嗅，顿时神色大变。

“奇哉，怪哉，此人究竟是什么人？血脉之中竟然含有这么多种真灵之力？”通虚仙长惊讶道。

“这……不瞒仙长，此人是从下界飞升之人，身怀多种异术神通，实力确实很强，晚辈当年也是侥幸才将其击败。”黑衣青年略一迟疑，道。

“从下界飞升之人……罢了，你随我来吧。”

通虚仙长沉吟片刻，站起身来，朝大殿后堂走去。

黑衣青年跟着通虚仙长绕过殿内一扇精美的金漆屏风，穿过后堂，来到了一间密室中。

密室十分宽敞，地面上刻着三重环状密纹，应该是某种极其复杂的法阵图纹，室内没有任何桌椅物件，只在正中央摆了一口青铜大瓮。

那大瓮高约三尺，上面同样刻满古朴奇异的纹路，看起来与地面的纹路衔接紧密，浑然一体。

黑衣青年跟着通虚仙长走到那口大瓮前，低头望去，只见瓮内盛满黑色液体，液体表面模糊地倒映出两人的影子。

老者打开手中的白色瓷瓶，手腕一翻，将里面的那滴血倒了出来。

“叮咚——”一滴淡金色的血液从瓶中滑落，掉入瓮中，发出一声轻响，溅起一圈圈涟漪，向周围荡漾开去。紧接着，方磐就看到瓮中原本漆黑如墨的液体，立即随着那圈圈涟漪，一点点向四周退去，眨眼间，瓮内就变得清澈无比。透过液体表面可以看到，瓮底也刻着一圈圈环形图纹。

通虚仙长见状，口唇翕动，立即默念起晦涩难明的法咒。

“开！”半晌后，只听通虚仙长口中一声厉喝，五指并拢朝着自己眉心一戳，继而又点向青铜大瓮。

“嗡——”青铜大瓮在其五指点上瓮沿时，猛地一震，瓮身刻的纹路顿时发出一阵强烈的青色光芒。

而后，那光芒顺着符文蔓延而下，很快就将整个地面的法阵都点亮了。

方磐还没有反应过来，就已经被笼罩在了一片青光之中。

他突然发现，自己正站在一片宽广的水域之上，四下望去，只看见周围环绕着一圈青色山脉。

“这里是……瓮中！”看了片刻后，黑衣青年才恍然大悟，喃喃自语道。

“不要左顾右盼，你只有五息时间！”这时，通虚仙长的声音突然从上方传来，如闷雷滚滚，惊得方磐心中一悸。

他连忙收敛心神，四顾望去，满目所见除了绵延不尽的山水之外，什么都没有。

但紧接着，他心有所感般猛地一低头，就见脚下水面中，隐隐有一道淡金色的血线正向水面下方蔓延而去。

方磐凝神望去，发现水面之下，有一道模糊的青色身影，忽远忽近，似实似虚，他努力想要看清楚，却根本无法做到。

正当他想低下身子，一头扎入水中去探个究竟时，脚下那道血线却突然在一阵模糊之后消失不见了。

方磐微微一怔，来不及多想，周围的景物便是一阵天旋地转，扭曲起来。

等他回过神来，发现自己站在青铜大瓮旁，弓着身子，双手扶着瓮沿。

他低头望去，只见瓮内的液体依旧漆黑如墨，方才发生的一切，犹如做梦一般。

“说吧，你看到了什么？”长须老者的声音传来。

“晚辈惭愧，好像未能看清什么……只觉得那人的身影忽远忽近，有些模糊，看不分明。”黑衣青年摇了摇头，将自己所观察到的情况，如实说了出来。

“所谓当局者迷。天机瓮内之所以呈现出这样的情形，多半是因为血的主人如今并不在北寒仙域之中，而是处在仙域的某个秘境之中，抑或是……处在仙域直属的某个下位小界面之中。”通虚仙长略一思量后，如此道。

“仙长能否进一步确认，那人究竟在哪一处秘境，或是在哪个下位界面之中？”方磐闻言，忍不住追问。

“荒唐！你以为这渺渺仙界与那些蕞尔小界一般，没有任何标记，单凭区区一滴血，就能轻而易举地找到他人？”通虚仙长冷哼一声，有些不悦地道。

方磐见此，连忙拱手道：“是晚辈唐突了，还请仙长不要怪罪。”

片刻后，青翠山峰外。

方磐倒背双手站在半空中，目光阴冷，神色阴晴不定。

“哼！哪怕你跑到天涯海角，我也要将你碎尸万段！”

说着，他伸手在腰间一抹，取出一块传信阵盘，嘴唇翕动低吟了几声秘咒，又单手冲自己的眉心一点，向外猛地一拉，一层光幕便浮现在他手掌上。

光幕上映着一个体形高大的青年，身着青袍，面容普通。

随着方磐手掌一挥，那层光幕也随之一阵模糊缩小后飞入了传信盘中，消失不见。

数日后。

丰国西北一处深山峡谷，谷内充斥着浓浓的山雾，翻滚不已。

隆隆的爆裂声和法器撞击之声不时从浓雾中传出。

突然，随着“轰”的一声惊雷般巨响，雾气猛地炸裂开来，接着一道绿色遁光从里面飞射而出。遁光中是一个绿衫少女，少女身边飘浮着三块灵光四射的青色玉牌，脚下踏着一只碧绿玉梭。

绿衫少女明媚皓齿，容貌清丽，正是柳乐儿。

她还没有飞出多远，浓雾又是一阵剧烈地翻滚，五道遁光从里面飞射而出，尾随急追而来。这几道遁光气势不俗，赫然都是元婴期修士。

柳乐儿虽然全力催动足下飞梭，但她的速度比起身后几人的速度仍然慢了几分。不过一炷香的工夫，双方之间的距离就只有不到三十丈了！

“你们究竟是什么人，为何对我这般穷追不舍？”柳乐儿催动手中法诀，遁光随之停下，她朝后方娇喝一声。

当先一道乌黑遁光一顿，现出一名虬髯大汉的身影，大汉瞅了一眼少女足下的飞梭，毫不掩饰眼中的贪婪之色，嘿嘿一笑道：“不该问的别问，识相的就乖乖束手就擒，还能免受皮肉之苦。”

其他四道遁光也一分为二，从左右两侧包抄上来，将柳乐儿围在中央。

遁光敛去，现出四个人影，分别是一个红脸老者，一名紫袍少妇，还有两个黑衣青年，这两个青年的外貌竟然一模一样，似乎是一对双胞胎。

“这么多人以大欺小，莫非觉得我冷焰宗弟子好欺负不成？”柳乐儿冷冷地扫了几人一眼，如此道。

“一名小小的结丹期修士，口气倒真是不小。先来尝尝老夫的厉害！”红脸老者低喝一声，袖袍猛地一抖。

赤光一闪，一枚赤色圆环脱手射出，化为重重赤影朝柳乐儿滚滚而去。

除虬髯大汉外，其余三人也各自取出一件宝物，催动法诀，化为三道颜色各异的法术攻击，从另三个方向朝柳乐儿夹击而去。

柳乐儿俏脸微凝，早有准备的她，两手轻挥，口中念念有词，簇拥身周的三块青色玉牌陡然变大数倍，幻化出层层牌影，将她笼罩在中间。

“轰隆隆”一声，四个刺目的光团爆裂！

青色牌影光芒狂闪，发出密集的破碎声，其表面的灵光瞬间暗淡了大半，不过也勉强抵挡住了四人的攻击。

这一幕让包括虬髯大汉在内的五人俱是一惊。

“此地不宜久留，必须速战速决，注意不要伤此女性命。”

虬髯大汉沉声吩咐一声后，单手一扬，手中之物飞出，滴溜溜一转，化为一块十余丈大小的黑色巨砖，也加入了群攻。

五名元婴期修士联手，攻势更猛，青色牌影表面的灵光迅速暗淡。

就在牌影消失的前一刻，柳乐儿不慌不忙地单手一扬，祭出一件灵光萦绕的白绫法宝，品阶似乎并不亚于此前的青色玉牌。

白绫在柳乐儿头顶只是轻轻一绕，灵光闪动下，层层白光浮现，一圈圈白色的波纹荡漾开来，将她的身影再次笼罩其中，变得若隐若现。

虬髯大汉五人心中是又惊又怒，显然没料到一名结丹期修士的身上，竟然有如此多的高阶法宝。

不过几人显然不是第一次联手，十分默契地同时加大了往各自法宝注入的法力强度！

轰鸣声四起！

白色光芒顿时剧烈地颤抖起来，不过一时半会还没有破碎的迹象。

柳乐儿身处白光的笼罩之中，急忙服下一颗丹药后，两手飞快地掐诀，小脸紧绷，心中更是紧张至极。

这还是她第一次独自面对数名修为远高于自己的敌人，毕竟她之所以能够手刃化神期修为的贾仁，靠的是韩立用特殊手段封印于她体内的精炎火鸟，若非提前服下了一颗可以暂时提升法力的萃灵丹来激发此鸟的威能，她根本不可能将贾仁一击杀死。

她之所以可以支撑到现在，也是全靠韩立在临走前送给她的这些法宝和灵丹，即便如此，她的处境也变得越来越不妙。

“不，我不能出事！我答应过哥哥要保护好自己的！”

柳乐儿贝齿紧咬，目光微微闪动，只见她抬起左臂，手中掐诀，一个银色法阵骤然在她手臂上亮起。

随着一声清鸣，一只比之前那只小几号的银色火鸟从中飞出，双翅一展，立马飞出白光，朝一侧飞去。

“噗噗”两声几乎同时响起！

“啊，这……这是什么？！”

“不……”

在两名黑袍青年惊恐的惨叫声中，银色火焰瞬间将两人吞没。

这一幕发生得太突然，以至于虬髯大汉等三人根本还没有反应过来，两名黑袍青年便在他们眼皮底下化为一团烟雾，连元婴都来不及逃出，就彻底从世间消失了。

就这么片刻的工夫，红脸老者也被银焰吞没，他的护体灵光毫无作用，他甚至连惨叫声都来不及发出。

终于反应过来的虬髯大汉与紫袍少妇，早已心惊胆寒，二话不说转身就逃。

其中虬髯大汉的修为比紫袍少妇的高上几分，他的速度自然也要快上些许。

银色火鸟却根本不给这两人逃跑的机会，闪电般的一蹿，化为一道模糊银光疾追而去，眨眼间便跨越了数百丈的距离，从紫袍少妇背后洞穿而过，令其化为一团火球直坠而下。

“师父，救……”

没过多久，随着一声戛然而止的凄厉惨叫，虬髯大汉也淹没于银焰之中，没了声息。

银光在远处一个盘旋后射回，一闪飞入少女手臂，不见了踪影。

柳乐儿心中一松，但她的脸色早已苍白如纸，甚至有些站立不稳。

她连忙取出一颗灵丹服下，脸上才恢复了几分血色。

就在此刻，异变突生!

柳乐儿头顶虚空一阵波动，接着一只乌黑魔爪出现，猛地抓下。

魔爪尚未真的落下，下方虚空就已经泛起阵阵无形的波动，一股灵压直接朝着柳乐儿压来。

“刺啦！”柳乐儿护体的白色光芒本来就有些不稳，在这股灵压的作用下，终于彻底崩溃!

柳乐儿大惊失色，急忙催动灵力，想施展遁术逃走。但下一刻，她只觉浑身一紧，不要说掐诀了，就是连一根手指都无法动弹，只能眼睁睁地看着从魔爪掌心射出一缕缕黑光，凝成一张黑色大网，将她捆住。随后，乌黑魔爪一闪，隐没在虚空中。同时，不远处的半空中，一个黑袍老者无声无息地出现，鹤发黑须，身材干瘦。

第25章

要挟

“真没想到，你这小妖狐竟然身怀此等天地异火。哦……我明白了，是姓韩的那小子给你的吧，难怪如此难缠。不过这倒是一个意外之喜，看来老夫的机缘要到了！哈哈……”黑袍老者死死盯着柳乐儿左臂上的银色封印，拊掌大笑起来。

柳乐儿此刻被黑网捆住，如同一只粽子一般根本无法动弹分毫，听到老者所言，她突然想到了什么，蓦然失声大叫：“你是天鬼宗的齐煊！”

“不错，老夫正是齐煊。既然你知道我是谁，那你也应该清楚老夫的来意了吧！”齐煊笑容一收，脸上隐现狰狞之色。

“想用我引哥哥过来，你休想！”

柳乐儿怒斥一声，煞白的脸上闪过一丝决然之色。

下一刻，她双瞳之中陡然亮起幽绿光芒，眉心处浮现点点晶莹绿光，剧烈地闪烁起来。

老者见状，单手一指，一道黑光脱手射出，瞬间没入柳乐儿眉心处。

柳乐儿眉心的绿光一闪即灭，未等她有其他念头，就两眼一黑昏过去了。

“哼！现在还不是杀你的时候，等我抓到了那个韩立，自会在侄孙灵位前，用地鬼之火将你们一起炼成灰，让你们永不超生！”

说完，齐煊的目光再次落在了柳乐儿左臂之上，略微沉吟后，他翻手取出一只火红色的圆瓶，上面刻满了各种不知名的符文。

他将手中圆瓶一抛，圆瓶立刻悬在他身前，接着他念起咒语，同时十指掐诀，似乎在催动什么秘术。

半晌后，他口中一声低喝，单手冲圆瓶一指。

“噗——”

瓶上的所有符文顿时亮起，一道红光从中射出。数十根火红晶丝从红光中飞出，一闪即逝没入柳乐儿左臂的银色封印，然后往外一拉。

“嗡嗡嗡！”

柳乐儿左臂上的银色封印顿时光芒大放，在晶丝的拉扯下，浮现出点点银色火焰。

齐煊心中一喜，双手飞快地掐诀。

瓶口射出的红光顿时增多，更多的晶丝从中浮现，并全部没入那银色封印之中。

柳乐儿身体微微一颤，左臂也抽搐了一下。

封印中被拉出的银色火焰越来越多，隐约组成了半只银色火鸟的模样，但气息十分微弱，一副昏昏欲睡的样子。

就在此时，银色封印的底部突然泛起青光，隐隐透出一股力量，想将此火鸟往回扯。

齐煊见此，露出轻蔑的笑容，一张口，喷出一口血，融入圆瓶中。

瓶身随即红光大放，所有的晶丝交织缠绕，顷刻间凝聚成两条晶莹的锁链，“咔”的一声，锁住了银色火鸟的脖子。

此鸟体表银光一闪，竟然就此苏醒了过来。

火鸟似乎是注意到了自己脖子上的锁链，随即发出一声愤怒的鸣叫，双翅一展，体表银焰大盛，口中喷出一道银色火柱。

晶莹锁链一接触到银焰，瞬间化为乌有，火柱速度不减直接穿透圆瓶，继续朝齐煊射去。

因为事发突然，再加上火柱的速度快得惊人，眨眼间就到了齐煊身前。

齐煊心中大惊，来不及多想就挥手祭出一面碧绿色小盾一挡，同时身体带着一连串的残影倒飞出去，出现在了数十丈之外，但他的左臂，因为接触到了些许银色火苗，赫然化为灰烬。

若非这火苗后力不足，恐怕他不死也得重伤了。

他深吸了一口气，翻手取出一颗血红丹药服下，下一刻，断臂处的肌肉疯狂地蠕动，以肉眼可见的速度长出新肉。

几次呼吸过后，他的左臂便重新长了出来。

齐煊这才心有余悸地朝柳乐儿方向望去。

圆瓶和碧绿小盾早已被银焰吞噬得干干净净，而银色火鸟在这一击过后，就重新没入柳乐儿左臂之中，不见了踪影。

虽然齐煊在猝不及防之下吃了一个暗亏，但越是如此，他望向封印的目光就变得越发火热。

一片苍翠的山脉中，雾霭蒸腾，灵气弥漫，到处分布着一座座精雕细琢的楼阁宫宇。

某处偏远山谷的上空，七八道人影从远处掠至，落在谷口处。

这些人中，为首的是一名十六七岁的少年，穿一身雪白衣衫，俊朗的脸上傲气十足。

他一落地，就冲其他人道："立刻进谷，这次说什么也不能让它跑了。"

"是！"

众人齐声应和，立即冲入了山谷之中。

一名身着灰袍的白发老妪却没有像其他人一般乖乖地听令，而是手拄着一根造型奇异的紫色拐杖，走到了少年身边。

"孙婆婆，你也一起去吧，这紫云貂实在狡猾得很，没有你出手的话，他们几个恐怕难以成事。"少年看了一眼身旁的老妪，如此道。

"少主，老妇奉观主之命护你周全，万不能擅离职守。"白发老妪摇了摇头。

“你只是先我一步进谷，去捉拿那紫云貂而已，怎能算擅离职守？”少年眉头微蹙。

“观主命我一步不离少主身边，要是您出半点差池，老妇万死难辞其咎。”老妪仍然不愿遵令。

少年脸上露出一丝不悦，道：“这片葫芦谷地处我境元观境内，离我们宗门亦是弹指之间即至，哪个大胆狂徒敢来此造次，岂不是嫌命太长吗？”

“话虽如此，可……”

老妪的话还没说完，就被少年不耐烦地打断：“你不必多言了，若再耽误下去，放跑了这紫云貂，我才要上告老祖，拿你是问。”

老妪面色变得有些难看，但仍然迟疑着没有动身。

“还不快去！”

少年见状，顿时勃然大怒。

白发老妪只得暗自一咬牙，手中紫杖重重地点地，化作一道长虹，飞入山谷之中。

少年望向老妪的背影，仍然有些气闷，重重地一拂袖，抬步朝谷内走去。

结果刚走出两步，他就觉得身后似乎有异，下意识地回头看，只看见两道摄人心神的深邃蓝光在晃动，下一刻他的神识就变得模糊起来。

在其身后的虚空之中，一身青袍的韩立缓缓地现身，瞳孔中蓝光闪动，手指间夹着一张紫色符箓。

只见他从容不迫地收起那张紫色的太一化清符，嘴角勾起一抹笑意，走到少年面前。

此时的少年双眼无神，神情呆滞，站在原地一动不动。

“境元观的聚星台在什么地方？”韩立直接问道。

“在九宫峰……峰顶上。”少年答道。

“哦，为何不在主峰敬天峰之上？”韩立闻言，有些疑惑地问道。

“九宫峰海拔最高，山顶视野最为开阔，更有利于接引星辰之力，故而祖上才将法阵设于此山之上。”少年毫不迟疑地答道。

“聚星台由何人驻守，那人修为如何？”韩立点点头，继续问道。

“观内安排……”少年面无表情，嘴巴不断开合，将九宫峰上的情况如同倒豆子一般悉数讲了一遍。

九宫峰作为仅次于敬天峰的宗门大峰，自然也是境元观的重地，平日里便有大量宗门长老和弟子在此地修炼。

聚星台所处的峰顶，却是门中一大禁地，除了部分内门长老和弟子之外，其他人等皆不可进入。

据少年所述，那聚星台外有强大的禁制封印，内有人数不详的长老驻守，唯一可以确认的是，至少有一名合体期长老坐镇。

韩立沉吟半晌，并指在少年眉心轻轻地一点，随后便如烟似雾般消失在原地。

白衣少年的眼神这才恢复清澈，他犹记得身后有异，忙回头望了望，却见身后空空如也，并无一人。

他有些疑惑地摇了摇头，转身继续朝山谷内走去。

另一边，韩立从一棵古树后踏出，脚步一抬，正欲飞身而起。

就在这时，他腰间忽然有一道光芒亮起，一张黄色符箓未受召唤，竟然自己飞了出来，停在半空。

韩立一见此符，眉头微微一蹙。

“呼”的一声响。

一团火光在半空中腾起，符箓突然自燃。

火苗升腾，一片模糊的虚影出现在火焰中，并渐渐变得清晰。

虚影中，有一个绿衫少女瘫倒在一张石桌上，少女清丽的脸庞上没有一丝血色，双眸紧闭，显然已经昏死了过去。而其纤纤皓腕，正被一只枯瘦的大手死死地扣住。

那只手的主人，穿一身黑袍，鹤发黑须，身材干瘦，正一脸阴鸷地看向韩立。

“你是齐煊吧？”韩立看了老者一眼，再瞅了瞅对方身上的衣袍，双目一眯，蓦然问道。

“哼！韩小贼，你两年前杀我侄孙浩儿，又阴险算计我挚友陆崖，之后一直龟缩在冷焰宗内，可真让老夫好找啊！今日这小狐妖落到我手中，你救还是不救？”老者面上煞气一闪，阴险地笑着道。

“阁下想怎么样？”韩立神色不变地问道。

“限你一个月内，来我天鬼宗酆阴山脉幽鬼峰。记住，只许你一人前来，到时候若没有看到你，就别怪老夫辣手无情了。”齐煊的声音骤然一寒，道。

说完，他扣在柳乐儿手腕上的力道又加重了几分，昏迷中的少女疼得眉头紧蹙，脸色愈加苍白。

韩立见此，脸色阴沉，沉默不语。

伴随着一阵狞笑，韩立眼前的火光在一阵扭曲后消失不见，只余下一团灰烬，被山风一吹，消失得无影无踪。

半个月后，酆阴山脉。

一座山势陡峭的山峰上空，笼罩着一层铅黑色的阴云，以至于现在还是晌午时分，却没有多少阳光洒下，整个天空呈现一副山雨欲来的阴沉模样。

山峰之上林木遍布，却不是寻常所见的青翠之色，而是略显厚重的青黑色，使得整座山峰看起来就像是浓墨勾绘出来的水墨画。

就在这时，天空中的阴云突然破开了一道口子，一道遁光从中飞射而出，现出一名身着青袍的高大青年。

此人正是韩立。

他悬浮在半空中，朝四周扫视一圈后，就闭上双目，将神识缓缓地放出，扫向整座山峰。片刻后，他双目骤睁，脸上露出一丝古怪的神色，随后一纵身，朝不远处一片烟雾缭绕的山林，落了下去。

他落地后，向前走了没多远，在绕过一棵粗壮的古树之后，就看到前方的白雾之中，一道娇小的身影正斜倚在半截灰白色的枯树上，一动不动。

“乐儿。”韩立眉头微蹙，叫了一声。

娇小的身影听到了声音，肩头微微耸动，睫毛动了动，原本闭着的双眼缓缓地睁开。

在看到韩立的瞬间，柳乐儿苍白的小脸上顿时浮现出一抹喜色，嘴角也勉强扯出一个笑容，张口欲言时，却发现口舌受制，只能发出“嗯嗯啊啊”的含糊之声。

“我来了，别怕。”韩立安慰了一句，缓步朝前走去。

柳乐儿见状，似乎想到了什么，双眸之中闪过惊惶之色，朝着韩立连连摇头。

见韩立脚步不停，她挣扎着想坐直，却突然听见一阵“噼啪”的响声。

一道道闪烁着黑色电光的锁链，浮现在她体表，将其从头到脚捆了个结实，只要她稍一动弹，便有黑色电光从中流出，狠狠地击打在她身上。

眼见柳乐儿小脸上露出痛苦之色，韩立脸上神色不变，眼底深处却闪过一丝杀意，脚步不停。

就在他刚刚向前跨出一步，脚尚未落地之时，异变突生！

林木间原本看似平静的白雾，突然变得漆黑无比，并剧烈地翻滚起来，接着狂风呼啸，所有黑雾瞬间变成了一个巨大的旋涡。

四周气温骤降，“呜呜”的鬼哭狼嚎之声四起！

韩立身处旋涡中心，只觉得眼前一黑，接着一股无形的吸力从旋涡下方突然出现，将他往下拉扯。

韩立冷哼一声，仍然一脚踩下，大步朝柳乐儿走去。

就在此时，“轰隆”一声闷响从地下传来！

左右两侧地面一阵剧颤后，轰然碎裂，一双蒲扇大小、长满尖刺的狰狞鬼手突然出现，一左一右将韩立的双腿抓住。

几乎是同一时间，韩立头顶上方的黑雾一下散开，一股无形的压力从天而降，气势汹汹地冲其压过来。

“轰——”一声惊天动地的巨响过后，一座暗紫色的八角巨塔如泰山压顶般从天而降，将韩立扣在了里面。

那八角巨塔高达五六十丈，塔身遍布紫色灵纹，散发出一种说不出的阴森气息。

这一切发生在电光石火之间，韩立还没做出丝毫反应，便已身处巨塔之中。

“呜嗯……”柳乐儿眼睁睁地看着这一幕，口中发出一连串模糊的声响，身躯也剧烈地挣扎起来。然而，她越是挣扎，捆缚在身上的锁链就越发收紧，一道道如灵蛇般的黑色闪电击打在她身上，疼得她额头直冒冷汗。

巨塔周围鬼雾一阵涌动，四道人影分别从四周浮现。

其中一人黑袍加身，体形干瘦，鹤发黑须，正是齐煊。

他对面的是一个身着黄色长袍，体形壮硕的方脸大汉。而从另外两个方向走来的，是一个身材干瘦的银冠中年人和一身猩红长袍的中年美妇。

这四人无一例外，皆是化神期修士，手上还都掐着同样的法诀，一直走到巨塔旁，才收手。

“田长老，这次可多亏你借来了这座紫冥塔，我们才能一举将这小贼拿下。”齐煊笑着向那名方脸大汉拱手道。

“齐长老言重了。不过话说回来，你不惜代价地让我向师尊他老人家借来这件秘宝，却只是用来对付区区一名元婴期修士，不觉得有些大材小用了吗？”方脸大汉面露得意之色，看了一眼巨塔，问道。

“我之所以如此小心，是为了以防万一，毕竟陆崖长老便是死在他手上，为此我在执法殿可是吃了不少苦头。”齐煊叹了一口气，轻轻地摇了摇头。

“无论如何，既然齐兄已经活捉此人，之前答应给我们的东西可别忘了。”红袍美妇掩嘴一笑，意有所指地道。

“哈哈，那是自然，诸位尽管放心……”

齐煊话还没说完，身前巨塔猛地一震，整片大地随之晃了一晃，他不由得一怔，后面的话硬生生地咽了回去。

“这是……”红袍美妇细眉一挑，惊讶地问道。

站在她对面的银冠中年人却“嘿嘿”一笑，毫不在意地道：“不必在意，是我豢养的那只腐莽鬼弄出的动静，想来是那小子在里面有些不安分。”

“想不到罗兄饲养的鬼物已经厉害到能撼动紫冥塔了，倒是让小妹有些意外了。”红袍美妇一手按着胸前，松了一口气。

谁承想，她的话音刚落，紫色巨塔中又传出“轰”的一声闷响，威势更胜之前那声。

这一次，齐煊四人皆感觉到地面巨震，隐隐有些稳不住身形。

再一看脚下，巨塔下方十数丈的范围内，赫然出现了一道道深不见底的裂隙，如同蛛网般爬满了地面。

“罗兄，这莫非也是你的鬼物所为？”红袍美妇脸色微变，转头问银冠中年人。

后者刚想开口，却一声闷哼，忍不住口吐鲜血。

“怎么可能？我的腐莽鬼被杀了……”罗姓中年人抹了一把嘴角的鲜血，满脸惊骇。

此言一出，齐煊和红袍美妇俱是一惊。

“看来齐长老所言没错，这姓韩的小贼肉身之力果真不容小觑。不过你们不必惊慌，紫冥塔可是通天灵宝，即便是炼虚期修士被困其中想要脱困也是不容易的，他一个元婴期的力修难道还能翻了天不成？”方脸大汉定了定神，十分自信地道。

“话虽如此，此宝毕竟是合体期大能才能驾驭之物，虽然我们四人联手能够勉强将其驱动，但效用免不了会大打折扣。依我之见，我们不如现在就全力施法，催动此宝将此人击杀。”齐煊眉头微蹙，有些不放心地提议道。

“齐兄所言有理，还是立即将此人击杀为好，以免生变。到时候他只剩元婴，还不是任凭我们处置。”罗姓中年人面露狠色，也立即附和道。

四人商议好后，手上法诀重新掐起，口中同时传出吟诵之声。

紫色巨塔上的所有紫色灵纹一圈圈亮起，无数符文一下涌现，塔身之上有紫气溢出，周遭弥漫的阴寒气息大增，使得周围温度骤降，虚空中“刺啦”声大作，一片片寒冰出现。

与此同时，整个塔身也仿佛变重了几分，深深地陷入了地面。

然而，还不等几人松一口气，巨塔就再次“轰”的一震，表面灵纹狂闪，急剧变大。

“不好！”方脸大汉脸色大变，还未等四人做出其他举动，就听塔身表面“噼啪”作响，从上至下裂开了一道道巨大的裂隙。接着，在齐煊四人惊骇的目光中，巨塔轰然炸裂，腾起大片的紫色烟雾。

一股强大的气浪四下席卷，四人虽施法勉力支撑，仍然不由自主地连连倒退，稍远处的柳乐儿也被吹得倒飞了出去。

巨塔碎片散落一地，烟尘渐渐散去，地面露出一只浑身漆黑、面目狰狞的凶恶巨鬼，足有五六丈高，四脚朝天地躺在地上，胸口处破开一个大洞，淌着腥臭污秽的黑色血液。

巨鬼的头上，韩立面无表情地看了一眼柳乐儿，见其并无大碍，才转眼扫过周围四人。

“难道你……”四人无比震惊，心中同时生出一个难以置信的念头。结果下一刻，韩立就二话不说两拳击出。一拳击向离他最近的银冠中年人，另一拳则直奔红袍美妇而去。

二者只觉一股滔天气浪呼啸而至，身体一沉，想要躲避根本来不及了。情急之下，银冠中年人的衣袍无风自鼓，两只袖口敞开，从中涌出黑气。黑气之中，五颗恶鬼头张开大嘴，迎着气浪而去。同时，一枚刻满阴文的红色鬼玺在虚空中不断变大，直到变成房屋大小，挡在了他身前。

另一边的红袍美妇早已面无血色，慌忙之中，她手腕连连挥动，十三柄白骨飞剑发出，带着恶鬼尖啸之声，向前方击去。

只见她五指呈钩，在另一只手的小臂上狠狠一抓，上面顿时裂开数道恐怖的血口子，米粒大小的红色血虫从中爬出，瞬间就在她身前凝聚成一面红色盾牌。

第26章

小挪移空间术

“砰砰”之声连绵不绝，从两边传来！

五颗狰狞鬼头几乎一浮现，便如熟透的西瓜般炸裂，血红鬼玺也随之化作齑粉。

另一边的十三柄骨剑也“噗噗”几声寸寸碎裂，化为一堆骨渣，红色盾牌更是如纸糊的一般，直接从中心处破开，炸得粉碎。

两声惨呼几乎同时响起，银冠中年人和红袍美妇被两股拳风一扫，身躯瞬间爆裂开来。

紫光一闪！

一个通体呈淡紫色的两寸高的元婴，满脸惊恐地从银冠中年人的残尸中飞出，准备遁走。

只是其身上的紫光刚亮起，韩立就已经无声无息地来到其身边，一只大手突然从旁探出，将之一把抓住，捏在了手里。

紫色元婴疯狂地扭动，还想做垂死挣扎，韩立的大手只是轻轻一搓，就将其碾成了飞灰。

红袍美妇的元婴没在第一时间冲天而飞，而是趁着韩立捏碎银冠中年人元婴的瞬间，急掠而出，贴着地面朝山林深处飞速逃去。

韩立蓦然回头，一张口，一股白气喷出，凝成一柄飞剑的模样，一闪而逝。

前方山林中顿时响起一片“隆隆”之声，一棵棵参天古木轰然倒地。

只见密林深处白光一闪，那红袍美妇的元婴便直接裂成了两半。

这一切看似繁杂，过程却不过弹指一挥间！

而方脸大汉与齐煊，则趁机各自施展秘术朝相反的方向遁逃。

方脸大汉脚踏一只通体雪白的巨型骨鸟，骨鸟那两片巨大的白骨翼一个扇动，它便可飞出两三百丈之遥，速度快得惊人。

齐煊凭借背后一对丈许长的血翼，速度比前者更快几分，早已飞出千丈之外。

感受到身后两名同伴的气息瞬间消失，二人心中不禁大骇。

方脸大汉二话不说手腕一抖，祭出一面黑红两色的八角铜镜，挡在了身后。

他似乎仍不放心，另一只袖袍一抖，九面黑色小旗同时闪现，在半空中相互连接，转眼间便形成一层黑色光罩，将全身护得密不通风。

同时，他体内一阵“咔咔”作响，皮肤撕裂，衣衫破碎，一根根如同荆棘般的尖骨从体内刺出，并在体表融合，形成了一套白色骨铠，将胸腹等要害部位全部覆盖起来。

逃往另一个方向的齐煊，面露狠色，右手抬起，一记手刀落下，竟然干脆利落地将自己的一只手臂斩断。

断臂处流出的鲜血化为一团红雾将齐煊团团包裹住，他整个人化为一团红光，以不可思议的速度朝着天边飞射而去。

韩立眉头一皱，没有立刻去追齐煊，而是一抬手，朝着不远处的柳乐儿虚空一点。

一道青光射出，一闪即逝没入柳乐儿体内。她身上顿时浮现出一条条闪烁着黑色电光的锁链，下一刻，那些锁链纷纷碎裂开来。

“哥哥！”柳乐儿一声低呼，惊喜交加。

韩立冲其微微一笑，接着伸手轻轻一招。

一道暗淡无光的黑色符箓从少女身上飞出，在半途“砰”的一声爆裂开来，从中飞出五座黑色的迷你山峰，稳稳地落在韩立手中。

韩立扫了一眼飞遁的齐煊二人，手臂一扬，其中两座迷你山峰脱手而出，化为两道模糊的黑影，分别朝着齐煊和方脸大汉射去，并以惊人的速度飞快地拉近与二者之间的距离。

两座山峰黑光闪烁，在途中一下变高至十余丈，所过之处，附近虚空泛起一圈圈无形的涟漪。

方脸大汉和齐煊先后感受到一股可怕的力量从背后席卷而至，心中不禁“咯噔”一下。

前者手中猛一掐诀，不过已经迟了。黑色山峰呼啸而至，狠狠地撞上了他。他之前祭出的八角铜镜、黑色小旗等所有护身宝物被山峰一撞，便“噼里啪啦”一阵乱响，尽数碎裂。他足下那只骨鸟也在发出一声哀鸣后，爆裂开来，化为无数碎骨。

方脸大汉直接被山峰击中，瞬间炸裂开来。

齐煊此刻已经身处七八里外，回首看到此景，吓得魂飞天外。而此时另一座黑色山峰正风驰电掣般朝他飞来。

千钧一发之际，齐煊口中低吼一声，双目变得血红，皮肤上鼓起无数青筋，身体像充气一般迅速变大。

随着“砰”的一声巨响，他整个身躯猛地爆裂开来，化为一个巨大的红色光球，一圈圈血红波纹朝着四周扩散开去。

黑色山峰如闪电般飞速而至，被红光波及，速度稍微变缓。

一个酷似齐煊的两三寸高的元婴趁机从红光中飞出，护体灵光一闪，一下从原地消失得无影无踪，下一刻，就出现在了百丈开外，接着张口喷出一口鲜血，化为一团红光将自己笼罩在内。齐煊的元婴立刻以一种不可思议的速度，朝着远处迅疾飞去。

韩立双眼微眯，单手朝着下方再一招。

柳乐儿左臂银光一闪，一声鸟叫传出，接着，密密麻麻的银焰冒出，幻化成一只巴掌大小的银色火鸟。

此鸟双翅一展，就落在了韩立手中。

韩立单手掐诀一点，银色火鸟的身体陡然变大数倍，然后飞快拉长，变为一张银色火弓，无数银色符文在弓身周围跳跃。

他并未取出任何箭矢，只用另一只手搭在弓弦上，轻轻一拉。

“呼啦”一声!

银色火弓绽放出夺目无比的光芒，猛地朝周围射出数道银焰，汇聚到弓弦上，眨眼间便凝聚成一支银色火箭，箭尖直指齐煊的元婴。

齐煊的元婴此刻已经飞出十余里之遥，却仍在这一刻，感到一股寒意从背后袭来，一种不妙的预感浮上心头，小脸神色大变。

“住手！”

就在此刻，一声滚雷般的大喝从远处传来。

天际尽头，不知何时多出了一点黑光，并眨眼间化为一片黑云，风驰电掣一般朝着这边飞来。

齐煊的元婴见状大喜，飞遁的方向立刻一转，朝着黑云而去。

韩立对那呵斥声毫不理睬，手指一松。银色火箭猛地一亮，然后消失。

齐煊的元婴身后传出刺耳尖啸，一道银色箭影出现，一闪之下，就从元婴身体中穿过。

“砰”的一声，在齐煊的元婴惊恐的惨叫声中，银色火焰瞬间将其吞噬，转眼间便化为一团黑色荧光。

就在此刻，那片突然出现的黑云也飞到了近前，一股黑气从中飞出，卷向齐煊的元婴，可惜什么都没有抓到。

“大胆！”

黑云中雷声阵阵，显然里面的人此刻正震怒无比。

“刺啦”一声，一只小山般大小的乌黑鬼爪蓦然从云中探出，带起阵阵阴风，朝着韩立当头抓下。

鬼爪尚未落下，五指指尖就喷出一道道漆黑鬼焰，化为无数黑色火球，如雨般落下。

韩立见状，单手一握，蓦然朝半空击出一拳。

一股无形的巨力冲天而起，所过之处，破空声响起。

“噼啪”一阵乱响后，所有黑色火球竟然如烟花般一闪即灭，消失无踪。

乌黑鬼爪也被这股巨力一托停在了半空之中，然后表面黑光闪动了几下，轰然爆裂开来，化为无数黑气，就此飘散消失。

罡风狂卷而起，化为冲天而起的飓风，一卷之下，将半空中的黑云轻易地撕裂搅碎。

一个黑袍鸠面老者现身，身体稍稍晃了一下，但立刻便稳住了，一脸惊疑之色。

韩立抬头望向鸠面老者，脸色平静，嘴角略带一丝不屑。

鸠面老者见状，脸色一沉，二话不说翻手取出一块银灿灿的物体，猛然抬手一挥。

伴随着一声尖啸，那银色物体急速射出，径直冲向韩立。

不过，其飞到半途，陡然“啪嗒”一声，自动碎裂开来。

无数银色光芒从阵盘上爆发，将身处其中的韩立与柳乐儿都笼罩在其中。许许多多的银色符文在光芒中跳动浮现，发出梵音。

“这是……”韩立想起了什么。

就在此刻，凄厉的风声响起，银光中一道黑光闪过，迅疾无比地射向不远处的柳乐儿。

韩立一闪身消失不见，下一刻就出现在柳乐儿身前，手臂一挥。

“砰”的一声，黑光被他随手击飞，原来那黑光是一柄黑色飞刀。

就在此刻，银色光芒陡然一闪。韩立感觉自己被一股力量笼罩，眼前景色飞快变换。

很快，他发现自己身处一片空旷之地。

“小挪移空间术！”韩立朝周围扫了一眼，声音微沉。

这里是一处被乌云笼罩的巨大山谷，两旁是一座座高耸入云的黑色巨峰，上面隐约可以看到建筑。

此刻，他和柳乐儿正身处山谷中间的一个巨大的广场上，那个鸠面老者则悬浮于半空中。这个广场的面积足有数百亩，全都铺满了黑色玉石，一股股黑气从黑色玉石中涌出，在广场地面上形成了一层淡淡的黑雾，经久不散。

整个广场，仿佛一片黑色云海。

广场前方是一片巨大的宫殿，其中最高大的一座大殿上悬挂着一块漆黑的匾额，上面写着“天鬼殿”三个大字。

在韩立和柳乐儿出现在广场上的下一刻，异变突生！

广场四周的地面“隆隆”震动，九根漆黑的石柱破土而出，将中间大片区域围成一个圆圈。

所有石柱都有一人合抱粗细，十几丈高，从石柱顶部到底部，刻着无数文字和阵纹，柱身表面还镶嵌了许多晶亮闪耀的黑色晶石，应该是某种特殊的灵石，闪烁着明亮的黑光。

除此之外，每根石柱顶端各有一座鬼物雕像，这些雕像有的口吐长舌，有的背生双翼，形态各不相同，但都活灵活现，异常狰狞，让人望而生畏。

耀眼的黑光从每个石柱顶端的鬼物身上发出，迅疾无比地连接在一起，眨眼间就形成了一层黑色半球型光幕。

光幕表面，密密麻麻的黑色符文不停闪动，煞气滚滚，无数模糊鬼影幻化而出，凄厉鬼啸之声此起彼伏，整个场景诡异至极。

柳乐儿见此景，忍不住直哆嗦，朝韩立靠了靠。

柳乐儿如今虽然已经不是当年那个没见过什么世面的小狐女了，但她何曾见过这般大阵仗，顿时吓得脸色煞白。

韩立见此，看也未看上方的鸠面老者一眼，只见他单手一挥，银色火鸟从掌心飞出，“呼啦”一下化为一张银色火网，将柳乐儿罩在里面。

“待在里面，不用怕。”

柳乐儿听韩立这么一说，顿时安心了许多。

就在此时，破空声四起。

四面八方的建筑中遁光频频闪现，朝着广场而来，皆是身穿黑袍的天鬼宗弟子。

不多时，偌大的广场上空，便是密密麻麻的人影，足有数百人之多，且四周仍不断有人在赶过来。

韩立对四周这般大的动静恍若未闻，只见他双目蓝光闪动，在不慌不忙地打量着周围的九根石柱和黑色光幕。

聚集过来的天鬼宗弟子本以为有强敌入侵，结果一看，广场中央的大阵中只有一名二十多岁面容普通的青年和一个十来岁的小姑娘，顿时都有些发怔。

不过看到法阵上方的鸠面老者脸色阴沉，自然没人敢上前多问什么。

鸠面老者也没有理会四周之人，而是一闪身落在一根黑色石柱上，口中念念有词，并挥袖取出九个黑色阵盘，再飞快地掐诀。

九个阵盘纷纷飞出，分别朝九根巨型石柱上落去，顿时一闪而没融入了石柱发出的黑光中。

黑色光幕一阵闪烁，更多黑色符文涌出，光幕赫然再次增厚了一倍，原本有些模糊的鬼影，也在符文闪动中变得清晰起来。

鸠面老者见此，这才松了一口气，不过他手中的法诀依旧没停。

就在此刻，两道宏大的遁光从远处飞射而至，眨眼间就来到了广场上方，遁光一敛，现出两个身影。

其中一人是个白发苍苍但满面红光的老者，另一人是个肤色黝黑的大汉。与鸠面老者一样，这两人也都是炼虚期修士。

周围的天鬼宗弟子见宗内三名内门长老同时出现，大为震惊，所有的嘈杂之声，顷刻间戛然而止。

白发老者与黝黑大汉一现身，顾不得与鸠面老者打招呼，就同时放出神识扫过下方的韩立与柳乐儿，也顺带将周围的虚空扫了一遍。

“姜长老，究竟发生了何事？为何要动用小挪移虚灵盘将这两个小辈直接摄到宗内，还启动了九大鬼王天柱？要知道，此阵每次启动，所消耗的资源可不是一笔小数目。”白发老者看向鸠面老者，沉声问道。

黝黑大汉也看向鸠面老者，显然心中同样大为不解。

“你们二位来得正好，快助我一臂之力，催动大阵将这二人炼化。”鸠面老者一边掐诀，一边急声道。

“催动大阵炼化这两名低阶修士？这鬼王天柱阵可是连合体期大能都能困住的禁制。姜兄，你不是在开玩笑吧？”黝黑大汉轻笑一声道，并没有按照对方所言行动。

白发老者也没有动手。

附近众弟子也是一阵骚动，不过碍于鸠面老者的身份，不敢大声议论。

其实，不少人早就已经看出来了，这大阵之中所困的一男一女的修为，男的是元婴期，女的不过结丹期，就算是在他们这些弟子中也能找出大把可以击杀对方之辈，鸠面老者堂堂一个炼虚期大修士，竟然为了这区区两人要催动在灵寰界都赫赫有名的鬼王天柱阵，此事要是传出去，岂不让人笑掉大牙？

“别小看他们，这青袍小子虽然修为不高，却是个极为强大的力修。”鸠面老者急道。

“强大的力修……”黝黑大汉仍然笑着摇头。

白发老者低头看了一眼身处光幕内仍东张西望，甚至有些悠然自得的韩立，白眉微皱，正要开口说话。

就在此刻，韩立眉梢一抬，喃喃自语道：“既然已经到了这里，正好将事情一起解决吧。”

他话音刚落，一闪身，就带着一连串残影出现在一侧光幕前，接着伸出一根手指，漫不经心地朝光幕某处一敲。

不可思议的一幕出现了！

只听“扑哧”一声轻响，黑色光幕骤然剧烈地震动起来，那些张牙舞爪的鬼影，开始四处乱窜。

黝黑大汉笑容一僵，瞪大了眼睛。

鸠面老者身躯一震，张口喷出一口鲜血，手中不停掐诀，想竭力稳住法阵。

“不好！快稳住大阵，不能让那人破阵而出！”白发老者大吼一声，迅疾飞出，落在一根黑色石柱上。

黝黑大汉这时也反应了过来，想要飞向另一根石柱，却已经迟了。

只见黑色光幕表面幽光一闪，所有鬼影一闪而灭，接着九根石柱对应的光幕表面，同时浮现出九张巨大的鬼脸，纷纷露出痛苦之色，发出刺耳的尖叫。

那叫声仿佛钢针刺耳，广场上的弟子纷纷抱头发出惨叫，一些修为较低的弟子耳鼻中直接流血了。

尖叫之后，九张巨大的鬼脸上顿时涌出无数黑色符文，一阵模糊过后，直接崩溃。

光幕“咔嚓”一声，仿佛玻璃般破碎，化为无数黑色荧光弥散！

不仅如此，九根黑色石柱上面的鬼物雕像也浮现出无数裂隙，接连碎裂。

此刻的韩立，已经收回了手指，双手背在身后，在漫天的黑色荧光中朝着不远处的柳乐儿走去。

身处银色火网笼罩下的柳乐儿，一脸高兴，要不是如今仍被大批敌人包围，她差点就要欢呼出声了。

鸠面老者三人见宗内大阵竟然被对方如此轻易地破开，心中如遭重击，震惊万分。

周围数百名天鬼宗弟子更是彻底傻了眼，呆呆地看着眼前这一切。

“竟敢毁我宗门宝阵！还不快快受死！”

鸠面老者大喝一声，张口发出一道白光，白光瞬间化为一柄白色骨刀，刀背上镶嵌着九个硕大的银环。他双手快速变化，接连打出五六道法诀。

骨刀上那九个银环发出“叮当”的声音，让人听之心神迷乱，同时，骨刀上面陡然浮现出无数红色符文，绽放出近百丈耀眼的血红刀光，朝着韩立当头斩下。

同一时间，白发老者手臂一挥，祭出一根古朴的黑色拐杖，拐杖顶端赫然是个黑色龙头。拐杖在半空转了一圈后，迎风变大，化为一条背生双翅的黑色蛟龙。

蛟龙大嘴一张，喷出大团黑色火焰，一冲而下。

黝黑大汉毫不迟疑地翻手取出一柄灰色羽扇，似乎是用某种灵禽的羽毛所制，并飞速将体内法力注入扇中，然后狠狠地一扇。

天地顿时变色，一阵大风呼啸而出，化为七八条灰色风龙，朝着韩立扑去。

看见鸠面老者三人动手，周围的天鬼宗弟子也不再犹豫，纷纷祭出各种法宝，口中念念有词。

刹那间，各色灵光到处闪现。

韩立见此，眉心晶光一闪，一股庞大的神识从中飞射而出，以迅雷不及掩耳之势，瞬间笼罩了整个广场。

“嗡嗡嗡！”一股无法言喻的强大神魂之力压迫而下。

广场上的所有人只觉得脑海一沉。

天鬼宗弟子顿时觉得眼前有无数金星在闪烁，接着眼前一黑，纷纷从半空坠落，掉在了广场上，直接瘫软在地无法动弹。

漫天法宝失去了控制，全都“叮叮当当”掉在地上。

鸠面老者三人因为拥有炼虚期修为，所以在身体一颤过后，便立刻恢复了过来。

三人施展的法宝攻击丝毫不停，刀光、黑焰、风龙，眨眼间都冲到韩立身前。

韩立站在原地一动不动，丝毫没有要躲闪的意思。

随着“砰砰砰”三声巨响，红色的刀光在剧烈的一震之下爆裂开来，化为一柄白色骨刀倒射而回，黑焰和风龙更是直接崩溃，没能对韩立造成丝毫伤害。

至于一旁的柳乐儿，由于绝大多数攻击都已经被韩立挡下，在银色火网笼罩下的她更是毫发无伤。

“怎么可能？！”鸠面老者三人纷纷倒吸了一口凉气，不敢相信眼前所见。

“现在是不是该轮到我了！”韩立抬起头，淡淡地道。

第27章

魔焰焚身

话音刚落，韩立的身影一阵模糊，就从原地消失不见。

“不好……”鸠面老者大惊，只觉得眼前一道模糊的身影闪过，整个人便如遭巨峰撞击一般倒飞而出，狠狠地撞在广场外的一座山峰上，硬生生地嵌入山壁之中，生死不知。

又是“砰砰”两声闷响！白发老者和黝黑大汉前一刻眼睁睁地看着鸠面老者倒飞而出，还没搞明白是怎么回事，便觉眼前一暗，接着便如遭巨峰撞击一般朝某个方向飞射而出，狠狠地砸入山壁。

整个广场顿时鸦雀无声。

柳乐儿望着广场周围横七竖八躺着的人，以及形状各异的法宝，惊讶得小嘴张大，半晌合不拢。

她虽然知道她的石头哥哥很厉害，但眼前这一幕，仍然大大地超出了她的想象，犹如做梦一般。

柳乐儿仍在出神之际，韩立已经出现在她身旁，平静地问道：“没有受伤吧？”

“幸亏有哥哥所赐的宝物，我没有什么大碍。齐煊不仅觊觎灵焰，还想以我为人质逼哥哥就范。不过除了将我禁锢，他倒没对我怎么样。”柳乐儿摇了摇头，仍然心有余悸。

“没事就好。”韩立点点头，自顾自盘膝坐下。

“我们不趁现在赶紧走吗？”柳乐儿微微一怔，朝四周望了一眼，担忧地道。

韩立在广场这里闹出这般大的动静，自然已经惊动了整个天鬼宗，一道道遁光从各处飞出，朝着广场而来。

“既然来了，何必急着走？”韩立微微一笑，不在意地道。

仅仅片刻工夫过后，破空声大作，数道宏大的遁光当先飞至，遁光一闪，现出六个身影，这六人散发出来的气息丝毫不逊色于鸠面老者三人。

“姜长老！”

“曲长老在那里。”

“还有王长老！”

六人看到广场上的情形，以及三名嵌于四周山壁生死未卜的炼虚期长老，全都大惊失色，目光齐齐落在了下方的韩立身上。

虽然几人都有些惊疑不定，但放出神识一扫并互望一眼后，纷纷祭出了各自的法宝。

“大胆贼人，还不受死！”

破空声炸响，六道法宝发出的颜色各异的光芒从天而降，同时攻向韩立，声势惊人。

韩立并未起身，依旧盘膝而坐，只见他就地滴溜溜一转，手臂一挥，同时冲六个方向各击出一拳。

“轰——”随着几声巨响，四周空气一阵波动，泛起圈圈波纹，朝着周围扩散而去。

所有法宝的攻击仿佛撞在一堵无形的墙壁上，爆裂出六个巨大的光团，声势之大，令整个空间都随之轰鸣。

光芒敛去，原本盘膝而坐的韩立却不知所踪。

空中六人都是一怔，其中一名双目细小的中年人身前人影一晃，韩立浮现而出，二话不说抬手一拳捣出。

“砰”的一声，那名双目细小的中年人根本来不及做出任何反应，整个人便在一股巨力的冲击下倒飞出去。他身处半空，只听见身后五声巨响接连传来，接着便重重地撞到了什么东西上，两眼一黑，彻底不省人事了。

韩立将其余五名炼虚期修士一人一拳击飞出去后，便再次回到了柳乐儿身旁，负手而立。

此时，从四面八方赶来的天鬼宗弟子目睹了这一幕，纷纷大惊失色，停下了遁光，不知所措。

这些平日里高高在上的炼虚期长老，如今竟仿佛苍蝇一般被一名长相普通的元婴期修士随手拍飞，有的坠入广场某处砸出一个个深坑，有的则直接将附近的大殿砸得轰然崩塌。

再加上广场周围那些昏迷不醒的弟子和满地的法宝，更是触目惊心。

就在此时，一道白光从远处疾射而至，停在已经坍塌了大半的天鬼殿上方，白光中现出一名身着锦缎的魁梧男子。

此人看起来不过三四十岁，脸形方正，下颌有一圈紫色短髯。

“太上长老……”

“卢师祖来了，太好了……”

广场上哀鸿遍野，一片狼藉，所有人一见到此人出现，脸上都浮现出欣喜之色，纷纷呼喊起来，如同找到了主心骨。

那人的目光直直地落在韩立身上，面色凝重，二话不说就在身前快速掐诀。

“合体期……”

韩立看了那人一眼，手腕一翻，掌心中黑光一闪浮现出一座迷你山峰。接着长臂一伸，猛地一挥，那座黑色小山就“呼”的一下脱手飞出。

黑色小山迎风变高至数十丈，直奔紫髯男子砸去。

山峰尚未飞至，一股惊人的气势就先滚滚袭来。

紫髯男子镇定如常，双手掐诀的速度更是快到不可思议。

眼见已经变至百丈之高的黑色山峰，就要砸到他身上时，紫髯男子手上的动作却忽然一停。

只见其脚下一团暗紫色光芒突然亮起，一个符文遍布的隐秘法阵骤然浮现，瞬间就将他吞没了。

那座山峰扑了个空，继续朝着下方的残垣断壁砸了过去。

与此同时，韩立和柳乐儿的脚下，也浮现出一模一样的法阵，紫色光芒倒卷而下，一下子就将两人吞没了。

酆阴山脉，一个隐秘的山谷中。

谷内空间狭隘，光线昏暗，弥漫着滚滚黑雾，两侧都是高逾百丈的岩石峭壁，上面刻着一些古怪的图纹和晦涩难明的鬼道符文。

谷内四角，各竖立着一根高大的青石柱，每根柱子表面都刻着密密麻麻的符文，看起来十分古老。

就在此时，深黑色的地面上突然紫光闪烁，韩立与柳乐儿出现在谷中的空地上。

柳乐儿依旧被银色火鸟所化的火网罩着，突然被传送至此，她只觉有些眩晕，身体不由得晃了几下，但并无什么大碍。

韩立刚站稳，便抬首朝四周打量起来。

之前那名紫髯男子不知何时已经出现在一根青石柱上，而另外三根石柱上，赫然还盘坐着两男一女三名修士，正在闭目打坐。

女子身着红色纱裙，体态丰腴，姿容美艳，看起来年纪不大，身上却有一股成熟韵味。

另外两人分别是一个独眼巨汉和一个驼背老者。

三人的气息皆不弱，都是合体期修士。

三人感受到谷中异动，同时睁开眼，面露惊疑地看了一眼下方的韩立二人，随后目光便落在紫髯男子身上。

“卢长老，你不是去处理天鬼广场的麻烦了吗，怎么这么快就回来了，还带着两个外人进入了禁地？”美艳女子秀眉一蹙，开口责问道。

“没工夫详细解释了，这男子应该是合体期的顶尖力修，立即催动天鬼镇魂大阵！”紫髯男子面色凝重，语气急促地道。

三人闻言皆是一惊，虽然面色各异，却不再迟疑，纷纷翻手取出一块黑色令牌。

连同紫髯男子在内，四人同时低喝一声，手腕一挥，将令牌抛了出去。

“锵锵锵锵。”

四声金属交击声响起，四块令牌径直飞射而下，落在韩立四周，瞬间便钻入了地面。

“疾！”一声大喝在谷中响起。

韩立只觉得脚下的地面剧烈地颤动起来，一声声如同滚雷般的闷响从地底传出。

韩立四周，泥土翻动，岩石崩裂，四座诡异的牌楼同时从地面钻出，将他和柳乐儿围在中央。

这些牌楼皆高约五六十丈，都是三间四柱，柱身之上布满人兽白骨，所有飞檐的檐角之上，都悬挂着一颗红色的骷髅头，如同红色风铃一般，悠荡不止。

牌楼正中，则各刻有一颗巨大的恶鬼头像，那些恶鬼头颅有的头生独角眼如铜铃，有的口衔尸体嘴角淌血，不尽相同。

韩立见此，正要有所行动，那四座牌楼上的恶鬼头颅，竟像是突然活过来了一般，八只硕大的眼珠一阵咕噜乱转，齐刷刷地望向了他。

所有恶鬼的眼珠同时射出大片土黄色的光芒，黄光在半空交织，化为一个土黄色大网，将韩立二人所在的方圆数百丈空间全都封闭起来，形成了一个巨大的“囚笼”。

下一刻，韩立只觉得一股千钧重力压至双肩，全身衣物紧紧地贴在了身上。

他只是稍稍晃了晃，便再次站稳，脸上根本没有露出半点异样的神情。

罩住柳乐儿的银色火网在这股重力的作用之下，有些扭曲变形，最上方凹陷了下去，但终究还是支撑了下来。

美艳女子望着下方安然无恙的韩立两人，难以置信地道：“怎么会这样？”

“看来我们还是低估此人的力量了，此阵最多只能困住他。不过他如今身处魔焰谷，我们可借用谷中的九天魔焰之力，直接将其炼化。”紫髯男子眼中凶光一闪，道。

“好，我们这便动手！”独眼巨汉和驼背老者对视一眼，异口同声道。

四人立即掐动法诀，口中也念起了晦涩的咒语。

四人念咒语的声音“嗡嗡”响起，在山谷中不断回响，竟然引得整个山谷都跟着震颤起来。

两侧的崖壁上，细碎的山石“簌簌”滚落，崖壁上刻的鬼道符文却光芒大作。

那些原本看不清的图纹，此刻骤然变得鲜活起来，一个个挣扎扭曲着，化成了一朵朵黑色火莲。

火莲摇曳，莲叶飞旋，一团团黑色火焰从崖壁上飞射而出，不断落入山谷之中，不一会儿就形成一片黑色火海，将韩立两人吞没。

黑焰翻腾，热浪滚滚。

这黑焰异常诡异，骤升的高温使得谷内的一切都仿佛身在火炉中，但同时有阵阵漆黑如墨的魔气逐渐弥散开来，隐隐带着一种让人心惊胆战的气息。

完全被黑焰笼罩的韩立和柳乐儿，所承受的高温更是骇人，连附近的空气都变得模糊起来。

柳乐儿在四周魔焰翻滚涌出的瞬间，便已吓得面无血色。但下一刻，她就发现四周的高温及魔气，仿佛被某种巨大的磁力吸引了一般纷纷涌入银焰，使得方圆数丈内的空气异常清凉，她顿时心安了不少。

韩立虽然没有银焰护体，但面对四周汹涌而至的魔焰，他眼睛都不眨一下，神色平静至极。就在四周魔焰即将接触到他身体之时，他蓦然一张口，一股吸力当即从口中发出。

周围的黑色魔焰被这股吸力一卷，竟然如同浪涛倒卷一般，化为一股股黑色焰流灌入其口中。

前后不过两三次呼吸的工夫，便有大半黑焰被韩立吸入了腹中，谷内的火势顿时变小。

这一幕，让四名合体期修士的眼珠子都要瞪出来了，连忙停止施法。

如此一来，周围崖壁表面的黑色火莲渐渐恢复原样，只是上面的图纹，比之前暗淡了几分。

韩立却丝毫没有停手之意，直至将谷内所有的黑焰悉数吞噬，他才有些意犹未尽地闭上嘴巴，打了一个饱嗝。

“怎么可能？！”

“能焚灭万物的九天魔焰居然被他给……”

“这人究竟是什么怪物？！”

“诸位，此人的神通实在诡异，趁他现在还被困在天鬼镇魂大阵中，我们一鼓作气解决了他，否则后患无穷！”紫髯男子神色凝重，大声疾呼道。

说完，他单手一扬，祭出一盏不足半尺高的紫铜古灯，在晦涩的咒语声中，伸手轻轻一搓。

“噗——”

古灯上燃起一朵淡紫色的灯焰，同时灯身表面浮现出无数米粒大小的紫色符文，开始缭绕。

浓浓的紫色烟雾从灯焰中袅袅升腾，并飞快地弥散开来，眨眼间就凝成了一只足有阁楼大小，栩栩如生的紫色巨虎，这巨虎高昂着头，发出一声嘶吼后，朝着韩立直扑而去。

另一根石柱上的美艳女子，口中的咒语声忽高忽低念动不停，双眼之中不知何时已经泛起一层红光。她全身的皮肤肌肉正以肉眼可见的速度萎缩，双手指甲变长发黑，化为一双枯爪，整个人活生生地化为一具骷髅！

那骷髅突然俯冲而下，速度快得惊人，一眨眼的工夫就带着一连串残影出现在韩立上方不远处，一只枯爪朝着下方猛地一抓。

韩立头顶上空一阵波动，一只足有小山般大小的白色骨爪探出，五根骨指犹如锋利的刀刃般，带着尖锐的风声，朝着韩立的头部狠狠地抓下，灰白煞气从骨爪掌心席卷而出。

韩立站在原地没动，二话不说单手一扬，一座迷你山峰脱手而出，迎风变大，化为一座黑色巨峰，狠狠地砸向白色骨爪。

“轰——”

黑色巨峰在骨爪下方爆裂开来，化为漫天巨石落下，但骨爪也在一颤后，“咔嚓”几声碎裂开来。

漫天煞气随之烟消云散，只余下白骨碎渣。

那骷髅还想做些什么，一股排山倒海般的气浪从下方席卷而至，使其如风中柳絮般，毫无招架之力倒飞了出去，重重地撞在一侧山壁，碎裂成一堆骸骨。

就在此时，仿佛虎啸般的吼声传来！

正是那只紫色巨虎破空而至，张口一喷，一道紫色光柱疾射而下。

韩立只是单手一抓，一股无形的巨力一扫而过，紫色光柱轰然消散，接着他纵身一跃，下一刻就出现在巨虎腹下。

只见他双臂飞快探出，一只手扼住了巨虎的头，另一只手则抓住了巨虎的一条后腿，手臂肌肉鼓胀，犹如两只大钳子，任凭巨虎如何挣扎扭动，根本挣脱不开分毫！

就在他两手左右一分，准备将巨虎撕成两半时，下方地面突然发出“砰”的一声巨响，接着，四柄闪着幽光的黑色巨矛从地面射出，飞速向他的胸腹要害处刺来。

“铮——”四柄巨矛竟然像是砸在了铜墙铁壁上一般，被一股巨力反震得倒退回去。

“咕咕”的古怪声响起，地面突然弹出一只通体乌黑的大蜘蛛。

那蜘蛛的头上生有两排白色的眼睛，八条钢矛般的长腿粗如儿童手臂，腹下还悬挂着一只灰色肉袋。

韩立双目微微一眯，发现那肉袋里装的赫然是那名驼背老者，而此蜘蛛，竟仿佛是从其背后的鼓包中长出来的一般，诡异至极。

乌黑蜘蛛方一现身，两只锋利的前足交叉往上一举，其上泛起红光，看起来就如同一把烧红的大剪刀一般，径直冲韩立的脖颈而去。

韩立没给其半点机会，双手紧攥着紫色巨虎，身体借着万钧重力之势飞速一跃而下，并在途中抬起右脚横扫而出。

“砰”的一声巨响！蜘蛛两只前足寸寸碎裂，身子也在一股巨力的冲击下斜飞出去，重重砸入一侧石壁之中。

韩立方一落地，两臂同时一用力，就将手中那只紫色巨虎撕成了两半。

就在此刻，出乎意料的事情发生了！

被撕裂开来的紫色巨虎，形散气却未散，只见那紫色巨虎化为大片紫雾，将韩立笼罩了进去。更糟糕的是，紫雾散发出一股奇异的浓香，那浓香拥有摄人心魂，侵蚀修士神志的异能。

“哥哥！”远处的柳乐儿见形势不妙，不禁惊呼出声。

“嘿嘿，肉身强悍又如何，在卢长老的蚀魂鬼雾下，又能……”不远处的骸骨重新组成一具骷髅，颤颤巍巍地站了起来，口中发出一阵嗤笑。

结果其话还没说完，就听上方某根石柱顶端传来一声撕心裂肺的嘶吼。

只见那紫髯男子此时已从石柱上翻身坠落，满脸痛苦地在打滚，先前那盏紫铜古灯则滚落一旁。

紫色巨虎所化的雾气弥散开来，露出韩立的身影，他单手一招，紫铜古灯就一个模糊被摄了过来，他略一查看，便随意地将其收入了储物袋中。

与此同时，晶光一闪，一道纤细的晶丝从紫髯男子头部一闪而出，并一卷重回到其眉心中。

随后他才目光一转，冲左侧那座高大牌楼方向淡淡说了一句：“怎么，还没找到偷袭的机会吗？”话音落下，牌楼后一道身影一闪而出，并急速朝后方掠去，正是一直未出手的那名独眼巨汉。

他全身被一件布满尖刺的骨铠覆盖，单手握着一柄通体血红的晶莹巨斧，看起来也是一件威能不俗的极品法宝。

此人站稳后，只是警惕地看向韩立，并没有冲上去拼命的打算。

方才他目睹了韩立在一个照面间，就将三名合体期修士打得毫无招架之力，且从头至尾，没有给对手一丝还手的机会。

这种面对对手时的无力感觉，已经很多年没有过了。

韩立见其现身，便收回了目光，转身抬腿，不紧不慢地朝前方一座牌楼走去。

从他身上衣衫褶皱的变化就能看出，充斥四周的禁制重力仍切切实实地压在他身上，他步履虽不快，但也不怎么吃力。

走到牌楼前，韩立打量了一眼牌楼立柱后，忽然一弯腰，伸手抱住了其中一根立柱，腰身手臂骤然发力，猛然向上一提。

大地随之轰然一震，只见整个牌楼悠悠晃动，变得越来越高，最后竟然被硬生生地从地下拔了出来。

离开地面后，巨鬼头颅哀鸣一声，接着整个牌楼乌光一闪骤然收缩，化作一块黑色令牌落在其手中，原本覆盖了方圆数百丈的红海的虚影也在一阵剧烈的翻滚下，缩小了不少。

韩立将令牌收起，朝着另一座牌楼走去……

此时，驼背老者与紫髯男子已爬了起来，化身骷髅的美艳女子也恢复了本来面貌。

四名天鬼宗合体期修士分处谷内四个角落，眼睁睁看着韩立将组成天鬼镇魂大阵的牌楼一一收起，脸上满是复杂之色，却十分默契地都没有出手阻止。

所有人一言不发，似乎在等待着什么。

半炷香后，当韩立收起了最后一块黑色令牌，突然眉头微微一挑，脸上一丝异色闪过。

“总算来了。”他喃喃一声后，猛地张口，向外一吐。

“呼啦”一声！黑色火焰滚滚而出，竟是先前被他吸入的那些魔焰。

这些魔焰冲天而起，往空中一聚，四团车轮般大的火云滴溜溜凝结而成，并一阵扭曲变形，顷刻间化作了四条数丈长的黑色火蟒，分别扑向独眼巨汉等四人。

四人见状顿时大惊失色，纷纷祭出数件不同式样的防御法宝，幻化出一层层护罩护住全身。

第28章
交代

四名合体期修士虽在第一时间祭出了诸多防御法宝，但仍出了一身的冷汗。

这四条黑色火蟒看似不过三四丈长，却是由此前充斥整个山谷的九天魔焰幻化而成，身为天鬼宗的高阶修士，没有人比他们更清楚此焰的可怕了。

即便是合体期修士，稍有不慎，恐怕也会吃不了兜着走的。

他们可从来没想过，有一天自己竟会直面此魔焰的锋芒。

就在此刻，破空声炸响！

一道白光从山谷上空一闪而现，并一分为四地疾射而下，速度之快，仿佛瞬移一般地出现在四人身前。

赫然是四道晶光闪闪的剑芒！

剑光闪动间，剑芒滴溜溜一转化为四个直径丈许的剑轮。

几乎下一刻，四条黑色火蟒撞了上来。

“轰隆隆”的一阵爆裂声响起！

四个剑轮表面无数黑色火团爆裂轰鸣，一下熊熊燃烧起来，一圈圈无形的波动荡开。

四条气势汹汹的黑色火蟒，竟然瞬间应声而灭，化为一股股黑烟，消失了。

接着山谷半空中波动起来，一名四十多岁的黑袍男子一闪而现，五官端正，气质儒雅，双眉却浓黑如剑，给人一种肃杀之感。

那四道晶莹剑芒再次化为四道白光，从四个角落一闪而回，没入其体内，不见了踪影。

“段师叔！”

紫髯男子等人看到半空中的身影，顿时大喜。

韩立站在原地，瞳孔微微一缩，直视对方。

来人不用多说，自然是天鬼宗两名大乘老祖之一的段人离了。

段人离的目光向四周微微一扫，见到作为宗门禁地的魔焰谷中一片狼藉，四名合体期修士更是被打得毫无招架之力，他脸上神色未变，眼角却微微抽搐了一下。

他微微低头，目光落在了韩立身上，也不见其有任何掐诀举动，只是伸出一只手掌，五指一分地朝下徐徐一指。

五根手指蓦地变得晶莹异常，指尖处灵光连闪。

“嗖嗖”之声接连响起!

一道道白光从其五指指尖喷射而出，纷纷迎风变大，然后化为数百道尺许长的白骨飞剑，带着凄厉的剑啸声朝着韩立如雨般射去。

韩立见此，马上单手掐诀，随之从他体内传来一阵爆竹般的闷响，他的身体骤然变大，身上金光大放，淡金色的鳞片浮现而出，瞬间覆盖全身。

漫天的白色骨剑瞬息便至，击在他体表，爆发出团团金白两色相间的光芒，将其身形淹没，并发出了阵阵爆鸣!

一圈圈的气浪在附近爆裂开来，飓风般地向四周席卷而去，引得附近数十丈范围内的虚空中的无数细长白痕诡异地闪灭不定。

与此同时，爆裂中心上空百丈处波动起来，一个黑色小印浮现，飞快一转，变为阁楼般大小，并放出万道黑光从天而降。

黑印尚未真的落下，一股让人窒息的灵压就引得附近虚空一阵扭曲，威势骇人至极。

随后传出一声惊天动地的巨响!

巨印在距离地面丈许位置处，竟坠势一停，无法再落下分毫了。

段人离见到此幕，脸上终于有了一丝表情。

刚才他虽然一口气施展了两种神通，但是实际上前后不过一次呼吸的工夫，此时下方的金白两色光芒已经渐渐消失。

只见韩立稳稳站在原地，一只覆满金鳞的右臂抬起，正托举着那黑色巨印，他的双脚已经深深陷入地面，周围裂开了一条条裂缝。

他朝着半空中的段人离咧嘴一笑，露出一口雪白的牙齿，右臂一曲再猛然伸直。

顿时，震耳欲聋的轰鸣声传出，看似重逾泰山的黑色巨印，竟然如同一块木头般被他硬生生地抛起，以不可思议的速度从谷口处飞了出去，不见踪影。

接着他双足猛然一蹬腾空而起，一个闪动后就诡异地出现在段人离身前不远处，一只手臂一抬，就冲对面一拳击出。

段人离见此情形，脸色丝毫不变，只是眯了眯眼睛。

就在此时，韩立身后虚空一闪，一个银色圆环无声无息地飞射而出。

他早有所料般迅疾转身，轻轻地挥出一记手刀，便将圆环斩成了两截。

诡异的一幕出现了！

两截银环表面的符文，骤然化为一连串残影消失了。下一刻，两截银环竟然诡异无比地出现在韩立两侧。

“铿——”韩立只觉身躯一紧，两截银环蓦地往中间一合，再次化为一个完整的圆环将他紧紧地锁住。

圆环灵光大放，猛然一收紧，内圈与金鳞一接触，顿时火星乱冒，传出“嘎吱嘎吱”的声音。

“哥哥！”柳乐儿早已退到了山谷一角，见此情形，顿时惊呼出声。

紫髯男子等人见状，则是心中一喜。

韩立没有丝毫惊慌之色，当即一咬牙，口中发出一声低喝。他体内顿时传来一阵闷雷般的声音，胸腹亮起五个蓝色光点，全身肌肉猛地一鼓，身体骤然变大了一倍。

他双臂猛地一撑，银色圆环光芒狂闪，被硬生生地撑大了一圈，上面浮现出无数疯狂跳动的银色符文，接着“咔嚓”一声，就此爆裂开来。

段人离的脸色终于变得凝重起来，身体往后倒射而出，双袖一鼓，似乎要催动其他宝物神通。

韩立岂会再给对方机会让其轻易出手，他肩头一晃，就从原地消失了。

下一刻，韩立如鬼魅般出现在倒飞出百丈距离的段人离身后，二话不说单手一握，一拳轰出。

拳头金光灿灿，仿若赤金铸就，拳风所过之处，画出一道白痕！

段人离猛地一回身，张口喷出一团红云，随即化为一面红色光盾，挡在身前。

“轰——”韩立一拳轰击在红色光盾上，盾面瞬间深深地凹陷进去，接着轰然碎裂，而拳势不停，直接洞穿了段人离的胸膛。韩立脸上没有丝毫喜色，反而冷哼一声。

只见段人离整个人化为一具白色骨架，挂在了韩立手臂上。

百丈外的虚空波动起来，段人离无声现身，看起来毫发未损，只是脸色有一些苍白。

一连串的变故如电光石火，紫髯男子等人见此情形，不禁互望一眼，均从对方眼中看到了骇然和震惊。

“想不到我闭关不过数百年，本界竟出了阁下这等堪比大乘期强者的力修。还未请教阁下尊姓大名？”段人离打量了韩立两眼，缓缓地道。

“段道友过奖，在下韩立。”韩立微微一笑，将白色骨架朝旁边随意一甩，身上的淡金色鳞片退去。

“原来是韩道友。不过，阁下既然拥有此等实力，本当自持，为何无端跑来我天鬼宗生事，还以大欺小伤我门人弟子，是不是该给我一个交代呢？”段人离声音蓦然一沉。

“天鬼宗倒会恶人先告状。你们掳走我的人在先，后又施展秘术强行将我传送至此，我还想请阁下给我一个交代呢。”韩立嘴角一抽，冷笑一声道。

段人离闻言微微一怔，扫了下方的紫髯男子等人一眼，问道：“怎么回事？”

几人互望了一眼，然后其他三人都不约而同地看向紫髯男子。

“禀段师叔，此前我收到宗内传信说有人私闯山门，便出去一探究竟。见这……这位韩道友神通厉害，就催动禁制将其传送至此。至于他为何来我天鬼宗，我还真不是很清楚。”紫髯男子迟疑了一下，如此道。

“立刻查明此事！”段人离闻言，不容置疑地吩咐道。

“是。”紫髯男子连忙答应了一声，朝着谷外飞去。

段人离的目光重新回到了韩立脸上，不再言语。

韩立朝下方某处望了一眼，用眼神示意柳乐儿不必担心后，便面带淡淡的笑容和对方对视起来。

过了约莫一炷香的工夫，紫髯男子返回山谷内，恭敬地向段人离传音低语了一阵。

段人离眉头微微一皱，但随即便恢复如常，朝紫髯男子挥了挥手。

紫髯男子连忙退到了一旁。

“原来韩道友来自冷焰宗？”段人离抬头看向韩立，缓缓地道，似乎在斟酌言辞。

“不错。”韩立坦然道。

“没想到贵宗行事如此低调，出了阁下这么一位强大的力修，却从未漏出半点风声，当真可喜可贺。”段人离眼神闪烁，有些皮笑肉不笑地道。

“段道友还是莫要转移话题的好。”韩立淡淡一笑道。

“事情我已经基本弄清楚了。原来，阁下和本宗一名外门长老有些恩怨，至于之后的种种，都是误会。既然那名长老已死，事情也都说清楚了，你我再打下去，也没有意义。不如就此罢手，我让人送韩道友和同伴离开如何？”段人离沉默了一下，如此道。

在段人离看来，韩立虽然看似修为不高，但显然是动用了某种手段隐藏了真实实力，如今宗内另一位大乘恰好不在门中，若继续打下去，恐怕得不偿失。

“若换作是阁下，被无缘无故地拘至他宗并遭全宗围攻，然后对方只是轻飘飘地说一句是误会，就想当什么事情都没有发生过，段道友会同意吗？”韩立直直地盯着对方，似笑非笑地道。

“说说你的条件。”段人离眼中异光一闪，语气淡然地道。

“一百斤精炼过的阴辰石。”韩立微微一笑，毫不迟疑地回道。

此言一出，整个山谷顿时陷入了一种极其安静的诡异气氛。

“阴辰石，还要一百斤？”

“你毁了本宗数处大阵禁制，还将本宗的禁地搞得面目全非，如今还敢明目张胆地提这种过分的要求！”

“痴心妄想！”

段人离还没开口，紫髯男子等四人的声音却从其身后传来，话语中充满了对韩立的怒意。

“道友还真是狮子大开口。一条阴辰石矿脉，一年也精炼不出一斤阴辰石，韩道友打算一下子就要走一百斤，不觉得有点过分了吗！”段人离脸色未变，话语中却多了些许冷意。

“韩某可不认为偌大一个天鬼宗，加上这么多年的积淀，连这些阴辰石也拿不出来。”韩立轻笑一声道。

“看来阁下是存心要生事了。既然不愿意走，那便永远留下吧！”段人离面露凶相，似乎被韩立的态度彻底激怒了。

话音刚落，他身上陡然亮起红光，将周围照耀得血红一片，并散发出一股让附近虚空几乎凝滞的恐怖灵压，然后一张口，喷出一杆数寸高的红色迷你古幡。

此幡滴溜溜一转，便化为一杆丈许高的巨幡，上面煞气缭绕，一只头生双角的狰狞鬼首图案清晰可见，青面獠牙，双目紧闭。

随着其口中飞快地念动咒语，红色巨幡上面红光流转，掀起一阵阵腥风，狰狞鬼首血盆大口一张，一道粗大无比的红色光芒，气势汹汹地朝韩立射去。

红色光芒未至，一股让人闻之欲呕的血腥气息顿时充斥了整个山谷，空气的温度都随之下降了。

韩立见此，身体在半空中轻轻一晃，骤然间化为一片虚影，让红色光芒扑了个空。

下一刻，段人离身后一阵波动，韩立的身影出现，一只布满淡金色鳞片的拳头化为无数虚影击出，仿佛一瞬间同时击出了数以百计的拳头。

刹那间，呼啸声大作！一股惊人的巨力透过密密麻麻的拳影笼罩而下，其所过之处，仿佛虚空都随之寸寸破碎。

面对如此惊人的攻击，段人离只是伸出一根手指，似缓实疾地冲身前那红色巨幡一点。

红色巨幡顿时闪电般卷起，红色雾气从幡面喷射而出，迅速弥漫开来，化为一团直径数十丈的红云，将他整个人笼罩其中，身影也变得若隐若现。

金色拳影如雨点般纷纷落在红云之上，仿佛击中了一团棉絮，其中蕴含的巨大威能竟然如同泥牛入海般消失无踪，诡异至极。并且每一道拳影没入，都会使得红云变大几分。

韩立眉头微微一蹙，不假思索地收回手臂，身躯当即化为一道虚影向后倒射而出。

弥漫周围的红云顿时如惊涛骇浪般翻滚，朝两侧飞快地扩散开去，并形成一个个红色旋涡，只是略微转动，一圈圈气浪向四周如飓风般席卷而去，让附近虚空一阵扭曲变形。

刺耳的轰鸣声此起彼伏，韩立只觉四周空气一紧，一股巨力从四周狂涌而至，使其后退之势微微一滞。

就在此时，红色巨幡上的狰狞鬼首的双目骤然睁开，两团太阳般的红光射出，耀眼至极，让人无法直视！

韩立只觉眼前一花，接着四周景物一阵模糊，他突然就诡异地出现在一处红色空间之中。

头顶是红色的天空，下方是一片无边无际的红海，海面飘荡着一层薄薄的红雾，空气中散发出一股略带甘甜的气息。

“洞天之宝！”韩立眼中浮现出一丝讶色。

“你倒是见识不凡。没错，这赤血天鬼幡本来就是一件洞天之宝，也是本宗的镇宗秘宝。今日你能葬身于此，也算是三生有幸了。”一身黑袍的段人离正负手站在不远处的半空中，高声道。

“哦，是吗？”韩立不冷不热地回了一句。

此话一出口，四面八方蓦然响起一阵阵鬼啸声。

这些声音时远时近，此起彼伏，回响不停，似乎无数鬼物在疯狂叫喊。

韩立眼皮突然一沉，神识一阵恍惚，心中蓦地生出一种嗜血烦躁之感，似乎只有立刻冲上前去与那些鬼物厮杀一番，才能平息。

但他手中的动作丝毫不见迟疑，立马掐起法诀，一股清凉之力从丹田中一涌而出，瞬间流过全身经脉。原先脑海中那些疯狂的念头，顿时荡然无存，四周的鬼啸声，也瞬间消失得无影无踪了。

段人离见韩立只是略微晃了晃身体，便恢复如常，心中不禁一惊。

这红海上飘荡的迷魂红雾集千魂万鬼之怨，能够迷人心智，引发心底最深处的欲望和杀念，即便是自己，如果在毫无防备之下身陷其中，也会受到一定的干扰。

眼前这名力修，竟然丝毫不受影响，难道他的神识已经强大到远远地超过了自己不成？

如此看来，他原先准备的撒手锏自然就无法施展了。

而此时，韩立眼中精光微闪，一个闪身疾射而出，直扑对面的黑袍男子。

段人离冷哼一声，手中一掐诀。

“轰！”下方海水陡然剧烈地翻滚，腾起一道巨浪，将他一下卷入其中，消失无踪。

韩立见此，身体一顿停在了半空，闭上双眼，将强大的神识释放出去。下一刻，他的眉头微微一皱。

这处空间似乎无边无际，下方的红海也是诡异无比，以他的神识之力，竟然只能深入海底区区十几丈，更别说探出对方的藏匿之所了。

他沉吟片刻后，眼中蓝光一闪，施展出了明清灵目神通。

顿时，红海底下数十丈内的一切，都变得清晰起来，不过再往下的地方，仍然是一片朦朦胧胧，根本无法直接洞察。

就在韩立翻手取出一株云鹤草服下，催动体内的大半灵力注入瞳孔，准备将明清灵目神通的威能完全施展开来之时，异变突生！

他前方数百丈远的红色海面突然一阵剧烈的翻滚，黏稠的血水沿着某个方向急速流动，形成一个巨大的漩涡，里面隐隐传来阵阵低沉的轰鸣声。

韩立见此，毫不犹豫地一闪身，飞到了百余丈高空，低头观察着下方的一切。

漩涡中心处“哗哗”作响，在浪花的翻滚下，一具巨大无比的骸骨从中升起。

那骸骨足有百丈高，通体呈晶莹的红色，仿佛由血玉打造而成，骨骼上面刻着无数符文。它那如小山般的头顶处，两根弯角中央，一个暗红色的元婴正闭目盘膝而坐，五官和段人离有八九分相似。

韩立看到此景，双眼不禁微微一眯。

那暗红色的元婴蓦地睁开双目，一张口，接连喷出七口鲜血，同时十指掐诀，念起咒语来。

“砰砰……”几声，鲜血瞬间化为红雾，如灵蛇般缠绕在元婴的四肢及脖颈处，随之元婴口中传出一声长啸，红雾发出红光，使其化为一个红色光团。

诡异的一幕出现了！

红色光团蓦地一沉，融入了骸骨头颅中。

巨大骸骨那空洞的双目中陡然亮起两团红光，骨骼上的所有符文骤然一亮。

下方红色漩涡中巨浪翻滚，飞出一道道黏稠的红光，汇聚盘旋而上，犹如一道冲天而起的巨型螺旋血柱，由下至上将骸骨淹没。

透过血柱，隐约能看到里面的高大身影在渐渐膨胀。

血柱如退潮般落下，原本那巨大的骸骨消失无踪，取而代之的是一个百余丈高的恐怖鬼物。鬼物青面獠牙，双目血红，头上长着一对巨大的弯角，浑身长满血红毛发，四肢比寻常人的长了一大截，背后有一对紫黑色蝠翼。

鬼物一现身，浑身上下便荡漾出阵阵惊人的波动，连附近的空气都开始剧烈地震动起来。

“这就是传闻中来自幽冥的赤血天鬼？倒是有点意思！”韩立直视面前的巨型鬼物，口中喃喃自语。

“刺啦——”

赤血天鬼一只手臂一抬，掌心陡然出现大片红色火焰，然后朝着韩立遥遥一抓。

韩立只觉头顶一暗，一只巨大的红色鬼爪出现，鬼爪上缠绕着熊熊燃烧的红色火焰，朝着他狠狠地抓来。

巨大的鬼爪未至，一股狂风已经先一步袭来，引得韩立周围的海面泛起剧烈的波涛。

韩立抬手朝着上方虚空一拳捣出。

随着“轰”的一声巨响，在一股无形巨力的撞击下，红色鬼爪顿时碎裂开来。

韩立也是身体一晃，连退几步才站稳身体，他眼中不禁闪过一丝惊讶，这红色鬼爪中蕴含的威能大得惊人，有些出乎他的预料！

碎裂的红光残焰并未消失，飞出一小段距离后猛地停住，而后交织缠绕，化为一只直径数丈的血环，骤然一收缩，将韩立死死地套住。

未等韩立做出什么反应，赤血天鬼单手一招，套住韩立的红色圆环就以难以置信的速度朝其飞去，被其一把抓住。

“看你还往哪里跑！”赤血天鬼狞笑一声，两只鬼爪一起发力握紧。

韩立只觉一股排山倒海般的巨力压迫而来，全身骨骼“咔嚓”作响，即便以他此刻坚韧的肉身，也有些承受不住了。

第 29 章

惊蛰变

赤血天鬼见自己刚才那足可摇山振岳的一握，竟然未能将韩立捏爆，血目中闪过一丝诧异。

“哼，不自量力！”赤血天鬼口中低喝一声，身体表面涌现出一根根粗大的血纹，双臂猛然变大一圈后，再次用尽全力狠狠地一握，排山倒海般的巨力向双手之间的韩立压去。

结果，此举除了令韩立面露一丝痛楚之色外，其肉身仍然仿佛一块坚不可摧的精铁，任凭赤血天鬼如何用力，就是捏不碎。

就在此时，韩立身上骤然爆发出一团金光，身体表面浮现出无数淡金色的鳞片，被鬼爪握住的胸腹部隐约亮起五团蓝光。

韩立口中发出一声低喝，两手猛地往外一撑，一股比先前施加在他身上的压力大了数倍的巨力爆发。

赤血天鬼一惊，握紧的双手十指竟然被韩立一点点地撑开了。

只见韩立一闪身，化为一道金影从鬼爪中飞出，途中其身躯不断变大，全身上下包括脸部飞快地长出了金黄色的茸毛，口中也长出两颗雪白的獠牙。

眨眼间，韩立赫然变身为一只十余丈高的金毛巨猿。

一股暴虐之气散发出来，更有一些黑色的凶煞气息环绕其左右。

“这是……传说中的山岳巨猿！”赤血天鬼有些意外地喊道。

韩立所化的巨猿身体一晃，在百余丈外的空中站定，两手猛然一捶胸膛，感受着体内磅礴激荡的力量，发出一声长啸。

虽然他的元婴被封印，但他体内炼化的数种真灵血脉之力还在，肉身完全恢复后，他终于能够使用惊蛰诀了。

再次施展出这门神通，韩立心中感慨万千。

“难怪你神力惊人，原来和此真灵有关。真是踏破铁鞋无觅处，我这杆赤血天鬼幡若能得你之血重新祭炼一番，必能再进一阶，威能大增！”赤血天鬼狞笑一声，飞扑而出。

赤血天鬼右爪紧握成拳，房屋大小的拳头朝巨猿砸去，拳头上面爆发出大片红色的光芒。

金毛巨猿冷哼一声，同样一拳轰出，拳头上爆发出大片金光。

两只大小完全不对等的拳头在空中相撞！

一声山崩地裂的巨响传出，响彻整片天空，赤血天鬼身躯一震，竟然被击得倒飞了出去，右臂更是寸寸爆裂开来，化为红雾飘散，露出了其中晶莹血玉般的臂骨。

“哗啦啦！”

赤血天鬼被一下砸入了红海，掀起一股滔天巨浪。

金毛巨猿只是一晃，便稳住了身体，低头朝下方望去。

海面在一阵翻涌后，便恢复了平静。

但下一刻，“轰”的一声巨响！巨猿身后的红海猛然炸裂开来，赤血天鬼从中飞出，只见其之前爆裂的右臂已经恢复如初，双目红光大盛，似乎被彻底激怒了。

赤血天鬼一只手虚空一抓，下方大片巨浪被掀起，随即化为一柄三四十丈长的红色长矛，赤血天鬼将其握在手中，接着手臂一扬，对准半空中的金毛巨猿狠狠地投去。

虚空中顿时传出一声刺耳的尖啸！

巨猿骤然一转身，不退反进，俯冲而下，一只毛茸茸的手掌向下探出，仿佛一把巨大的蒲扇从天而降，朝红色长矛拍去。

“砰”的一声巨响!

红色长矛刚一投出，便被硬生生地拍飞，寸寸爆裂开来，重新化为一团红雾。

赤血天鬼不禁一怔，未等它闪身避让，金毛巨猿已经冲至其身前百丈处，两只金色的拳头狂捣而下。

赤血天鬼毫不示弱地伸出左臂往空中一挡。

又是一声巨响！赤血天鬼巨大的身躯被击得倒飞了出去，左半边身体几乎被全部震碎，露出了里面的晶莹骨骼。

就在金毛巨猿面无表情，发出一声低吼，准备继续追上去时，下方红海中异变突起!

红海上猛地掀起一个巨浪，巨浪眨眼间化为一个巨大无比的狰狞龙首，龙首张开血盆大口，以迅雷之势将距离海面不远的巨猿一口吞了进去。接着巨龙张牙舞爪地从海中扶摇而上，其身躯足有百丈长，蜿蜒盘旋在海面上空，浑身冒出滚滚红雾。

不远处的赤血天鬼已经稳住身体，在骨骼表面的符文的闪动下，一道道黏稠的血流从红海中飞出，缠绕在残缺的半边身体上，肉芽开始疯狂地蠕动，残缺的身体以肉眼可见的速度在恢复。

赤血天鬼见巨猿被红色巨龙吞没，连忙双手掐诀，念起咒语来。

巨龙双目红光一盛，长长的身躯一卷，瞬间盘成一个巨大的血球，表面浮现出耀眼的红光，狂闪不已，体积也如吹气球般飞快地变大。

赤血天鬼面露狞笑，手中法诀骤然一停，口吐一个“破”字。

说时迟那时快，巨龙盘成的巨大血球的表面突然鼓起一个大包，紧接着“砰”的一声巨响，一道金光从中射出，朝着赤血天鬼的方向冲去。

那道金光之中包裹的，正是韩立所化的巨猿。

巨猿刚刚飞出不足二三十丈，就听到“轰”的一声惊天巨响，那巨大血球炸裂开来，化为一团巨大无比的红色光晕，四下扩散。

一圈圈滔天气浪弥散，狂风大作，席卷了方圆十几里，海面掀起惊天怒涛，爆炸的最中心处，连空中也泛起一道道肉眼可见的波纹，眨眼即逝。

金毛巨猿虽然及时破球冲出，但仍被波及了，身上鲜艳无比的金色毛发破损了几处，受了一些轻伤，不过并不严重。若非其反应快，即便以他肉身的坚韧程度，也难免会元气大伤。

赤血天鬼见韩立所化的巨猿正朝着自己飞速逼近，背后那对紫黑色蝠翼一扇，身下两股飓风呼啸，庞大的身躯就此化为一片模糊的红影，迅疾无比地朝着远处退去，以肉眼可见的速度拉开与金毛巨猿的距离。

眼前的这巨猿肉身之力的强大，已经远远超出了它的想象，它可不想直接面对其锋芒。

韩立所化的巨猿见此，面色一沉。

金毛巨猿原本便是以巨力见长，速度方面却不擅长，根本追不上对方。

突然，远处的赤血天鬼口中发出一阵怪啸！

金毛巨猿四周的红色海面凸起一个个数丈大小的鼓包，接着一道道红影从中冲出，密密麻麻的足有数百只，朝着巨猿蜂拥而来。

定睛一看，竟是一只只头生独角的红色鬼物，其双目碧绿，十指尖利，全身上下红雾缭绕。

金毛巨猿身形一顿，身上金光大放，巨大的身躯飞快地缩小，消失在周围的红雾之中。下一刻，一声嘹亮无比的清鸣传出，接着万道耀眼青芒冲破红雾，无数青色狂风刮起，将周围的红雾再次吹散。

“嗖！”一道巨大的青影射出，赫然是一头青色巨禽，足有七八丈高，身上羽毛呈亮青色，头生青色羽冠，双翅宽大，展开来比身体还要长，三根长长的尾羽拖在身后，看起来极为神俊。

青色巨禽双翅猛地一挥，无数狂风呼啸而出，风中赫然浮现出上百道长长的青痕，斩在那些飞扑而来的血鬼身上。

“扑哧！”当即便有数十只血鬼被青痕斩成数截，化成一团团红雾。

青色巨禽双翅再次一展，顿时化为一道模糊的青影，灵巧地冲出其余血鬼的包围，朝着赤血天鬼疾射而去。

“圣禽青鸾！你到底是什么人？”赤血天鬼神色大变，双翼一扇转身就想逃。

然而青影速度极快，眨眼间便飞到了赤血天鬼身旁，青光一闪而过。

“扑哧！”赤血天鬼胸前出现三道深可见骨的伤痕，鲜血直流。

赤血天鬼一个转身，双臂一抬正要做什么，那道青影却一晃就出现在其背后，一闪而过。

“扑哧！”三道巨大的伤痕又出现在天鬼后背，一只蝠翼赫然被切断，鲜血直流。

“嗷！”赤血天鬼双目赤红，霍然转头看向青影，口中发出一声怒吼，鬼爪猛地抓出。

无数红色爪芒浮现，形成了一张密密麻麻的红色爪网，挡在了其身前。

结果，青影突然一闪身从原地消失了，就仿佛瞬移一般，下一刻就出现在赤血天鬼右侧，再次如闪电般飞扑出去。

“扑哧！”三道深可见骨的伤痕出现在赤血天鬼的右臂上，鲜血直流。

赤血天鬼怒吼连连，试图反击。可惜它完全跟不上青影的速度，甚至连对方的影子也抓不住。

一道道模糊的青影犹如鬼魅般在赤血天鬼身边环绕飞舞，根本看不到实体。眨眼间，赤血天鬼已经多处受伤，行动也变得迟缓起来。

若非其体内的红色骨骼坚硬无比，就连青鸾的攻击也无法将其斩断，赤血天鬼估计早已被切割成了无数块。

天鬼眼中闪过一丝畏惧，双臂抱头，朝着下方的红海飞去，与此同时，红海中腾起一道巨浪，朝其迎了过来。

一声嘹亮无比的清鸣骤然响起！青影一晃，速度再次加快，化为一道道残影，迅疾无比地绕着天鬼盘旋飞舞。

附近天空狂风骤起，无数青光出现，疯狂地切割着一切。

巨浪刚刚从红海中腾起，立刻就被数十道青光斩中，轰然碎裂落回红海中。

“噗噗噗！”一道道青光出现在赤血天鬼身边，围绕着它飞快盘旋，形成一个巨大的青色蚕茧，一道道青痕不停地斩在赤血天鬼身上，鲜血狂溅。

赤血天鬼双手疯狂地舞动，却是徒劳，而每当它想借助下方那红海之力进行恢复时，又总是被阻挠。

从青鸾现身至今，前后不过两三次呼吸的工夫，赤血天鬼已经变成了刚从红海中出现时的模样，只剩下一具巨大的红色骷髅。

远处如蜂群般狂涌而来的那些血鬼，因为失去了法力的加持，未及飞到便直接崩溃了。

“可恶！”赤血天鬼怒吼一声，巨大的骸骨在半空滴溜溜地旋转起来，它打算不顾一切地俯冲下去。

结果，由青鸾所化的虚影的盘旋速度越来越快，赤血天鬼身边出现的青光也越来越多，赤血天鬼非但无法落下，反倒被无数青光所化的一股狂风托起，朝着高空飞去。

“铿铿”之声大作！一道道青光纷纷劈斩在赤血天鬼的红色骸骨上，发出雨打芭蕉般的密集声响，使得骸骨表面的红光隐隐有减弱之势。

随着一道粗大的青光斩过，“咔嚓”一声轻响，赤血天鬼的一截小臂终于出现了一道细小的裂痕。

“住手，我认输！”赤血天鬼双目红光一敛，蓦然大喝出声。

周围迅疾盘旋的青影听闻，纷纷停了下来，在十余丈外一敛，现出一只青色巨禽，其宽大的双翅一收，双目蓝光炯炯地盯着赤血天鬼。

无数青光顿时消散，漫天的狂风也渐渐停歇！

赤血天鬼见此，立刻朝着红海飞去，“噗”的一声没入其中。

片刻之后，一个黑袍身影从红海中飞射而出，正是段人离。他的脸色有些苍白，脸上隐现几分憔悴之色，显然方才一战，令他的元气损耗不少。

青鸾见此，身上青光一闪，身躯飞快地缩小，随之现出韩立的身影。

两人互望。韩立脸上含笑，段人离的脸色则有些难看。

魔焰谷内。

山谷一角，紫髯男子等四名合体期修士齐聚于此，柳乐儿被银色火焰所笼罩，站在山谷的另一端。

几人都抬头望向半空。

那里有一团几乎遮蔽了整个峡谷上空的红云在翻滚，一杆巨大的血幡在其中若隐若现。

柳乐儿一脸焦急，满脸紧张之色。

紫髯男子等人看起来却颇为轻松，不时用不怀好意的目光朝柳乐儿扫去，惹得柳乐儿愈加不安。

这杆赤血天鬼幡的威能之强，他们身为宗内高阶修士，自然是心知肚明。

此宝幡传承自天鬼宗飞升仙界的老祖之一——骨焰老祖，幡中封印的天鬼据传是骨焰老祖从幽冥之地抓来的一只由上界仙人陨落所化的鬼王，此幡向来只传于历代太上大长老，平素都是用太上大长老的鲜血供奉，其间还历经不知多少次的特殊精炼，其威能早已不是普通法宝所能比拟。

段人离自身的实力，在灵寰界诸多大乘期修士中，只能算是中等，但是在这血幡空间中，又完全是另一幅景象了。

那个韩立纵然神通了得，肉身强悍至极，但在他被收入血幡空间的瞬间，胜负便已经注定了。

“已经过去差不多半个时辰了，那个韩立恐怕早已成为天鬼的血食，这个小妖狐看着实在碍眼，不如就此杀了吧。”紫髯男子转头看向远处的柳乐儿，缓缓地道。

韩立不仅抢了他的一件异宝，还害得他在段人离面前出丑，他自问无法向韩立讨回来，自然就只能迁怒于柳乐儿了。

“卢长老少安毋躁，依我之见，还是等师叔出来，请他定夺吧。”美艳女子如此道。

“诗旖仙子所言不错。我刚才观察了一下，这小妖狐身旁的银焰非同寻常，连九天魔焰都能够吞噬，似乎是某种变异真焰，我们还是再等等吧。”驼背老者若有所思地道。

独眼巨汉双手抱于胸前，一只独目一动不动地盯着半空中那团红云，仿佛没有听到几人说话一般。

紫髯男子见此，眉头微皱，但还是点了点头。

几人刚才的对话，并未施法消音，柳乐儿自然都听在耳中，她娇小的身子哆嗦着紧靠岩壁，本就苍白的小脸，这下变得毫无血色了。

突然，独眼巨汉开口道：“看来有结果了。”

此言一出，所有人顾不得其他，顿时齐刷刷地望向了半空。

只见那团红云在一阵剧烈的翻滚后，蓦地从中间一分为二，其中的巨大血幡彻底显露出来。

四名合体期修士看过之后，脸色都变得异样起来。

巨大血幡发出的红光依旧异常夺目，但幡面上的那只巨大鬼首，似乎比之前暗淡了几分。

未等几人多想，血幡表面光芒一闪，两道光芒从中射出，落在了下方的地面上。

光芒同时敛去，现出了韩立和段人离的身影，两人相对而立。

段人离面无表情地负手而立，冷冷地望着韩立。

对面的韩立，脸上则挂着一丝淡淡的笑容，神色从容。

“哥哥！”

柳乐儿一怔，泪水顿时盈满了眼眶，不顾一切地朝着韩立飞奔而去。

或许是担心过度有些恍惚，抑或是本来就受了伤并且法力耗尽，柳乐儿的脚步有些虚浮，在跑到韩立跟前不远处时，不知被什么东西绊了一下，整个人跌了出去。

就在此时，她觉得自己被一股无形的绵柔之力托起，接着四周景物一个模糊，她便出现在韩立身旁了。

韩立袖袍一拂，笼罩着柳乐儿的银色火网收缩变形，重新化为一只银色火鸟飞回，没入其体内消失不见。

柳乐儿张了张嘴，想说些什么，但突然意识到周围的气氛有些古怪，顿时闭口不言，乖巧地站在一旁。

见到本应神魂俱灭的韩立，如今竟活生生地站在面前，还一副从容的模样，这让紫髯男子等四人目瞪口呆，愣愣地站在那里。

过了好一会儿，几人才反应过来，面面相觑，想上前询问结果，又有些不敢。

就在此时，段人离缓缓地开口了："去取一百斤阴辰石。"

他的语气平缓，声音也不大，但听在紫髯男子等四人的耳中，却犹如惊天雷鸣一般震撼。

虽然他们早就有此猜测，但亲耳听到此言，仍有些无法置信。

段人离既然说出此话，就意味着刚刚那场比拼他输了。

堂堂天鬼宗两大太上大长老之一，在整个灵寰界都可以呼风唤雨的大乘期修士，竟然输给了面前这个长相普通，年纪不大且籍籍无名的青年男子！而且，还是在赤血天鬼幡的空间之中。

"还想让我说第二遍吗？"段人离的声音依旧平静。

"是！"四人吓得打了一个激灵，紫髯男子和美艳女子连忙转身，朝着峡谷外飞去。

"段道友慷慨，韩某就却之不恭了。"韩立嘴角含笑，缓缓地道。

"你很好。"段人离深深地望了韩立一眼后，一字一句地道。

随后，他单手一招将空中的红色巨幡收起，骤然化为一道黑光，消失在峡谷口。

不久后。

冷焰宗，出云峰主殿之中。

“虽然早有预料，此人绝非等闲之辈。可无论如何也没想到，他居然如此神通广大，连天鬼宗的段人离都不是他的对手。”南宫长山坐在殿内主位之上，有些苦笑地道。

“好在他并非我们冷焰宗的敌人。”骆均长出一口气后，神色复杂地道。

“天符堂和藏经阁的失窃事件，都发生在这位韩长老来到我们出云峰之后，我看多半就是他所为了。只是当时，无论如何也不可能怀疑到他身上。”南宫长山沉吟片刻，又如此道。

骆均点了点头，显然也已经猜到了此事。不过，他并没有在此事上多言，而是话锋一转，道：“此事天鬼宗虽然从上至下三缄其口，但当日闹出这般大的动静，怎么可能瞒得住。如今此事已经在整个灵寰界闹得沸沸扬扬。据说不少原本附属和亲近另外两大宗门的势力，都有了投靠我们的意向。”

“不错，丰幽谷的庚谷主和无为山的赵山主，都已经派了亲信过来找宗主密谈。其实这些人，无非是想借机亲眼见一见韩长老，确认其实力后，才能下定决心投入我们冷焰宗麾下。可惜韩长老回来没多久就闭关了。太上大长老也下令，任何人都不准前去打搅韩长老。”南宫长山笑了笑道。

骆均若有所思地点了点头，没有再说什么。

片刻后，南宫长山忽然又问道：“骆长老，在你看来，这位韩长老如何？”

骆均闻言脸色微微一变，若是以前他自然可以直言，如今他却有些不敢随意开口了。斟酌了好一会儿，他才神色凝重地道：“我与韩长老接触并不多，之前古师侄带他入门的时候，除了印证其是一名力修之外，并未觉得此人有特别值得注意之处。现在细细回想起来，却觉得他心思实在是缜密，行事滴水不漏。不过，此人倒也不是忘恩负义之辈。”

“哦，何以见得？”南宫长山眉头微挑，问道。

“之前掌门提出，让韩长老搬往圣火峰上与太上长老毗邻的洞府，却被他婉言拒绝了，他对外说是对现在的洞府比较满意，不必再麻烦。我倒觉得，这或许是其有意要还我们出云峰的一份人情，毕竟有这样一位大能坐镇，本峰在门内的地位自然也会大大提升。”骆均解释道。

“现在想来确是如此。说起来还是古师侄引荐韩长老入宗的，也算是首功一件，以后就将其每年修炼资源的份额，提升一倍吧。”南宫长山闻言，深以为然，如此说道。

“是。”骆均连忙应道。

第30章

借星台

数日之后，出云峰山腰，一处洞府花园中，一名肌肤胜雪，容貌秀美的宫装少女，跟在一名身材高大的白衣美妇身后，缓缓前行。

她们不是别人，正是余梦寒和古韵月。

“如今回想你当初所言，这位韩长老的身份还真是个谜。一路行来，为师观察了他所有的举止言行，对他的修为做出了最大胆的预测，想不到还是低估了他。”古韵月苦笑一声，道。

“不知我何年何月才能达到他那样的层次。”余梦寒低声叹息了一声，眼中流露出一丝向往之色。

“人道渺渺，仙道莽莽，以有限之生求问仙道，本就属逆天之举。修炼之事不仅要看个人资质，还要靠机缘造化，这也是为何许多人穷其一生也未必能够达到筑基期，更何况后面的结丹期了。为师修行至今已有五百多年，处在元婴中期已经一百多年，他日进阶化神期或许还有一线希望，突破更高一阶的炼虚期则是机会渺茫。至于那距离仙途仅一步之遥的大乘期，为师更是想也不敢想了。”古韵月脚步一停，抬头望天，有些失神地道。

余梦寒闻言，心神也有些激荡，眼中不由得流露出一丝黯然之色。

古韵月看向余梦寒，摇头笑道：“师父受限于资质，若无特别的机缘，成就多半也就止于此了。倒是梦寒你，身为灵体体质，悟性又极高，入门短短两年就已达到筑基期，如无意外，你未来的成就必定在为师之上，进阶炼虚期还是很有希望的。”

“多亏师尊悉心教导，并且赐下许多珍贵丹药，梦寒感激不尽。”余梦寒由衷地感谢道。

“托韩长老的福，今后很长一段时间内，你都不用担心丹药匮乏的问题了。”古韵月摆了摆手，继续道。

余梦寒闻言，双眸顿时一亮。

“话说回来，之前为师还去拜访过韩长老一次，如今他的洞府所在的区域已经被划归成门中禁地，以后再想登门怕是不太可能了。”古韵月说完，叹了一口气，颇有一些遗憾。

没过多久，冷焰宗出云峰突然收了一名散修为外门弟子，那人资质平平，年纪也已经不小，修为却只有结丹期，根本不符合冷焰宗一贯招收弟子的条件，故而此事在宗内引起了不小的波澜。

直到后来众人得知，这人名叫白石，与那位韩长老有些交情，此事才逐渐平息，之后，便开始有人甚至是修为远超于其他峰长老的人，向其示好。

当然这都是后话了。

匆匆又过了月余，在境元观主峰的敬天峰后山，有一泓碧如翡翠的椭圆形水潭，潭中灵气浓郁，常年有一层白色浓雾飘浮在水面之上，还不时有一尾尾金灿灿的肥硕鲤鱼跃出水面。水潭边的岩石和草地上，有十数只神采奕奕的丹顶仙鹤交颈嬉戏，啄食地上散乱生长的灵草，不时仰头鸣叫几声。

“嗖”的一声，一道紫色遁光忽然从高空中闪过，落在了潭边。光芒收敛，现出一名头戴金冠，身着紫底金纹道袍的高大男子，看起来四五十岁的样子，脸上蓄着三缕黑色长须，颇有几分神仙的风采。

他落地之后，略微打量了一下身旁的鹤群，便将目光移向水潭的另一边，那里有一面长满苔藓的青黑石壁。

只见他袖中手掌一翻，一枚传音符便“嗖”的一下，从他的袖口射出，飞入了那面石壁中，隐没不见。片刻之后，石壁上浮现出一层淡金色的光幕，从中露出一道一人高的洞口。他没有犹豫，一闪身，便飞入了洞口。

石壁之内，是一间十分宽阔的石室。室内正中有三层高台，每一层高台上都刻满了图纹，上面还摆放着一盏盏造型奇特的黄色明灯，构成了一个奇异的大阵，从中传出惊人的灵力波动。最高层的高台中央，一名身着金黄宽袍，袒露着胸怀的肥胖男子盘坐于蒲团上，远远望去就仿佛一座小型肉山。

“太上大长老，今日冷焰宗那边送来消息，称那位韩长老想借用我们观中的聚星台修炼，并承诺将报以厚利。我们是否同意？”紫袍道士冲着高台上的金袍男子施了一礼，恭敬地道。

形如肉山的金袍男子脸上肥肉一颤，没有回答，反而慢条斯理地问道：“之前让你调查此人的身份，结果如何？”

“只知此人是两年前突然出现在丰国的，没多久就进入了冷焰宗成为一名外门长老，在这期间他一直颇为低调，从未有丝毫异常的举动，以至于我们潜伏在冷焰宗的探子，也是在天鬼宗出事之后，才知道有这么一号人存在。”紫袍道士沉吟着答道。

“罢了，我若是司马镜明那个老狐狸，肯定也会严密封锁有关此人的一切消息。最近天鬼宗那边动向如何？”金袍男子又问道。

“出事之后，整个天鬼宗的门人弟子行事都变得十分低调，丝毫没有表现出半点不满或是想要报复的样子。”紫袍道士想了想道。

“那两个老鬼的脾性我还不了解？他们都是睚眦必报之人，绝不会就这么忍气吞声，我们静观其变就是。”金袍男子嗤笑一声，显然有些不信。

“那借用聚星台之事……”紫袍道士问道。

“既然对方有大乘期的实力，自然不便交恶，姑且先答应吧。”金袍男子沉默了一下后，道。

紫袍道士眉头紧蹙，犹豫片刻后，道：“不瞒太上大长老，观内几位太上长老对此事有些担忧，他们生怕此人进入聚星台修炼之后，实力会再上一层楼，到时候我们境元观就要被冷焰宗压一头了。另外，开启聚星台对浣星石的消耗实在不小，我们用来培养观中弟子都要精打细算，若是浪费在外人身上，实在有些可惜……”

“笑话，到了大乘期，实力再想往上提升哪有那么容易？不过，他既然要用，所需的消耗自然不能由我们来承担，理应全部由他们冷焰宗加倍补偿。”金袍男子淡淡一笑，不以为意地道。

“是！”紫袍道士恭敬地应道。

两个月之后，境元观。

一片山势连绵的青翠山脉间，千峰竞秀，流云缥缈，空中不时有仙鹤灵禽飞过，呈现出一派仙山福地的气势。

群峰正当中处，有一座巍峨巨峰高耸入云，远超周围其他山峰。

峰顶之上巨石累叠，灵气弥漫，却无太多植被覆盖，正当中有一个九层高台，状如圆塔，通体莹白，仿佛是美玉雕砌而成的。

高台四周，各有一名褐袍老者双目紧闭，盘膝而坐。

临近傍晚时分，夕阳的余晖照得山顶岩石上发出橘红色的柔光，映在白玉高台之上，折射出令人心醉的奇异光芒。

这时，远处高空之中，忽然有两道光疾驰而至，落在了白玉高台的下方，光芒收敛，现出一胖一瘦两道人影。

原本枯坐在高台四周的褐袍老者，纷纷起身，来到两人身旁，冲其中那名胖如肉山的金袍男子，神色恭谨地施了一礼，齐声叫道：“参见太上大长老。”

说完，几人开始打量起金袍男子身旁的那名陌生青年。

此人身材高大，相貌普通，正是前来借用聚星台的韩立。

金袍男子摆了摆蒲扇般的大手，并未说话。

那四人立即会意，默默地退了下去，坐回到原来的位置。

“韩道友，他们四人是镇守这聚星台的人，虽然只有一名是合体期修士，其余三人都是炼虚期，但他们之间已经配合多年，心有灵犀，有他们为道友你护法，可保万无一失。”金袍男子声音洪亮，微笑着道。

韩立心中自然不希望有境元观之人从旁护法，但也知道这是无法拒绝之事，遂脸上笑意不减，道：“那就多谢四位道友了。”

“夜幕将至，我就不耽误韩道友修炼了。道友若有其他需要，尽管向那几人提出来。”金袍男子抬头望了一眼天色，如此道。说完，他向韩立拱一拱手，便转身离去，转瞬间消失无踪。

韩立目送对方离去后，转身来到聚星台的阶梯前，却并未急着拾级而上。

高台四周的几人，已经飞快地掐起法诀，口中也传来阵阵吟诵之声。随着四人身下一圈圈隐秘的符文亮起，一层遮蔽了整个聚星台的金色光幕出现。与此同时，一个一人高的狭窄入口，也出现在韩立身前。

韩立眼中蓝光一闪，发觉眼前的光幕虽然灵力波动不弱，但也只是防护一类的法阵，于是，大步一跨，走了进去。

韩立一进入其中，那层光幕的入口随即闭合，继而融入空气中，消失不见。随着他踏上台阶，一股奇异的灵力波动立即从四面八方涌动过来。

韩立心中微异，四下张望。只见脚下的石阶与周围地面上，布满了密密麻麻的细小坑洼，若不仔细去看，根本发现不了。他以灵目凝视片刻，就发现那些坑洼底部有微弱的银光闪动，竟然是常年沐浴在星辰之力中所留下的痕迹。

在聚星台的地面之上，还刻有许多圆圈和线条连接在一起的图案，有的三五个连在一起极其简单，有的则十数个连成一串，造型复杂，还有的连接成一个“井”字……

韩立沿着石阶拾级而上，在仔细看过一幅幅图案后，逐渐明白过来，这些图案全都是与天上群星相对应的星图。他一直走到聚星台顶部，才在靠近高台正中央的地面上，找到了一幅北斗七星的星图。

他稍作打量之后，便盘膝坐下，仰首望天，发现此时的天幕已经转为深蓝色，几点稀疏的星光已经隐隐浮现在天幕中。他缓缓地闭上双目，开始吐纳。约莫一个时辰后，他眼睑微微一动，双目重新张开，嘴唇轻启，吐出两个字："开始。"

高台周围的四名褐袍老者闻声，各自翻手取出一块巴掌大小的乳白色浣星石，往身前地面的一处凹槽上，按了下去。随着"咔嚓"一声轻响，四块浣星石同时碎裂，一道道白色光芒从凹槽之中亮起，沿着地面上的符文刻痕很快就冲到了聚星台之中。整个九层高台顿时光芒大亮，变得晶莹剔透，其上刻的一幅幅星图爆发出璀璨的银光，远远望去仿佛一片微缩的星空，绚丽至极。

而此刻，满天星斗也像是为了与此处光景相互呼应，变得愈加明亮起来，无数银色光点从夜幕中洒落，如同淡银色的薄雾，将整个聚星台笼罩其中。

韩立身处其间，犹如盘坐于漫天星辰之中，只觉得一股磅礴而温和的星辰之力萦绕四周。他收敛心神，手上法诀一掐，口中低声吟诵，默然运转起小北斗星元功来。

只听"轰"的一声闷响，六道水缸粗细的白色光柱从夜空中骤然垂落，投射在韩立四周，其中蕴含的星辰之力充沛无比，传出阵阵澎湃波动。密密麻麻的晶莹光线从光柱之中飞了出来，骤然绷直，如同无数根钢针一般，直刺韩立。

与此同时，原本笼罩着整个聚星台的淡银色薄雾，也像是突然受到了什么刺激一般，急速流动起来。无数银色光点在一股大力的扭转之下，顿时在聚星台上方汇集成一个高达十丈的银光旋涡。

韩立心中一动，方才还十分温和的星辰之力，此刻竟突然变得无比狂暴。

六道光柱被旋涡吸进去之后，顿时光芒暴涨，体积扩大数倍，涌入其中的星辰之力，更是多了数倍不止。

与此相对的是，韩立此刻所承受的痛苦，也绝非最初时可比。他的衣衫瞬间被鲜血浸透，海量涌入的星辰光线不断刺破其皮肤，渗出的血液在银光旋涡之力的牵引下，腾起了一片朦胧红雾，裹住了他整个身躯。

聚星台周围的四名褐袍老者，此刻皆是心神巨震，在他们驻守此处的漫长岁月里，何曾见过如此狂暴的星辰之力，又何曾见过如此粗暴的灌体之法？

此刻哪怕是合体期修士进入聚星台，恐怕也只有疲于保命的份儿。

然而就在此时，已经浑身浴血的韩立，腰间忽然亮起一团光芒，六面巴掌大小的黑色圆镜从中飞出，分别飞往周围的六道光柱。

圆镜周遭黑气缭绕，镜面隐有符文飘动，正是韩立用从天鬼宗得来的那些阴辰石所炼制出的星月宝镜。

六面宝镜刚落地，镜面黑光流转，一个个蚂蚁大小的诡异符文狂涌而出，汇聚成一道粗大无比的璀璨光柱，直直地射向夜空。

“居然还要增加星辰之力，真是有些不可思议！”那名合体期的褐袍老者大感惊愕，喃喃自语道。其话音未落，夜幕中北斗七星的六颗星辰光芒骤然变亮，一片璀璨银光突然浮现在虚空中，就如同银河倒垂一般，汹涌地流入了那个银色旋涡之内。

半年之后，敬天峰后山的一间石室内。

一身金袍的阖山道人闭目盘膝坐在三层高台上，手掐法诀，口中低吟。突然，其手中法诀一停，整个人连忙站了起来。

一阵怪风吹进室内，怪风所过之处，高台上的数十盏黄色明灯纷纷亮起一簇簇火苗，一缕缕白烟袅袅升起，在半空中汇集成一片白色光雾。

光雾一阵模糊，浮现出一个头戴莲花紫冠，须发灰白的老者身影，老者不高，身体消瘦，穿着一件绣金赭黄道袍。

“恭迎净明老祖。”阖山道人见状，恭敬地拜倒在地。

“起来吧。今日本座降临，是有几件事情要你去办。”紫冠老道一挥袖袍道。

“请老祖吩咐。”阖山道人这才站起身，拱手而立。

“上一次你供奉的昊元石品质不错，十年内还需要再收集一批。”紫冠老道吩咐道。

“是。”

“这部《参星转玄功》是本座当年所创，如今心境感悟不同，对功法又做了一些改进，你且拿去收入藏经阁之中……”

紫冠老道嘴唇不断开合，接连吩咐了数件要事，阖山道人毫不迟疑地一一应下。

末了，老道又道：“另外，还有一件紧要之事，你需仔细去做。”

阖山道人闻言，神色肃然地凝神望向老道，静候对方接下来的吩咐。

老道袖袍一挥，光幕上顿时一阵颤动，一页尺许大小的金箔穿过光幕，飘落到他身前。

“若有此人消息，立即回禀。”紫冠老道用不容置疑的口气道。

阖山道人双手接下那页金箔，凝神一看，目光中闪过一丝惊诧。

那金箔上绘有一名青年的图像，这青年不是别人，赫然正是韩立。

“怎么，可有何不妥之处？”紫冠老道淡淡地问道。

“启禀老祖，此人……此人如今就在我们观中。”阖山道人赶忙答道。

“你确定就是此人？”紫冠老道面色不变，语速不由得快了几分。

“画中之人身材虽然消瘦许多，但神态模样完全一致，绝不会有错，就是他。”阖山道人笃定地道。

“此人为何会在我境元观之中？”紫冠老道微微点点头，又问道。

“老祖恕罪，此人其实是冷焰宗的一名……”阖山道人先告罪一声，随后将他所知道的韩立的所有情况，详细地说了一遍。

紫冠老道听完后，面露沉吟之色，半晌没有说话。

阖山道人额角微微出汗，却也不敢作声，只能静静地等着。

“此人大有来历，多半是仙界谪仙，如今有仙界之人重金悬赏捉拿此人。你先不要打草惊蛇，等本座后续安排。在此之前，无论如何也要将其留在我境元观中。”紫冠老道正色道。

“遵命。”阖山道人立即应道。

仙界，某处不知名的海域。

这里的海水呈现出诡异的漆黑色，仿佛墨汁一般。黑色的海面无边无际，波涛汹涌，一直延伸到视野尽头。

黑海上空，悬浮着近百座黑色山峰，上面耸立着一座座黑色八角巨塔。

虽然这些巨塔有高有矮，高的足有万丈，矮的只有百丈，但外形无一例外全部一模一样，都是通体漆黑，且有八角飞檐。

一座小型黑塔顶端的大殿内，一个头戴紫冠的老道盘膝坐在一个方形法坛前，正是净明真人。

法坛上悬浮着一个白色法阵，发出明亮的白光。

老道挥手打出一道法诀，白色法阵立即停止运转，白光随之飞快暗淡。随后他目视前方，一动不动，眼神却在不停闪烁，似乎在犹豫着什么。良久之后，老道一咬牙，做出了一个决定，翻手取出一颗拇指大小的水晶珠子，一抛，让其悬浮于身前。

随着一道法诀没入，珠子表面顿时腾起许多蚊蝇般大小的水晶符文，符文随即凝聚成一个尺许大小的法阵，轻轻旋转。每过一次呼吸的时间，法阵便波动一下。

时间一点点过去，足足过了一刻钟，法阵也没有任何变化。老道脸上没有表现出丝毫不耐烦，仍然耐心地等待着。

又过了半刻钟，法阵突然一亮，一个漆黑小人的虚影出现在里面。是一名黑袍男子，长得额宽脸阔，但形如槁木，面色蜡黄，一副病入膏肓的模样。

“骨焰散人，千年未见，道友看起来风采依旧呀。”净明真人抱拳拱手，脸上露出和煦的笑容。

“净明老道，有什么事情请长话短说。”骨焰散人面对老道却没有什么好脸色，显得有些不耐烦的样子。

“不知道友如今可在黑水城？贫道这里可有个莫大的机缘。”净明真人笑容一收，有些神秘地道。

“你且说来听听。”骨焰散人神色不变，淡淡地道。

“十方楼的通缉令，想必道友也收到了吧？”净明真人缓缓地道。

“这是什么意思？莫非你有通缉令上那人的消息？”骨焰散人眉毛微微一挑。

“没错，那人此刻就在灵寰界！”净明真人眼中精光一闪，语出惊人。

“此话当真？”骨焰散人有些心动，颇为慎重地确认道。

“是真是假，道友只需联络一下下界弟子，便能知晓。”净明真人一摸下巴，摇头晃脑地道。

“听你的意思，莫非……”骨焰散人眼睛一亮。

“不错。没想到那人竟然躲在此界，这可是千载难逢的良机。你我两宗联手将他擒住，平分十方楼的报酬，如何？”净明真人嘿嘿一笑道。

（本册完）

（《凡人修仙之仙界篇》第2册即将上市，敬请期待！）